...und Buddha lachte

Ein Roman von

Chris Marfield

Buch

Jan scheint alles zu haben, was man sich wünschen kann. Einen gut bezahlten Job, eine bezaubernde Partnerin und ein Leben in Wohlstand. Doch hinter der Fassade des perfekten bürgerlichen Daseins brodelt es. Da sind die ständigen Streitereien mit Franziska über Nichtigkeiten, die Überforderung im Job und eine tiefe innere Unzufriedenheit, die ihn verzweifeln lässt. Warum läuft alles auf das Leiden hinaus?

Schließlich entschließt sich Jan spontan auszureißen. Er bucht einen Flug nach Thailand, auf der Suche nach Antworten auf seine Fragen nach dem Sinn und dem ewigen Leiden. Dort, in einer fremden Kultur, spirituellen Begegnungen und unerwarteten Wendungen, begibt er sich auf eine Reise, die nicht nur sein Leben, sondern sein ganzes Weltbild auf den Kopf stellt.

»… und Buddha lachte« ist eine berührende und humorvolle Geschichte über die Suche nach dem wahren Selbst, die uns alle dazu einlädt, die eigenen Lebensmuster zu hinterfragen und den Mut zu finden, neue Wege zu gehen.

Autor

Chris Marfield ist 1970 in Hannover geboren und aufgewachsen. Heute lebt und arbeitet er in Berlin. »…und Buddha lachte« ist sein zweiter Roman. Sein erster Roman »Zugfahrt« ist 2020 erschienen.

Chris Marfield

…und Buddha lachte

Bibliografische Information der Deutschen Nationalbibliothek:
Die Deutsche Nationalbibliothek verzeichnet diese Publikation in der Deutschen Nationalbibliografie; detaillierte bibliografische Daten sind im Internet über http://dnb.dnb.de abrufbar.

1. Auflage
E-Mail: chris.marfield@gmail.com

Verlag: BoD · Books on Demand GmbH, In de Tarpen 42, 22848 Norderstedt, bod@bod.de
Druck: Libri Plureos GmbH, Friedensallee 273, 22763 Hamburg

ISBN: 978-3-7693-5458-4

Der Abt sprach: »Es gibt keine größere Verschwendung, als ein Leben in Täuschung und Verblendung zu verbringen, wenn man sich der Wahrheit bewusst ist.«

1

Ein Knall schallte durch die Kirche, als die Bibel schwer auf das Pult fiel. Mit hochrotem Kopf stand der Pastor da, dessen wütendes Schnauben bis in die letzte Reihe zu hören war. Mit festem Schritt stieg er die Stufen vom Altar herab und stampfte resolut durch den Gang. Die Besucher des Gottesdienstes lugten ihm betreten, mit eingezogenen Köpfen nach. In der letzten Reihe angekommen, ging er direkt auf den dreizehnjährigen Jan zu, der den Pastor mit ungläubigen Augen ansah. Mit festem Griff packte der Pastor den Jungen am Arm und zog ihn in Richtung Ausgang. Jan tapste hinterher, wankte dabei von einer Seite zur anderen, bis er schließlich ins Taumeln geriet und fiel. Der Pastor achtete nicht darauf und schleifte ihn hinter sich her. Jan schaffte es, wieder auf die Beine zu kommen, und lief in trippelnden Schritten weiter. Sein Gesicht war schmerzverzerrt von dem starken Druck, den die kräftigen Hände des Mannes auf seinen Oberarm ausübten. Am Ausgang angekommen, öffnete der Pastor die schwere Eichenholztür und stieß Jan mit Schwung hinaus.

»Verschwinde hier«, zischte der Pastor.

»Was habe ich denn getan?«, fragte Jan und sah ihn mit unschuldigen Augen an.

Der Pastor warf einen Blick über die Schulter, um sich zu vergewissern, dass niemand in der Kirche sie sehen konnte. Dann holte er aus und haute dem Jungen mit der flachen Hand eine runter. Ein Klatschen ertönte so laut, wie es der Pastor so nicht beabsichtigt hatte, zumindest war es im Innenraum nicht zu überhören. Mehr noch, es hallte von den kalten Wänden zurück und das Echo war sogar draußen wahrzunehmen, wo Jan sich eine Hand an die schmerzende, gerötete Wange hielt.

»Jetzt verschwinde, du Rotzlöffel.«

Jan sah mit zitternden Lippen zu dem Pastor auf, dessen dunkle Augen ihn hasserfüllt anfunkelten. Seine Knie zitterten, die Augen wurden feucht. Dann schrie er: »Leck mich, du Penner«, drehte sich um und rannte.

So schnell er konnte, rannte er die Straße entlang. Sein Herz raste, Tränen liefen ihm über das Gesicht. Autos überholten ihn und hupten, aber es war ihm egal, er rannte immer weiter. Die weiße Fahrbahnlinie zog sich endlos bis zum Horizont, wo der blaue Himmel von der Sonne hell erleuchtet wurde, wie an einem perfekten Sonntag, doch Jan bemerkte es nicht. Seine Brust fühlte sich an wie ein unter Druck stehender Kessel, der zu platzen drohte. Keuchend bog er in einen Feldweg ein und rannte über die staubige Erde. Er trat in eine Vertiefung, geriet ins Straucheln und verlor das Gleichgewicht. Der Länge nach fiel er in den Staub, rappelte sich wieder auf und lief stolpernd weiter, vorbei an Maisfeldern, die golden in der

Sonne leuchteten. Ein sanfter Wind wehte flüsternd über die Felder, im Hintergrund das fröhliche Zwitschern der Vögel und dazwischen das Keuchen des Jungen, der vorwärts eilte wie ein Beutetier auf der Flucht vor einem Rudel Löwen.

Seine Schritte wurden schwerer, als er schließlich einen See erreichte und sich am Ufer in ein Kiesbett fallen ließ. Er wischte sich mit dem Ärmel die Tränen aus dem Gesicht und betrachtete seinen Unterarm, wo eine Schürfwunde brannte, die er sich beim Sturz zugezogen hatte. Die Sonne spiegelte sich im See, dessen kleine Wellen die Sonnenstrahlen in alle Richtungen warfen. Um ihn herum herrschte Stille, die nur vom unbekümmerten Gesang der Vögel unterbrochen wurde.

Jan nahm einen Stein in die Hand, der sich glatt und hart anfühlte. Dann warf er ihn ins Wasser, wo der Stein kleine kreisförmige Wellen hinterließ. Er nahm noch einen Stein, warf ihn noch weiter hinaus in den See und beobachtete, wie das Wasser den Stein verschlang. So nahm er einen Stein nach dem anderen und sah zu, wie jeder im Wasser versank, ohne einen Sinn, nur der Schwerkraft folgend.

Sein Atem beruhigte sich und das Herz schlug wieder langsamer. Die Wange tat nicht mehr weh, und das Brennen in seinem Unterarm ließ nach, bis er schließlich gar nichts mehr spürte. Er war nicht mehr wütend und auch nicht mehr traurig. In sich gekehrt saß er da, warf die Steine und sah zu, wie sie im See versanken.

Er fragte sich, wie sich ein Stein wohl fühlen möge, wenn er im Wasser versinkt, und vor allem, wie es ihm ginge, wenn er Hunderte von Jahren auf dem Grund des Sees liegen würde, ohne das Tageslicht zu sehen. Aber wahrscheinlich war es den Steinen egal, weil sie gar nichts fühlten, sie waren ja nur Steine.

Er dachte darüber nach, warum der Pastor ihn so sehr hasste und warum er selbst den Pfaffen so verabscheute. Es irritierte ihn, dass ein Mitglied der Kirche so sein konnte. Aber noch mehr verwirrte ihn, wie jemand von Nächstenliebe reden konnte, wenn er gleichzeitig so boshaft war. Er nahm einen weiteren Stein, drückte ihn fest und spürte die Härte in seiner Hand. In dem Moment beschloss er, auch so zu sein; hart wie ein Stein. Er brauchte keinen Pastor und auch keine Kirche. Er hatte sich ohnehin nie wohlgefühlt in diesem dunklen und kalten Gemäuer.

Seine Gedanken gingen zurück zum Gottesdienst. Er sah das Gesicht des Pastors vor sich, als dieser die Bibel aufschlug … und Jan grinste.

2

»30 Jahre ist es her«, sagte Jan leise zu sich selbst, während er auf den See blickte, wo kleine Wellen über das Wasser rollten und sich am Ufer leise plätschernd auflösten.

Er hatte nie jemandem von dem Erlebnis erzählt. Als ob nichts wäre, ging er weiter zum Konfirmandenunterricht, wo der Pastor ihn ignorierte und Jan es ihm gleichtat. Die Konfirmandenzeit brachte er zu Ende, ohne noch einmal auffällig zu werden. Er ging zum Unterricht, beschränkte seine Teilnahme auf das Notwendigste und hielt sich ansonsten zurück. Zum Gottesdienst ist er so oft hingegangen, wie es nötig war, immer unauffällig, in der letzten Reihe sitzend.

Er schloss mit dem Pastor einen Pakt ohne Worte. Der Pastor ließ ihn in Ruhe, dafür blieb Jan unsichtbar. Aber die Verachtung, die der Pastor für ihn hegte, bekam er jedes Mal zu spüren, wenn die hasserfüllten Augen ihn durchbohrten, als wollten sie ihn auf der Stelle direkt in die Hölle schicken. Dieser Gedanke konnte Jan keine Angst machen, denn er glaubte weder an die Hölle, noch an den Himmel. Er glaubte noch nicht einmal an Gott, zumindest nicht an diesen Gott. Wie konnte ein Gott von Liebe und Barmherzigkeit reden und im Gegenzug so viel

Unglück über die Menschen bringen? Niemand konnte ihm das jemals beantworten.

Als er achtzehn Jahre alt wurde, war seine erste Tat, der Austritt aus der Kirche.

Nachdem Jan die Schule mit durchschnittlichen Leistungen hinter sich gebracht hatte, machte er eine Ausbildung zum Großhandelskaufmann. Er schaffte es nie, länger als vier Jahre in einer Firma zu bleiben. Entweder hatte er keine Lust mehr und kündigte oder die Firma entließ ihn betriebsbedingt. Die Trennungen erfolgten immer ohne einen besonderen Anlass, es passierte einfach.

Genauso wie mit den Frauen, mit denen er auch nie lange zusammen war. Kaum eine Beziehung hielt länger als zwei Jahre. Es war wie ein Ablaufdatum, das sich dadurch ankündigte, dass er sich nicht mehr wohlfühlte. Er fand nie heraus, woher dieses Gefühl kam, eine Enge, die ihn so fest einschnürte, dass er zu ersticken glaubte. Dann zog er sich zurück, sprach immer weniger und war so viel wie möglich unterwegs. Aussprachen und Konflikte vermied er, sodass sich die Beziehungen ganz von selbst auflösten, wie die kleinen Wellen, die sich am Ufer des Sees brachen.

Vor zwei Jahren traf er dann Franziska. Sie war 37 Jahre alt und wahrscheinlich die Frau, an die er am meisten hing ... vermutlich ... so genau wusste er das nicht. Verliebt war er nicht in sie, er mochte sie nur unheimlich gerne. Sie war die Art von Frau, die einen Mann stolz machte, wenn er sie an seiner Seite hatte.

Sie war stets gut gekleidet, trug gerne enge Röcke oder Kleider und dazu edle Schuhe mit hohen Absätzen. Der betörende Duft teurer Parfüms umgab sie immer, wenn sie das Haus verließ. Überhaupt hatte sie ein Talent für Düfte, womit sie es bis zur Filialleiterin in einer Parfümerie brachte.

Doch auch in der Beziehung mit Franziska hatte er wenig Hoffnung auf eine glückliche Zukunft, zu verschieden waren sie auf allen Ebenen. Sie war das, was man eine moderne Frau nennen konnte; feministisch, emanzipiert und sie wusste genau, was sie wollte. Eigenschaften, die Jan noch vor zwei Jahren ziemlich sexy fand. Allerdings brachten diese Eigenschaften auch einige Hürden mit sich, die im Laufe der Beziehung immer schwerer zu überwinden waren.

Sein berufliches Glück schien sich vor einigen Jahren abzuzeichnen, als er eine Stelle als Immobilienmakler bekam. Es war der erste Job, in dem er sich rundum wohlfühlte. Jan konnte selbstständig arbeiten und sich die Zeit einteilen, wie er wollte. Seinem Chef interessierte es nie, wie viel er arbeitete oder was er gerade tat, solange er verkaufte; und er verkaufte. Schon im ersten Jahr verdiente er mehr als in seinem alten Job in drei Jahren. Oft übertraf er die Ziele, war begeistert bei der Arbeit und machte sich bereits am Sonntag Gedanken über Montag.

Doch mit dem Erfolg stiegen auch die Erwartungen. Sein Chef wurde zunehmend unzufrieden, da ihm gute Leistungen nicht reichten, wenn sich die Verkaufszahlen nicht deutlich erhöhten. Es ging nur noch um Steigerungen, die aus einem Ergebnis eine Enttäuschung machten, wenn es sich nur wiederholte.

Jan nahm einen Stein und warf ihn in den See. Mit einem ploppenden Geräusch tauchte er ein und hinterließ zitternde Wellen, die sich im Kreis auseinanderbewegten. Er sah auf das Wasser, wartete, bis sich die Wellen auflösten, und warf den nächsten Stein. So saß er da, warf einen Stein nach dem anderen, lauschte den ploppenden Geräuschen und betrachtete das Wasser. Die Bewegungen der auseinanderdriftenden Wellen waren bei jedem Stein, den er ins Wasser warf, gleich. Immer die gleichen Kreise und immer die gleiche Geschwindigkeit, mit der die Kreise auseinanderliefen, bis sie sich mit dem Wasser wieder vereinten.

Seit seiner Kindheit kam er immer wieder an diesen See, genau an diese Stelle, setzte sich auf das Kiesbett und dachte nach. Das Steineschmeißen war für ihn zu einem Ritual geworden. Es hatte keinen bestimmten Grund, er wusste noch nicht einmal, warum er das tat. Es war wie ein innerer Zwang, der von Anfang an da war. Nie hatte er versucht, etwas gegen diesen Zwang zu tun, im Gegenteil, ihm tat das Steineschmeißen gut. Es war entspannend und die Sorgen, die ihn plagten, wogen auf einmal nicht mehr so schwer.

So wie seine aktuelle Sorge. Zum ersten Mal seit seiner Konfirmandenzeit sollte er wieder in eine Kirche gehen. Franziskas Patenkind hatte Konfirmation und Jan hatte keine Hoffnung, um diesen Termin herumzukommen. Sie hätte es ihm nie verziehen, wenn er sie dort hätte alleine hingehen lassen. Zu groß wäre der Gesichtsverlust gewesen, hatte Franziska doch auch sonst immer alles unter Kontrolle. Daher hatte sie ihn auch nicht gefragt, sondern ihn lediglich über die Einladung informiert und gesagt, dass er sich den Termin freihalten solle.

Er warf einen letzten Stein und wünschte, der morgige Tag wäre schon vorbei. Dann stand er auf, ging zu seinem schwarzen BMW mit funkelnden Alufelgen und fuhr in der Abendsonne nach Hause.

Als er das Haus betrat, sah er nach Post, doch der Briefkasten war leer. Nicht einmal Pizzawerbung war drin, was nur bedeuten konnte, dass Franziska bereits zu Hause war. Eigentlich wollte sie mit ihrer Freundin einen Cocktail trinken gehen, vielleicht hatte sie es auch für das nächste Wochenende geplant, so genau konnte er sich nicht mehr erinnern. Er ging durch den dunklen Hausflur des Altbaus, der so muffig roch, als wäre ewig nicht gelüftet worden. Ein träges Knarren des zerfurchten Holzes kam ihm entgegen, während er die Treppe hinaufschritt.

Als er die schwere Tür zur Wohnung aufschloss, hörte er klirrende und klappernde Geräusche aus der Küche.

»Schatz, da bist du ja endlich«, rief sie, ohne dass die Geräusche unterbrochen wurden. Sie spülte weiter im Gleichklang der Routine in einem Raum ohne Zweifel. Den Massenmörder mit der Machete fürchtete sie nicht, beziehungsweise hätte dieser ohnehin die Beine in die Hand genommen, wenn sie angefangen hätte los zu poltern.

»Schatz, hörst du mich?«, ertönte es aus der Küche, während Jan seine Schuhe auszog und seine Jacke auf die Garderobe warf.

»Ja, ich höre dich. Lass mich erst mal reinkommen.«

»Hast du meine Bluse aus der Wäscherei abgeholt?«

Stille lag in der Wohnung. Jan verharrte im Flur, sagte kein Wort. Er schlug sich mit der flachen Hand auf die Stirn und biss die Zähne zusammen.

»Schatz?«

»Ja?«

»Und?«

»Was und?«

»Wo ist meine Bluse?«

»Meinst du die weiße?«

»Welche denn sonst? Wo ist sie?«

»Wolltest du die heute haben?«

»Wenn ich sie morgen anziehen will, dann werde ich sie ja wohl heute brauchen.«

»Das leuchtet ein.«

»Und?«

»Ich habe die Bluse nicht.«

»Willst du mich verarschen?«, schrie sie und erschien mit zusammengekniffenen Augen in der Tür.

»Ich wusste nicht, dass du die heute haben willst.«

»Wenn morgen Konfirmation ist, wann soll ich sie denn sonst haben wollen?«

»Ich hatte keine Ahnung, dass du die zur Konfirmation tragen wolltest.«

»Du hast sie vergessen.«

»Kannst du nicht eine andere Bluse anziehen?«

»Du weißt genau, dass nur diese Bluse zu den anderen Sachen passt.«

»Die Bluse sieht doch eh keiner. Du ziehst doch sowieso was drüber.«

»Darum geht es doch gar nicht.«

»Worum denn?«

»Dass ich mich einfach nicht auf dich verlassen kann. Du bist so gleichgültig.«

»Warum sagst du das nicht gleich und machst so ein Theater wegen deiner Bluse?«

»Du Arschloch«, fauchte sie, stampfte ins Schlafzimmer und knallte die Tür hinter sich zu.

Jan ging in die Küche, zog den Wäschereibeleg aus seiner Hosentasche und legte ihn auf den Küchentisch. Dann schenkte er sich ein Glas Wasser ein, setzte sich an den Tisch und schlug die noch ungelesene Tageszeitung auf.

Er überflog die ersten Seiten mit politischen Themen, bis er zum Wirtschaftsteil kam, wo er bei einem Artikel über den Immobilienmarkt hängen blieb. Dort stand, dass die Märkte gesättigt seien und nun mit stagnierenden Immobilienpreisen zu rechnen sei. Er seufzte und blätterte weiter zum Sportteil, als die Schlafzimmertür aufging. Franziska kam mit drei Blusen heraus, stellte sich vor den Spiegel im Flur und hielt sich die Blusen abwechselnd vor die Brust. Er fragte sich, warum sie nicht den Spiegel im Schlafzimmer nahm, und studierte daraufhin die anstehenden Begegnungen der Fußball-Bundesliga. Es war nicht so, dass es ihn wirklich interessierte, aber in solchen Momenten der Verlegenheit musste er sich irgendwie beschäftigen.

Franziska ging wieder in Schlafzimmer, warf dabei einen scharfen Blick über die Schulter.

»Die Blusen sehen aber gut aus«, sagte er.

»Du hast sie doch eben gar nicht gesehen.«

»Doch, habe ich. Sie sehen toll aus.«

»Überspann den Bogen nicht«, kam es ihm ernst entgegen. Er wusste, dass er jetzt aufpassen musste, was er sagte. Sie war zu diesem Zeitpunkt voll aufgeladen und es brauchte nur noch einen Funken für ein Feuerwerk, auf das er überhaupt keine Lust hatte.

»Es tut mir leid«, sagte er.

»Häh?«

»Es tut mir leid.«

»Das fällt dir ja früh ein«, erklang es spöttisch aus dem Schlafzimmer.

»Ich habe es vergessen, war blöd. Sorry.«

»Schon okay«, kam es ihm lakonisch entgegen.

»Wollen wir heute Abend einen Film gucken?«, schlug er vor, nicht weil er unbedingt einen Film sehen wollte, sondern weil er hoffte, sie etwas zu besänftigen.

»Mir egal.«

»Ich kann uns was beim Asiaten bestellen.«

»Mach, was du willst.«

»Willst du lieber was anderes machen?«

»Nein, schon okay.«

»Soll ich nun was beim Asiaten bestellen? Was willst du haben?«

»Huhn mit Gemüse und Erdnusssoße«, antwortete sie gleichgültig und rief ihre Freundin an.

Jan zündete ein paar Kerzen an und schaltete das Licht aus. Dann suchte er ein Melodram von Nicholas Sparks aus, von dem er wusste, dass sie es liebte. Als das Essen kam, öffnete er eine Flasche Rotwein und wartete. Er wusste, dass Franziska ihn noch eine Weile schmoren lassen würde, daher sah er sich in der Zwischenzeit ein Eishockeyspiel auf einem Sportkanal an.

Schweigend saßen sie sich gegenüber, löffelten das chinesische Essen und tranken dazu Rotwein. Als sie sich im Anschluss den Film ansahen, dauerte es nicht lange, bis Franziska einschlief. Verloren lag ihr zierlicher Körper auf dem riesigen Ledersofa, den Kopf zur Seite geneigt und eine Fingerspitze zwischen den Lippen, als würde sie daran knabbern. Mit einem sanften Lächeln sah Jan zu ihr und streichelte sie mit seinen Blicken. So nah und doch so fern, dachte er und seufzte.

Als der Film zu Ende ging, wachte Franziska auf. Ihre halb geschlossenen Augen waren auf den Abspann gerichtet. Dann sah sie sich um, als müsste sie erst die Orientierung finden, setzte sich auf und sagte: »Ich bin müde.« Anschließend stampfte sie vor Müdigkeit taumelnd ins Schlafzimmer.

Jan schaltete den Fernseher aus, legte eine CD mit Jazzmusik ein und öffnete eine zweite Flasche Wein. Während ein Saxophon mit sehnsuchtsvollen Klängen die Stille durchdrang, dachte Jan über den Abend nach und spürte ein beklemmendes Gefühl in seiner Brust. Er hätte sich ohrfeigen können, dass er die Bluse in der Reinigung vergessen hatte, aber genauso ärgerte er sich über Franziskas Reaktion. Sie liebte es, solche Momente auszukosten und in die Länge zu ziehen. Er dagegen hatte keine Lust, sich zu streiten, schon gar nicht wegen solcher Kleinigkeiten.

Müde war er, unendlich müde. Allein der Gedanke an Montag, wenn sein Chef ihn mit Zahlen konfrontieren würde, die er überhaupt nicht erfüllen konnte, machte ihn nervös. Irgendwie bestand alles nur aus Sorgen. Es fiel ihm so wenig Positives ein, dass es ihn zermürbte. Aber viel mehr frustrierte ihn, dass der Kampf zu Hause weiterging. Wenn er nichts vergaß, dann ließ er etwas liegen. Wenn er nichts liegen ließ, dann sagte er etwas Falsches. Und wenn er nichts Falsches gesagt hatte, dann fanden sich andere Gründe. Das alles lief immer auf eine Sache hinaus: auf das Leiden.

Und nicht nur er litt darunter, auch Franziska ging es nicht besser, das wusste er.

Er hielt das Weinglas in der Hand und schwang es im Rhythmus der Jazzmusik. Ein Saxophonsolo setzte ein und rückte mit langgezogenen, melancholischen Tönen in den Vordergrund. Jan bekam eine Gänsehaut und seufzte, während die Flammen der Kerzen im Takt der Musik zu tanzen schienen. Er fühlte, wie ihn die Klänge durchdrangen, schwenkte den Wein, der in sanften Wogen im Glas kreiste.

Als die Musik verklungen und die Kerzen erloschen waren, saß er in der Dunkelheit und schaute aus dem Fenster. Es war eine sternenklare Nacht. Eigentlich war alles perfekt ...

Doch warum fühlte er sich so elend? Warum war er ständig besorgt? Er fragte sich, warum er so fühlte, obwohl es ihm doch so gut ging. Er hatte darauf keine Antwort.

Er trank den restlichen Wein in einem Zug aus und stellte das Glas neben die leere Flasche. Als er aufstand, spürte er die Wirkung des Alkohols und musste sich einen Moment an der Wand abstützen.

Nachdem er im Bad war, schlich er auf leisen Sohlen ins Bett und schlief dank des Weines zügig ein.

3

Kritisch beäugte er sein Spiegelbild, als er sich am Morgen seinen Dreitagebart trimmte. Er hielt inne und fluchte, als er im Spiegel ein graues Haar zwischen den schwarzen Stoppeln an seinem Kinn entdeckte. Er nahm eine Pinzette und riss es heraus, was einen schmerzhaften Stich verursachte. Die LED-Leuchte über dem Spiegel warf ein helles Licht auf sein Gesicht, während er die Fältchen um seine Augen betrachtete. Sein langer Pony kitzelte ihn an der Augenbraue, woraufhin er ihn mit einer schwungvollen Kopfbewegung aus dem Gesicht warf.

Sein Anzug hing auf einem Kleiderbügel an der Tür. Er hatte sich einen neuen gekauft, weil Franziska die Anzüge, die er bei der Arbeit trug, unangemessen fand. Verstanden hatte er es nicht, wollte es aber auch nicht weiter hinterfragen. Also war er bereits einige Tage zuvor in die Stadt gefahren und in das nächstbeste Kaufhaus gegangen, wo ihm der erste Anzug, den er anprobierte, auf Anhieb passte. Er hatte sich für einen schwarzen Stoff entschieden, damit es auch für ihn einen Sinn ergab. Da er noch keinen schwarzen Anzug besaß, hatte er etwas Angemessenes, wenn mal eine Beerdigung anstand.

Franziska hatte umdisponiert und trug nun ein langes, dunkelblaues Kleid, das ihr bis über die Knie reichte. Dazu trug sie dezente, schwarze Schuhe mit schmalen Riemchen und kurzen Absätzen.

Von hinten betrachtete er ihre schlanke Figur und das blonde Haar, das sie sich für den heutigen Anlass hochgesteckt hatte. Als sie an ihm vorbeiging, nahm er einen süßen Duft wahr, der sie angenehm umgab, ohne aufdringlich zu sein. Tief atmete er ihren Duft ein und folgte ihr mit seinem Blick. Dann nahm er die graue Krawatte ab, die er sich umgebunden hatte, und band sich eine dunkelblaue Krawatte mit schwarzen Streifen um.

Als sie vor der Kirche eintrafen, kam ihnen Sabine mit weit ausgebreiteten Armen entgegen. Franziska und sie waren beste Freundinnen und hatten schon im Kindergarten gemeinsam gespielt. Wenn sie zusammenkamen, war es für Jan wie eine verschworene Gemeinschaft, in der für ihn kein Platz war, daher hielt er sich im Hintergrund.

»Es ist so schön, dass ihr da seid«, sagte sie, schloss Franziska fest in die Arme und drückte sie lange.

»Ich freu mich ja so«, erwiderte Franziska, legte ihren Kopf auf Sabines Schulter und streichelte ihren Rücken.

Nach der Begrüßung folgten lobende Worte für das jeweilige Kleid der anderen. Währenddessen umarmte Sabine auch Jan, ohne ihn wirklich anzusehen oder das Gespräch mit Franziska zu unterbrechen.

Sie gingen zur Familie und begrüßten zuerst Beatrice, die Tochter von Sabine. Franziska nahm ihr Patenkind in den Arm und sagte ihr, wie stolz sie sei. Anschließend begrüßten sie Jürgen, den Ehemann von Sabine, dessen breites Grinsen aussah, als hätte man ihm Botox ins Gesicht gespritzt. Dann folgten noch Eltern, Schwiegereltern sowie die Großeltern von Sabine. Jan trottete hinter Franziska her und begrüßte ebenfalls alle nacheinander, beließ es aber beim Handschlag. Als sie alle begrüßt hatten, stellte er sich zu Franziska, die sich aufgeregt mit Sabine und deren Mutter unterhielt. Mit einem Seufzen sah er sich um und betrachtete die Gesellschaft. Die Männer trugen graue oder schwarze Anzüge und lächelten verkrampft, während die Frauen in eleganten, farblich abgestimmten Farben strahlten.

Sabines Vater unterhielt sich mit Jürgens Vater über den Einfluss der Wirtschaftslobby auf die Politik. Jürgen stellte sich daneben, hörte zu und nickte die ganze Zeit mit seinem Botox-Grinsen, als wäre sein Gesicht eingefroren. Jan spähte auf seine Uhr, deren Minutenzeiger sich kaum bewegt hatte. Er sah auf sein Handy, um zu prüfen, ob die Uhr richtig ging, aber das Handy bestätigte nur, dass tatsächlich erst wenige Minuten vergangen waren.

Schließlich war es Zeit, in die Kirche zu gehen. Wie fremdgesteuert betraten sie die große Kapelle, durch die ein kalter Wind zog, der Jan frösteln ließ. Er steckte die Hände in die Hosentaschen und trottete

Franziska hinterher, die sich immer noch mit Sabine unterhielt.

Als sie sich in ihre Sitzreihe schoben, ging Franziska voran, gefolgt von Sabine, und setzte sich ans Ende der Bank. Jan wartete und gab Jürgen den Vortritt, damit er neben seiner Frau sitzen konnte. Er selbst nahm schließlich neben Jürgen am anderen Ende der Bank Platz.

Jürgen räusperte sich, während Jan im Neuen Testament blätterte.

»Kann man hier auch ein Bier bestellen, oder wäre das unangebracht?«, murmelte Jan.

»Wir könnten es probieren, aber dann flippen die Frauen wahrscheinlich aus«, flüsterte Jürgen, während er seinen Mund in Richtung seiner Frau mit der Hand abdeckte.

»Ich hätte einen Flachmann einstecken können, habe aber überhaupt nicht daran gedacht«, sagte Jan nachdenklich.

»Aus Fehlern lernt man«, erwiderte Jürgen mit gespielter Ernsthaftigkeit.

»Aus welchen Fehlern lernt man?«, schaltete sich Sabine ein.

»Ach nichts, ich habe nur laut gedacht«, sagte Jürgen und winkte ab.

Der Pastor ging lächelnd den Gang entlang und begrüßte einige Gäste, als kenne er sie schon lange. Er war mittleren Alters, schlank und hatte ein rundes Gesicht mit einer Knollennase.

»Ist das der Pastor?«, fragte Jan und zog eine Augenbraue hoch.

»Ja, das ist er.«

Jan schüttelte den Kopf und sagte: »Der sieht aus wie ein totales Weichei.«

»Er gilt als modern und aufgeschlossen«, sagte Jürgen etwas leiser, mit vorgehaltener Hand.

»Mag sein.« Jan beobachtete ihn aus den Augenwinkeln, wie er zum Altar ging. »Warum geht der so komisch? Kneift sein Tanga an den Eiern?«

Kaum hatte Jan diese Worte ausgesprochen, brach Jürgen in schallendes Gelächter aus. Schnell hielt er sich die Hand auf den Mund, und das Lachen ging in ein Grunzen über.

»Oh, Jürgen! Was soll denn das?«, fauchte Sabine und stieß ihm einen Ellenbogen in die Rippen.

»Jan, hast du etwas zu sagen?«, fragte Franziska mit versteinerter Miene.

»Ne, alles okay«, antwortete Jan und machte eine beschwichtigende Handbewegung.

Franziska fixierte ihn einige Sekunden wie eine Kobra, die mit aufgespreiztem Nackenschild lauert. »Dann ist ja gut.«

Während der Zeremonie blätterte Jan im Neuen Testament und las einzelne Passagen. Er glaubte nichts von dem, was da stand und überlegte, wer sich diese Geschichten ausgedacht hatte.

Als sie zum Gebet aufstanden, sah er hinauf zum gekreuzigten Jesus und fragte sich, wie es sich anfühlen müsse, an ein solches Kreuz genagelt zu werden. Er stellte sich den Schmerz vor, wenn die Nägel durch die Hände getrieben werden, woraufhin ihm ein Schauer über den Rücken lief.

Beim Singen bewegte Jan seine Lippen, ohne einen Ton von sich zu geben. Dabei stellte er sich vor, AC/DC würden auf dem Altar stehen und den Song »Highway to Hell« zum Besten geben. Zu gerne hätte er die Gesichter gesehen, wenn Angus Young beim Gitarrensolo seine Hose runterließ.

Gegen Ende wurde er zunehmend unruhiger. Er rutschte auf der Bank hin und her, seine Hände fühlten sich taub an vor Kälte. Mit einem Seufzer nahm er schließlich das Ende der Zeremonie zur Kenntnis.

Nach dem Gottesdienst fuhren alle zu Sabine und Jürgen, wo im Garten schon der Grill vorbereitet war. Weißer Rauch stieg auf, als Jürgens Vater das Fleisch auf den Rost legte, das zischend einen würzigen Duft im Garten verbreitete.

Die Sonne stand hoch am Himmel und füllte die Frühlingsluft mit sommerlichen Temperaturen. Jans Hemd wurde klamm vom Schweiß, worauf er die Krawatte abnahm und das Sakko auszog, dann setzte er sich zu Franziska und Sabine. Kurz darauf kam Jürgen mit Getränken dazu, reichte Franziska und Sabine jeweils ein Glas Sekt und stellte für sich und Jan Bier auf den Tisch.

»Franziska, erzähl doch mal von eurem Urlaub in Thailand«, sagte Sabine, nachdem sie angestoßen hatten.

»Das war so schön«, schwärmte Franziska mit leuchtenden Augen. »Wir waren auf Koh Samui, an einer süßen Bucht. Abends sind wir immer in ein romantisches Restaurant am Strand gegangen. Dort saßen wir am Wasser, mit den Füßen im Sand.«

»Da bin ich ganz neidisch«, sagte Sabine mit verträumtem Blick. »Habt ihr euch auch die Insel angesehen?«

»Ja natürlich, wir machten eine Inselrundfahrt, dort besichtigten wir zauberhafte Tempel, wanderten an einem Wasserfall und waren auf einer Kokosnussplantage.« Während Franziska erzählte, schaute sie sehnsuchtsvoll in die Luft. »Am besten haben mir aber die Yoga- und Meditationskurse gefallen, die das Hotel täglich angeboten hatte.«

Sie erzählte von den spirituellen Erfahrungen, die sie bei den Kursen gemacht hatte. Durch die Meditationen schaffte sie es endlich mal so richtig abzuschalten und beim Yoga wurde sie viel entspannter. Die Blockaden lösten sich, wodurch sie viel beweglicher wurde.

»Hast du nach deiner Rückkehr damit weitergemacht?«, wollte Sabine wissen.

»Nein, ich hatte gar keine Zeit mehr. Ich habe immer so viel zu tun, dass ich gar nicht dazu komme.«

»Aber gerade das sollte doch ein Grund sein, erst recht zu meditieren«, sagte Jürgen mit einem Stirnrunzeln.

»Da hast du recht. Bei dem ganzen Stress in letzter Zeit muss ich unbedingt mal wieder meditieren.«

Jürgen nickte. »Was ist mit dir, Jan, hast du auch meditiert?«

»Nein, das war nichts für mich. Wenn Franziska meditiert hat, bin ich schwimmen gegangen.«

»Hältst du nichts davon oder hattest du einfach keine Lust?«

»Ich finde es hochinteressant. Nicht nur das Meditieren, sondern auch die ganze Kultur und Lebensart. Allerdings haben die Kurse in den Hotels nicht viel damit zu tun.«

»Woher willst du das wissen?«, unterbrach ihn Franziska.

»Ich finde, bei uns Europäern ist das alles etwas romantisch verklärt, mit der ganzen Spiritualität.«

»So ein Quatsch«, sagte Franziska und verschränkte die Arme. »Du glaubst doch wohl nicht im Ernst, dass die Meditationskurse in Thailand romantisiert werden.«

»Ich denke, sie verkaufen den Urlaubern das, was nachgefragt wird.«

»Als ob du das wüsstest. Du warst ja nicht einmal bei einem Kurs dabei.«

»Wollt ihr noch was trinken?« Sabine hielt mit einem gespielten Lächeln ihr Sektglas hoch.

»Ja, sehr gerne. Das ist lieb von dir«, sagte Franziska und reichte ihr das leere Glas.

»Ich nehme noch ein Bier«, sagte Jan.

»Schatz, du weißt, dass du noch fahren musst?«

»Ja«, sagte er, ohne sie anzusehen.

Es war bereits dunkel, als sie nach Hause kamen. Franziska ließ sich wortlos auf das Sofa fallen und sah fern, während Jan sich mit seinem Laptop an den

29

Esstisch setzte. Eine als wichtig markierte E-Mail stach rot hervor. Es war eine Nachricht von Reinhard, seinem Chef, der Jan für den nächsten Morgen um acht Uhr zur Wochenplanung ins Büro zitierte. Da die Abschlüsse stagnierten, machte der Chef Druck. Jan stand seit einiger Zeit unter verschärfter Beobachtung und musste über seine Termine Bericht erstatten.

»So ein Mist«, grummelte er zu sich selbst. Normalerweise ging er morgens vor der Arbeit ins Fitnessstudio, was der Chef genau wusste.

Er löschte die E-Mail und sah sich einen Newsletter des thailändischen Fremdenverkehrsamtes an, dessen Hauptthema in dieser Ausgabe die Insel Koh Chang war. Er betrachtete die Bilder von einsamen Stränden, türkisfarbenen Wasserfällen und farbenfrohen Tempeln.

Franziska streckte sich gähnend auf dem Sofa, machte dann den Fernseher aus und stand auf. Als sie an Jan vorbeiging und auf sein Laptop sah, wechselte er flink zu einer anderen E-Mail. Er wartete, bis sie den Raum verließ und öffnete nach einem kurzen Blick über die Schulter erneut den Newsletter. Es folgte ein Artikel über die Tempel in Bangkok. Er war sich gar nicht bewusst darüber, wie viele verschiedene Tempel es in dieser Stadt gibt.

Franziska kam aus dem Bad. Schnell wechselte er erneut das Fenster auf seinem Laptop. Als er hörte, wie die Schlafzimmertür zuging, las er den Artikel zu Ende.

Nun wechselte er auf das Buchungsportal der Lufthansa, wo es unzählige Angebote gab, sogar kurzfristig. Er überlegte, wie es wäre, spontan einen Flug zu buchen. Einfach abhauen ...

Er ließ den Cursor über den Buchen-Button kreisen, streichelte dabei mit seinem Finger über das Touchpad. Schließlich klappte er seufzend den Laptop zu und ging ins Bett.

»Guten Morgen, Jan. Komm rein«, sagte Reinhard, schwenkte seinen Arm im Halbkreis, als wollte er ihn umarmen, beließ es aber bei der Andeutung.

Jan ging an ihm vorbei ins Büro und setzte sich an den Konferenztisch aus poliertem Kirschholz. Reinhard setzte sich ihm gegenüber, fasste mit zwei Fingern an seinen Krawattenknoten und beugte sich vor.

»Jan, wie viele Termine hast du diese Woche?«

»Keine Ahnung, fünf oder sechs.«

»Fünf oder sechs?«

»Weiß ich nicht, da muss ich nachgucken.«

»Okay, dann guck jetzt nach.«

Jan nahm sein Handy heraus und sah in den Terminkalender, wo kein einziger Termin eingetragen war. »Da scheint es wieder Probleme beim Synchronisieren zu geben. Das System scheint zu hängen.«

»Ich glaube nicht, dass das System hängt.«

»Aha, was glaubst du denn?«

Reinhard lehnte sich seufzend zurück und sah Jan einige Sekunden fest in die Augen. »Du warst mein bester Mitarbeiter. Deine Zahlen waren die besten, die wir je hatten. Seit einem Jahr ist das vorbei, und die letzten sechs Monate waren eine einzige Katastrophe. Warum läuft es bei dir nicht mehr, was ist los?«

»Keine Ahnung.«

»Hast du private Probleme? Kann ich etwas für dich tun?«

»Nein«, sagte Jan und verzog die Mundwinkel.

»Aber es muss doch einen Grund geben, Junge.«

»Es geht ja nicht nur mir so. Der Immobilienmarkt stagniert grundsätzlich.«

Reinhard durchbohrte ihn mit seinen Blicken. In seiner rechten Hand ließ er einen Kugelschreiber zwischen seinen Fingern kreisen, dann beugte er sich so weit vor, dass Jan seinen nach Pfefferminz riechenden Atem roch. »Pass auf Jan, ich habe mir was überlegt.« Er machte eine Pause, sah an die Decke und dann wieder zurück zu Jan. »Ich werde dein Gehalt anpassen. Dein Fixgehalt wird halbiert, dafür werden wir die variable Vergütung noch stärker an die Verkäufe binden.«

»Du kannst mir doch nicht einfach das Fixgehalt streichen.«

»Niemand will dir irgendetwas streichen. Im Gegenteil, wenn du wieder richtige Steigerungen schaffst, verdienst du mehr als je zuvor.« Eindringlich sah er Jan an. »Mensch Junge, das ist eine Chance.«

»Ich sehe keine Chance, ich sehe eine Gehaltskürzung.«

»Das kannst du so nicht sehen. Denk daran, dass da auch noch eine wesentlich stärkere Erfolgsbeteiligung dranhängt. Da kannst du richtig Geld verdienen.«

»Das ist nicht rechtens, was du da machst. Wir haben einen Arbeitsvertrag.«

»Willst du mir etwa drohen?«, knurrte Reinhard.

Jans Puls beschleunigte sich. Er ballte die Hände unter dem Tisch zu Fäusten und schnaubte: »Du kannst nicht einfach machen, was du willst.«

»Schau dir mal deine Zahlen an«, rief Reinhard mit hochrotem Kopf. »Es kann nicht sein, dass von dir gar nichts mehr kommt. Ich bin doch nicht die Heilsarmee.« Mit dem Finger machte er stechende Bewegungen in der Luft, als wolle er Jan mit einem Degen attackieren. »Du musst einfach mal Leistung bringen, etwas mehr Engagement zeigen, dann müssen wir solche Gespräche nicht führen.«

Jans Lippen zitterten, worauf er sie fest zusammenpresste. Wie versteinert saß er da, mit einem Riesenkloß im Hals, während Reinhard mit halb offenem Mund auf ihn herabblickte.

»Na, komm schon, Junge. Jetzt reiß dich zusammen. Ich weiß doch, dass du es kannst.«

Noch bevor Jan etwas erwidern konnte, stand Reinhard auf, ging zur Tür und öffnete sie. Laut schnaufend atmete er aus und sah auf die Uhr. Als Jan an ihm vorbeiging, klopfte ihm sein Chef auf die Schulter und sagte: »Ich verlasse mich auf dich.«

Der Laptop stand aufgeklappt auf dem Küchentisch, Jans Blick war auf den leeren Kalender gerichtet. Noch immer war kein Termin eingetragen.

Nachdem er das Büro verlassen hatte, ging er ins Fitnessstudio und anschließend joggen. Den Rest des Tages verbrachte er in der City, wo er ziellos durch die Einkaufsgassen schlenderte.

Nun saß er gedankenverloren da und starrte auf den Monitor. Als die Haustür aufgeschlossen wurde, zuckte er kurz zusammen. Die Tür knallte zu und das hölzerne Klappern von abgeworfenen Pumps hallte durch die Wohnung.

»Schatz, wie lange bist du denn schon da?« Franziska ging zum Kühlschrank und nahm sich einen Smoothie heraus.

»Schon eine ganze Weile. Ich habe heute früher Feierabend gemacht und war noch beim Sport.«

»Da hättest du uns eigentlich auch mal was zu essen machen können.«

»Wir können doch eine Pizza oder einen Auflauf in den Ofen schieben.«

»Na toll.« Franziska verdrehte die Augen und ächzte: »Auf Pizza habe ich mich schon den ganzen Tag gefreut.«

»Was willst du denn sonst essen?«

»Eigentlich habe ich keinen Hunger.«

Jan erwiderte nichts und klickte durch seinen leeren Kalender, während Franziska sich zu ihm an den Küchentisch setzte und nachdenklich mit einem Löffel ihren Smoothie umrührte. Sie holte tief Luft und sagte: »Ich habe das Gefühl, irgendwas stimmt nicht mehr mit uns.«

»Was meinst du?« Jan blickte vom Laptop auf und sah Franziska in die Augen.

»Du bist in letzter Zeit so abwesend. Nichts scheint dich mehr zu interessieren.«

»Das machst du dir jetzt aber ein bisschen leicht, meinst du nicht?«

»Du weißt genau, dass ich auf der Arbeit eine Menge um die Ohren habe. Ich erwarte ja nicht viel, aber wenigstens ein bisschen Rücksicht.«

»Wo nehme ich denn keine Rücksicht?«

»Du bist unzuverlässig, machst nur noch dein eigenes Ding.«

»Zum Beispiel?«

»Meine Bluse, die du vergessen hast.«

»Ist das so ein Problem?«

»Es geht ja nicht um die Bluse. Du bist einfach nicht mehr für mich da. Früher warst du immer so aufmerksam ... und jetzt kriegst du nicht einmal mehr so ein scheiß Essen hin.«

»Okay«, sagte Jan und atmete tief durch. »Wie viele Wohnungen habe ich letzte Woche verkauft?«

»Das weiß ich doch nicht. Du sagst doch nie was.«

»Weil es dich nicht interessiert. Es interessiert dich nämlich einen Scheiß, was ich mache.«

»Das muss ich mir nicht anhören«, sagte sie, stand auf und ging hinaus.

Er hörte, wie sie ihre Pumps wieder anzog und den Schlüssel von der Kommode nahm.

»Ich gehe mit Sabine essen. Du brauchst nicht auf mich zu warten«, klang ihre Stimme aus dem Flur, kurz darauf fiel die Tür ins Schloss.

Er holte sich ein Bier aus dem Kühlschrank und sah sich noch einmal den Artikel des thailändischen Fremdenverkehrsamtes an. Auf der Internetseite klickte er sich durch die Bilder der sehenswerten Tempel in Bangkok. Besonders beeindruckt war er vom Wat Arun, der direkt am Fluss liegt und über dem gerade die Sonne unterging. Er trank einen großen Schluck Bier und suchte nach Flugverbindungen. Es gab viele freie Plätze für einen Flug in zwei Tagen. Er wählte Flugdaten für vier Wochen aus und drückte die Eingabetaste. Es erschien eine Zusammenfassung des Fluges. Jetzt brauchte er nur noch auf einen Button zu klicken und der Flug wäre gebucht. Nach einem weiteren Schluck Bier überlegte er, wann er das letzte Mal getan hatte, was er wirklich wollte. Wann hatte er das letzte Mal etwas Verrücktes gemacht? Etwas Spontanes?

Mit der Bierflasche an seinen Lippen sah er lange auf den Button, der die verbindliche Buchung versprach. Schließlich klickte er ihn an, ohne weiter nachzudenken.

Jetzt geht's also nach Thailand, dachte er, lehnte sich zurück und legte die Hände hinter den Kopf. Dann atmete er befreit auf und ballte die Fäuste.

Am nächsten Morgen nahm er sich mehr Zeit als sonst für sein Fitnesstraining. Zwischen den Übungen machte er lange Pausen, in denen er sinnierend auf der Hantelbank saß und noch gar nicht fassen konnte, was er getan hatte.

Direkt nach dem Training fuhr er ins Büro, wo er schnurstracks zu Reinhard ging, um ihm mitzuteilen, dass er kurzfristig Urlaub brauche.

»Das kann nicht dein Ernst sein.«

»Doch«, erwiderte Jan lakonisch.

»Du kannst mich jetzt nicht im Stich lassen. Wir sind mit den Verkäufen im Rückstand«.

»Ich bin nicht dein einziger Mitarbeiter.«

»Verdammt, ich verlasse mich auf dich. Lass mich nicht hängen. Nicht jetzt.«

»Ob jetzt oder später ... was spielt das für eine Rolle? Früher oder später muss ich sowieso Urlaub machen.«

»Wie lange willst du denn wegbleiben?«

»30 Tage.«

»Vergiss es. Wenn du 30 Tage wegbleibst, schmeiße ich dich raus.«

»Mach, was du willst«, sagte Jan und wandte sich ab.

»Nun warte mal. Lass uns darüber reden.«

Jan ging zur Tür und öffnete sie.

»Ich gebe dir drei Tage, komm schon.«

Wortlos verließ er das Büro und schritt zwischen den Schreibtischen entlang Richtung Ausgang.

»Eine Woche, ich gebe dir eine Woche, ist das ein Deal?«, rief Reinhard hinterher.

Er erreichte die Ausgangstür und griff nach der Klinke.

»Wenn du jetzt gehst, brauchst du nicht wiederzukommen.«

Jan drückte die Klinke herunter und stieß die Tür auf.

»Du brauchst dich hier nicht mehr blicken zu lassen«, schrie Reinhard und stieß die Fäuste in die Luft.

Er hob zum Abschied die rechte Hand, ohne sich noch einmal umzudrehen, dann fiel die Tür zu.

Er schaute sich nicht um, sah nicht nach links und nicht nach rechts. Schnurstracks ging er zum Auto, stieg ein und fuhr mit quietschenden Reifen los. Erst an einer roten Ampel schnallte er sich an und setzte seine Sonnenbrille auf.

Der Kies knirschte unter seinen Füßen, als er an seinen Lieblingsplatz am See ankam. Er ließ sich nieder, nahm sich eine Handvoll Steine und warf einen nach dem anderen ins Wasser.

Im Gedanken überschlug er seine Finanzen. Er besaß zwei gut gefüllte Girokonten, dazu kamen ein Aktiendepot, einige Fondssparpläne und ein Tagesgeldkonto. Finanzielle Sorgen hatte er nicht, im Gegenteil, es waren genug Rücklagen vorhanden, die ihm eine längere Auszeit erlaubten. Die größte Herausforderung war Franziska, bei der er sich nicht sicher war, ob sie ihm verzeihen würde. Dazu müsste sie ihn verstehen. Aber wie sollte sie verstehen, was er selbst nicht verstand?

Er wusste nicht viel, bis auf eine Tatsache. Sein Leben war voller Leid, er fühlte sich immer und überall nur noch scheiße. Sollte er ihr das sagen?

Würde er ihr erklären, wie er sich im Job fühlte, würde sie das nicht verstehen. Würde er ihr sagen, dass ihre Freunde ihn anödeten, wäre sie wütend. Würde er ihr gestehen, dass er mit ihr unglücklich war, würde sie ihn hassen. Er kam zu dem Schluss, dass es keinen Sinn machte, irgendwelche Erklärungen zu planen.

Doch warum fühlte er, was er fühlte? Warum war er unglücklich, obwohl er alles hatte, was man sich wünschen konnte?

Er schüttelte den Kopf und sah in seinen Gedanken den Tempel am Fluss in Bangkok vor sich. So sehr ihm die Antworten auf seine Fragen verborgen blieben, so sehr ahnte er, dass er sie in Thailand finden würde.

»Schatz, wo warst du? Ich habe die ganze Zeit versucht, dich zu erreichen«, kam es ihm entgegen, als er die Wohnung betrat. Er zog sein Handy aus der Tasche und sah vier Anrufe.

»Ich habe es nicht gehört. Mein Handy war auf lautlos gestellt.«

»Na toll. Wozu hast du überhaupt ein Handy?«

Jan antwortete nicht und ging ins Schlafzimmer. Er öffnete alle Türen des Kleiderschranks und überlegte, welche Sachen er einpacken sollte.

»Was machst du da?« Franziska stand mit verschränkten Armen in der Tür.

»Ich fahre in Urlaub.«

»Warum du und nicht wir ... und wann?«

»Morgen.«

»Das sagst du mir einfach so? Einfach so nebenbei?«

»Ich sage es dir hier und jetzt. Nicht einfach so und nicht so nebenbei.«

»Wohin fährst du?«

»Bangkok.«

»Hast du einen Knall? Wie lange?«

39

»Vermutlich ja. Erst mal 30 Tage.«

»Du verarschst mich.«

Jan drehte sich zu Franziska um und sah sie ernst an. »Hör zu. Ich würde es dir erklären, wenn ich könnte. Aber ich kann es nicht. Ich weiß nur, dass ich raus muss.«

»Ach, du brauchst Urlaub von mir?« Ihre Stimme klang nun schrill.

»Das hat nichts mit dir zu tun. Es hat nur etwas mit mir zu tun.«

»Du machst es dir ja leicht, wie immer. Hast du überhaupt schon gebucht?«

»Ja, gestern Abend.«

»Hast du ja toll gemacht, hinter meinem Rücken.«

»Es war nicht hinter deinem Rücken. Du warst ja nicht einmal da.«

»Und was sagt dein Chef dazu?«

»Ist mir scheißegal, was er dazu sagt.«

»Das ist typisch für dich. Dir sind die anderen ja immer scheißegal.« Mit Tränen in den Augen wandte sie sich ab und ging in die Küche.

Jan sah ihr nach, holte tief Luft und pustete sie mit dicken Backen wieder aus. Dann nahm er einen kleinen Koffer vom Schrank und platzierte ihn geöffnet auf dem Bett. Während er seine Sachen zusammenlegte, klangen schluchzende Laute aus der Küche. Er hielt inne, schloss für einige Sekunden die Augen, schüttelte dann den Kopf, als wolle er alle Zweifel von sich abwerfen, und machte unbeirrt weiter.

Am nächsten Morgen stand er wie immer früh auf. Er setzte sich in die Küche, trank einen Kaffee und suchte auf seinem Tablet nach Hotels.

Franziska sprach kein Wort. Aber alle Geräusche, die sie machte, waren doppelt so laut wie üblich. Die Schubladen schlugen doppelt so laut zu, das Geschirr klapperte doppelt so laut und die Türen gingen doppelt so laut auf und zu.

Jan wurde fündig und reservierte ein Zimmer für die ersten Tage. Die Bestätigung kam wenige Sekunden später per E-Mail, in der auch gleich Reisetipps mit untergebracht waren.

»Wo soll ich mit deinen Sachen hin? In den Keller oder vor die Tür?«, fragte Franziska so beiläufig, als würde sie nach dem Wetter fragen.

»Was denkst du denn?«, entgegnete Jan und trank einen Schluck Kaffee.

»Hier kommst du auf jeden Fall nicht mehr rein. Ich lasse die Schlösser auswechseln.«

»Das geht auch einfacher«, sagte er und legte den Schlüssel auf den Tisch.

»Dann ist ja alles klar.« Franziska beachtete den Schlüssel nicht und ging.

»Goodbye«, sagte er, nachdem die Tür zugeknallt war.

4

Während des Landeanflugs blickte Jan über die geometrisch ungleichmäßig angeordneten Felder. Dann sah er den braunen Chao-Phraya-Fluss, der sich in großen Bögen durch die Felder schlängelte, bevor er sich seinen Weg durch Bangkok bahnte. Sein Herz schlug wie wild, als er die geschwungenen Dächer eines Tempels entdeckte.

Nach der Landung übte er sich in Geduld und blieb sitzen, als die ersten von den Sitzen sprangen und sich im Gang drängten. Anschließend reihte er sich in die Schlange ein und ging mit kleinen Schritten voran. Rechts und links auf den Sitzen lagen Decken, Kopfkissen, leere Erdnussverpackungen und Wasserflaschen.

Als er über das Gate in den Flughafen trat, spürte er die Tropenhitze, die wie ein dichter Nebel schwer in der Luft lag. In dem großen lichtdurchfluteten Gang, der aus Glas und Stahl bestand, erfrischten ihn die Klimageräte, die in regelmäßigen Abständen angeordnet waren. Das Kofferband war bereits von den Mitreisenden umringt. Jeder hatte sein Minirevier abgesteckt, um schnell an seinen Koffer zu kommen, der in den nächsten Wochen der einzige materielle Besitz sein sollte.

Eine Familie mit zwei Kindern stand mit einem Gepäckwagen vor dem Band. Die Kinder tobten herum und wurden von der Mutter vergeblich zur Ordnung gerufen. Im Hintergrund tippten einige Thailänder seelenruhig auf ihren Handys. Vereinzelt standen Backpacker herum, mit schlabbriger Kleidung und ausgetretenen Schuhen.

Die Leute nahmen ihre Koffer und es lichtete sich, während Jan mit langem Hals am Band stand und von einem Bein auf das andere wippte. Als er sich nach dem Stand für verlorenes Gepäck umsehen wollte, kam ihm schließlich sein Koffer auf dem Band entgegen. Erleichtert griff er ihn und fragte sich, warum er sich jedes Mal solche Sorgen machte. Auf dem Weg zum Taxistand besorgte er sich noch eine SIM-Karte für sein Handy und trat anschließend hinaus in die schwüle Hitze Thailands.

Die Klimaanlage im Taxi kühlte den Innenraum lautstark auf eine Eiseskälte herunter, die ihn frösteln ließ. Die Straßen waren voll mit Autos, Tuk-Tuks und Mopeds, die sich an den Kreuzungen gegenseitig blockierten. Nach einer gefühlten Ewigkeit erreichte das Taxi die Khao San Road, bog in eine kleine Seitenstraße ab und hielt vor einem alten Haus mit kahlen Außenwänden, von deren Fassade der Putz bröckelte.

Die strahlenden Gesichter von zwei jungen Frauen lachten ihm von der Rezeption entgegen, als er das Hotel betrat. Während er den Fruchtsaft trank, der ihm zur Begrüßung gereicht wurde, kopierte eine der

Frauen seinen Reisepass. Im Empfangsbereich saßen einige Backpacker auf Bambusstühlen. Einer tippte eifrig auf einem Laptop, eine junge Frau mit Rastalocken, wischte relaxt über ihr Handy, ein Mann mit Vollbart saß mit geschlossenen Augen in einem Sessel, hielt dabei die Hände flach aufeinandergelegt in seinem Schoß.

»Ihr Reisepass, Mister«, sagte die Rezeptionistin in gebrochenem Englisch und hielt den Pass würdevoll in beiden Händen. Mit Begeisterung hielt sie dann einen bunten Flyer in die Höhe und erläuterte die Möglichkeiten, über das Hotel Ausflüge zu buchen. Anschließend erklärte sie ihm den Weg zu seinem Zimmer. Er nahm den Schlüssel und schob sich die schmale Treppe hinauf, in den ersten Stock. Das Zimmer war mit einem schlichten Bett, einem Kühlschrank und einer Klimaanlage ausgestattet. Die Dielen knarrten unter seinen Füßen und es roch modrig. Jan stellte seinen Koffer in die Ecke und ging hinaus auf die Straße.

Es war bereits später Nachmittag, der Straßenstaub tanzte im rotgelben Licht der sich herabsenkenden Sonne. Jan bummelte durch die Khao San Road, vorbei an Geschäften, Bars und Reisebüros.

Er kam an einer Tempelanlage vorbei, die er schon von Weitem an den schwungvollen Rundungen der Dächer erkannte. Die Anlage war von einigen Häuserreihen umgeben, in denen die Mönche wohnten. Jan überquerte den menschenleeren Vorplatz und stieg die Treppe zum Haupttempel hinauf, wo er auf der obersten Stufe seine Schuhe auszog. Der Innenraum war mit einem roten Teppich ausgelegt. An der Stirnseite befand sich eine Empore, auf der ein großer goldener Buddha thronte, umgeben von kleineren Figuren, Blumen und einigen rituellen Gegenständen. Er setzte sich auf den Teppich und sah zum Buddha auf. Das Gesicht war glatt und mit klaren symmetrischen Linien, die ihm einen entspannten Ausdruck verliehen. Jan versuchte, eine Stimmung aus dem Gesicht herauszulesen, doch es gelang ihm nicht. Er konnte nicht erkennen, ob in dem Gesicht Freude, Trauer oder Gleichgültigkeit lag. Es konnte alles sein und nichts. Wie die Mona Lisa, die mit ihrem geheimnisvollen Ausdruck, trotz ihrer Anmut, ein einziges Rätsel blieb.

Am Abend ging er in eine Bar, die sich in der Nähe des Hotels befand. Er setzte sich in den großen Außenbereich, von wo aus er die Khao San Road überblicken konnte. Aus dem hinteren Teil der Bar klang Lounge-Musik. Die Einrichtung bestand aus einfachem Holz, die Rattanstühle waren mit Bambusgeflecht zusammengebunden. Buntes Neonlicht strahlte von einzelnen Spots und Werbetafeln, die an den Wänden hingen. Jan studierte die abgegriffene Speisekarte und bestellte dann ein Currygericht und dazu Bier. Touristen flanierten an ihm vorbei, machten Fotos von einem Grillwagen, der Insekten anbot. Backpacker mit übergroßen Rucksäcken gingen ungerührt daran vorbei, zielstrebig auf dem Weg ins Hostel.

Die Bedienung brachte das Essen, das nach würzigem Curry und Kokos duftete. Das Chili brannte in Jans Nase und er musste ein Niesen unterdrücken.

Als er nach dem Essen ein weiteres Bier bestellte, ertönte eine Stimme neben ihm: »Könnte ich das Gleiche bekommen wie der Herr?«

Die Bedienung nickte freundlich und verschwand.

Der Mann wandte sich Jan zu. »Sie sind aus Deutschland, nicht wahr?«

»Ja, das stimmt, ich bin heute aus Deutschland angekommen.«

»Wissen Sie, das ist mein Lieblingsbier hier in Thailand«, sagte der Mann in einem verschwörerischen Ton und deutete dabei auf die Bierflasche, auf deren Etikett ein goldener Löwe abgebildet war.

»Ist Singha Bier eine thailändische Marke?«

»Ja, das ist sogar der Marktführer in Thailand. Es gibt auch noch Chang Bier, das etwas herber schmeckt. Aber ich trinke lieber Singha, das ist mild und bekömmlich.«

»Es gibt hier noch viel zu lernen für mich«, sagte Jan, hob die Bierflasche hoch und studierte das Etikett.

»Ich nehme an, Sie machen hier Urlaub?«, fragte der Mann unverfänglich.

»Ja, irgendwie schon«, erwiderte Jan nachdenklich.

»Ah, da kommt ja das Bier.« Überschwänglich bedankte sich der Mann bei der Bedienung, als diese die Getränke auf den Tisch stellte. »Zum Wohl«, sagte er und nahm genüsslich einen großen Schluck.

Jan betrachtete den Mann, der in dieser Gegend auf ihn wirkte, wie ein Banker in einer Kohlegrube. Er hatte glatt gekämmtes graues Haar, trug eine Bundfaltenhose und ein perfekt gebügeltes Hemd.

»Ich heiße übrigens Andreas.«

»Ich bin Jan.«

»Es freut mich, Sie kennenzulernen, Jan.«

»Ganz meinerseits.«

»Sagen Sie, Jan, was meinten Sie damit, dass Sie irgendwie im Urlaub sind?«

»Nun ja, das war eigentlich nicht geplant. Ich bin einfach abgehauen, kurz entschlossen einen Flug gebucht und weg.«

»Warum ausgerechnet nach Thailand?«

»Ich war letztes Jahr mit meiner Freundin hier. Die *Lebensart* und der Buddhismus haben mich fasziniert.«

»Was suchen Sie im Buddhismus, Jan?« Andreas räusperte sich und fügte hinzu: »Wenn ich so indiskret sein darf.«

»Kein Problem«, sagte Jan und winkte ab. »Ich bin mir nicht sicher, was ich suche. Ich würde gerne mehr darüber erfahren.« Er sah auf die Bierflasche, auf deren kaltem Glas sich Tropfen gebildet hatten. »Und wo geht es besser als hier?«, fügte er hinzu.

Andreas nickte verständnisvoll. »Darf ich fragen, was Sie von Beruf sind, Jan?«

»Ich bin Immobilienmakler.«

»Ich denke, das ist ein sicherer Beruf. Der Immobilienmarkt ist ja immer in Bewegung.«

»Grundsätzlich schon, aber die Konkurrenz ist groß. Man muss sich immer etwas mehr anstrengen als die anderen, wenn man nicht auf der Strecke bleiben will.«

»Da kann sicher viel Druck entstehen, der auf einem lastet.«

»Was machen Sie denn beruflich, Andreas?«

»Hoffentlich verschrecke ich Sie nicht, wenn ich Ihnen das verrate«, sagte er lachend.

»So schnell erschrecke ich nicht.«

»Ich bin Pastor.«

Jan sah Andreas an, sagte kein Wort.

»Na Jan? Jetzt hat es Ihnen ja doch die Sprache verschlagen.«

»Damit habe ich allerdings nicht gerechnet.«

»Das liegt wahrscheinlich daran, dass Sie jemanden wie mich an diesem Ort nicht erwartet haben.« Andreas zeigte mit ausgestrecktem Arm auf die belebte Straße, die jetzt noch voller geworden ist.

»Das wird es sicher sein«, sagte Jan und nahm einen Schluck von seinem Bier. »Was verschlägt Sie denn in diese Gegend? Sie wollen doch nicht etwa zum Buddhismus konvertieren?«, sagte Jan grinsend.

»Nein, das habe ich nicht vor«, antwortete Andreas lächelnd. »Ich habe einen Freund in Roi Et. Er ist Pastor der hiesigen Kirche.«

»Roi Et ist doch oben im Isaan. Ich hätte nicht gedacht, dass es in der Gegend Kirchen gibt.«

»Die Christen sind hier stark in der Minderheit, aber es gibt welche.«

»Sind die Christen hier anders als in Deutschland?«

»Sie haben hier eine andere Kultur und dementsprechend eine andere Mentalität. Aber im Glauben sind sie wie wir.«

»Wie stehen Sie zum Buddhismus?«, wollte Jan nun wissen.

»Ich war schon oft in Thailand und habe mich auf meinen Reisen viel mit dem Buddhismus beschäftigt. Die Religion hat mich anfangs sehr fasziniert. Aber sie hat mir auch gezeigt, wie sehr ich in der evangelischen Kirche zu Hause bin.«

»Dann hat der Buddhismus ja etwas Gutes für Sie gebracht.«

»In der Tat. Für mich war es wie eine Reise, die mir geholfen hat anzukommen.«

»Ankommen wäre gut«, sagte Jan gedankenverloren zu sich selbst.

»Sie haben keine Religion, nicht wahr?«

»Ich bin aus der Kirche ausgetreten, als ich 18 war.«

»Warum?«

»Ich habe mich in der Kirche nie willkommen gefühlt.«

Nachdenklich sah er Jan an. »Das ist interessant. Ihre Geschichte würde ich gerne hören.« Er winkte der Bedienung zu und bat um die Rechnung. »Aber für heute habe ich genug. Es ist Zeit für mich, ins Bett zu gehen.«

Die Musik in der Bar wechselte von entspannter Lounge-Musik zu Pop. Aus der chilligen Atmosphäre wurde Partystimmung, die Unterhaltungen wurden lebhafter und lauter. Als die Rechnung kam, steckte Andreas ein paar Scheine mit einem großzügigen

Trinkgeld in die Mappe und stand auf. »Jan, wenn Sie morgen auch wieder hier sind, wäre es mir eine Freude, mich mit Ihnen weiter zu unterhalten.«

»Ja, warum nicht«, sagte Jan.

»Ich wünsche Ihnen noch einen schönen Abend«, sagte Andreas und deutete eine Verbeugung an.

»Wünsche ich Ihnen auch«, sagte Jan und hob lässig seine Hand zum Abschied.

Verdammt, ausgerechnet ein Pfaffe, dachte Jan und bestellte noch ein Bier. Nachdem er einen großen Schluck getrunken hatte, musste er an Franziska denken, die um diese Zeit auf der Arbeit sein dürfte. Er traute ihr zu, dass sie seine Sachen auf die Straße gestellt hat, und musste sich eingestehen, dass es ihr gutes Recht war. Rückgängig machen konnte er es nun nicht mehr … und er wollte es auch nicht. Ein Blick auf sein Handy verriet, dass sie diesmal richtig sauer war und ihm wohl nicht verzeihen würde. Keine Nachricht auf WhatsApp, keine Beschimpfungen, keine Beleidigungen.

Dass sein Chef ihm die Aktion übel nahm, war ihm egal. Völlig egal. Diesen Job hatte er schon lange satt.

Er verwarf die Gedanken und dachte über die Worte von Andreas nach, dem der Buddhismus geholfen hatte anzukommen. Das konnte ihm nicht passieren, denn er hatte nichts, wo er ankommen könnte. Nein, sein Blick ging nach vorne, nur dafür interessierte er sich. Die Vorstellung, dass er hier feststellen könnte, dass es zu Hause am schönsten sei, ließ ihn erschaudern.

Eine Kakerlake lief über den Boden auf ihn zu. Als sie sich ihm näherte, kickte er sie sanft mit seinem Fuß weg und beobachtete, wie sie flink in einer Rinne verschwand. Dann genoss er sein Bier und beobachtete den Trubel auf der Straße, ließ sich treiben von den bunten Lichtern, der lauten Musik und den Hippies, die mit fortschreitender Stunde immer lebhafter wurden. Als Sultans of Swing von den Dire Straits aus den Lautsprechern dröhnte, wippte sein Bein im Takt wie fremdgesteuert.

Am Morgen erwachte er mit einem dumpfen Pochen im Kopf, und sein Nacken fühlte sich an, als hätte er auf einer Streckbank gelegen. Die Klimaanlage rasselte in einer Lautstärke, als wolle sie noch immer die Musik der Nacht begleiten, und hatte nicht mitbekommen, dass die Party längst zu Ende war. Das Frühstück nahm er im Hotel ein. Es bestand aus Toastbrot, das er sich selbst toastete, Rührei und Marmelade. Das frische, dekorativ geschnittene Obst rührte er nicht an.

»Good Morning«, schallte es fröhlich durch den Raum und eine Frau mit bauchfreiem Shirt und einem langen Zopf kam die Treppe herunter. Sie sah aus wie Lara Croft und hatte Bauchmuskeln, um die sie mancher Bodybuilder beneiden würde. An ihrem Akzent erkannte Jan, dass sie deutschsprachig war. Sie nahm sich etwas Obst und setzte sich dann an den Nebentisch. Eine Hotelangestellte brachte ihr eine Tasse heißes Wasser und einen Teebeutel.

»Guten Morgen, Jutta«, sagte die Angestellte zu der durchtrainierten Frau und strahlte sie mit einem herzlichen Lächeln an.

»Sawadee kha, Fon«, erwiderte sie auf Thailändisch und nahm die Tasse entgegen wie eine Süßigkeit, auf die sie sich schon den ganzen Morgen gefreut hatte.

»Respekt«, sagte Jan. »So ein heißer Tee hat schon was bei der Hitze.«

»Na ja, dein Kaffee wird auch nicht viel kälter sein«, sagte sie und tauchte dabei den Teebeutel in das heiße Wasser.

Wenigstens wird man davon wach, dachte er und widmete sich wieder seinem Toast.

»Bist du neu angekommen? Ich habe dich noch nicht gesehen«, sagte sie und biss etwas von dem Mangostück ab, das sie auf einer Gabel aufgespießt hatte.

»Ich bin gestern Abend angekommen.« Er nahm einen Schluck Kaffee und fuhr fort: »Du scheinst schon länger hier zu sein.«

»Ich komme regelmäßig hierher, aber ich bin nur auf der Durchreise. Ich fahre weiter nach Koh Chang ins Yoga-Camp.«

»Verstehe, du willst Kurse besuchen, auf der Suche nach Spiritualität«, sagte er mit einem spöttischen Unterton, worauf er sich direkt auf die Lippe biss.

»Eigentlich gebe ich die Kurse«, sagte sie gelassen und schob sich ein Stück Ananas in den Mund.

»Ah, okay.« Er zog die Schultern zusammen und strich Marmelade auf die nächste Scheibe Toast.

Sie sah ihn von der Seite an, schüttelte schließlich lächelnd den Kopf und streckte ihm die Hand entgegen. »Ich heiße Jutta.«

»Ich bin Jan«, sagte er, fügte ein »freut mich« hinzu und schüttelte ihr die Hand.

Ein Poltern schallte von der Treppe, dann erschienen zwei Männer mit großen Schritten, gefolgt von einer zierlichen jungen Frau, die unter dem Getöse der Männer wie unsichtbar wirkte.

»Hallo, ihr Süßen«, kam es melodiös über Juttas Lippen.

»Guten Morgen«, sagten die beiden Männer fast im Gleichklang.

»Boah, ich brauche erst mal einen Wachmacher«, sagte einer der beiden, ging zum Buffet und schenkte sich Kaffee in eine Tasse ein. Dabei verschüttete er etwas und verwischte die Lache auf dem Boden mit seinen Schuhen. Dann setzte er sich lässig an den Tisch und verschränkte die Arme. Er war muskulös und mit seinem schulterfreien Batikshirt schien er es auch gerne zu zeigen.

Der andere Mann holte sich Toast, etwas Butter und Aufschnitt, dann nahm er sich einen Kaffee, während er den Teller geschickt in der anderen Hand balancierte. Er war sehr schlank, fast dünn und wirkte tiefenentspannt, als könne ihn nichts aus der Ruhe bringen.

Die junge Frau hatte sich bereits neben Jutta gesetzt und hielt eine Wasserflasche in der Hand.

»Das ist Jan«, sagte Jutta und zeigte auf ihn, als wäre er ein neues Mitglied der Clique.

»Alles klar, bin Lars«, kläffte der Typ im Batikshirt und zeigte dabei das Victory-Zeichen, indem er zwei Finger in die Höhe hielt.

»Ich bin Markus, freut mich, dich kennenzulernen«, sagte der Entspannte und lächelte freundlich.

»Hallo, ich bin Conny«, piepste die zierliche Frau kaum hörbar.

»Freut mich«, sagte Jan und nickte ihnen zu. Ein richtig bunter Haufen, dachte er sich und versuchte, ihr Alter abzuschätzen. Die Männer schienen in den Dreißigern zu sein. Markus vielleicht Ende dreißig und Conny Anfang zwanzig. Bei Jutta war er sicher, dass sie die Älteste war. Ihre braun gebrannte Lederhaut und die Falten an den Händen verrieten es, auch wenn sie durch und durch muskulös und durchtrainiert war.

Markus wandte sich Jan zu. »Darf ich fragen, was du vorhast in Thailand?«

»Ich will erst mal ein paar Tage in Bangkok verbringen und dann sehe ich weiter«, sagte Jan.

Jutta blickte auf. »Hast du denn gar keine Pläne?«

»Komm schon, Alter, gib's zu«, polterte Lars. »Du willst nach Pattaya zum Saufen und Vögeln.« Mit einem herausfordernden Grinsen lachte er Jan an.

»Schnucki, benimm dich mal«, sagte Jutta tadelnd, worauf er still wurde.

»Die Reise fand ziemlich spontan statt. Ich will das Land kennenlernen, Tempel besichtigen und etwas über die Kultur erfahren.«

»Für Tempel und Kultur ist es das perfekte Land«, sagte Markus gedankenverloren, als hätte er mit sich selbst gesprochen.

»Da hast du recht«, stimmte Jutta zu und nickte. »Es gibt hier unendlich viel zu entdecken. Wenn du den Spirit suchst, dann wirst du hier garantiert fündig.«

»Tja, und wenn nicht, dann kannst du immer noch zum Saufen und Vögeln nach Pattaya fahren«, sagte Lars, der daraufhin seinen Kopf einzog, als Juttas Hand über ihn hinwegfegte.

»Sollte ich mich dafür entscheiden, kannst du mir ja ein paar Tipps geben«, sagte Jan augenzwinkernd, was in der Runde für lautes Gelächter sorgte und Lars mit rotem Kopf verstummen ließ.

Jan trank seinen Kaffee aus und erhob sich. »Ich werde dann mal auf Erkundungstour gehen«, sagte er.

»Viel Spaß«, sagte Jutta und winkte ihm hinterher. Markus und Conny taten es ihr gleich, während Lars lässig die Hand hob, ohne Jan anzusehen.

Er ging zum Bootsanleger am Chao-Phraya-Fluss und setzte sich in eines der Touristenboote, mit dem er zu den bekanntesten Tempeln kam. Als das Boot schaukelnd den Fluss entlang tuckerte, ertönte aus den Lautsprechern die mechanische Stimme einer Bootsbegleiterin. Routiniert stand sie in ihrer blauen Uniform vorne mit dem Mikrofon und beschrieb die Sehenswürdigkeiten, an denen sie vorbeifuhren, während sich die Sonne grell auf dem Wasser spiegelte.

»… und auf der linken Seite sehen Sie Wat Arun mit seinem Prang, der auch Stupa genannt wird«, sagte die Begleiterin ohne eine Gesichtsregung.

Jan streckte den Kopf heraus und sah den Prang hinauf, der sich wie ein kegelförmiger Turm in den Himmel bohrte. Umgeben war er von vier kleineren Türmen, die an den Ecken wie Wachtürme anmuteten. Kleine Glöckchen hingen herab, die sanft bimmelten im Einklang mit dem Zwitschern der Vögel.

Nachdem Jan das schaukelnde Boot mit einem beherzten Sprung verlassen hatte, folgte er dem Touristenstrom auf das Tempelgelände, das aus mehreren Tempeleinheiten bestand. Er setzte sich von der Menge ab und ging an zwei Häuschen vorbei, vor denen kunstvoll geschnittene Bonsais standen, und nahm einen Seitenweg zu einem unscheinbaren kleineren Gebäude, wo er am Eingang seine Schuhe auszog und zaghaft eintrat. Er ging über den weichen Teppich vor zur Empore und ließ sich vor dem Buddha nieder. Teilnahmslos schaute der Erhabene auf ihn herunter. Wie am Tag zuvor konnte Jan das Gesicht nicht deuten. Es war ein schmales Gesicht, die Lippen einen Spalt offen, die Augen halb geschlossen. Die Gesichtszüge wirkten entspannt und friedlich, doch ob er glücklich oder traurig war, vermochte Jan nicht zu erkennen. Er spürte, dass von dem Buddha etwas ausging, aber er konnte nicht deuten, was es war. Er wusste nur, dass er sich geborgen fühlte. Es ging ihm gut an diesem Ort.

Plötzlich vernahm er rechts von sich ein Rascheln. Er drehte sich zur Seite und sah einen Mönch, der auf einem Kissen saß und ihn milde anlächelte.

»Wie gehts?«, fragte der Mönch in perfektem Englisch.

»Gut, danke«, antwortete Jan, der verwirrt war, weil er den Mönch beim Reinkommen gar nicht bemerkt hatte.

»Interessiert dich der Buddhismus?«

»Ja, ich interessiere mich sehr dafür. Ich will so viel wie möglich über den Buddhismus erfahren.«

»Was weißt du denn schon darüber?«

»Eigentlich nicht viel, außer das, was man in den europäischen Medien liest.«

Wortlos winkte ihn der Mönch zu sich. Jan gehorchte und ging zu ihm und kniete nieder, worauf der Mönch zufrieden nickte.

»Was willst du wissen?«, fragte der Mönch sanft.

»Eigentlich will ich alles über den Buddhismus lernen. Ich weiß allerdings nicht so recht, wo ich anfangen soll.«

»Es geht nicht darum, alles zu lernen. Werde dir bewusst und du hast schon sehr viel erreicht.«

»Über was soll ich mir bewusst werden?«

»Samsara.«

»Sam ... was?«

»Samsara ist das Rad des Lebens. Es bedeutet, dass sich alles wiederholt. Du wirst geboren, du lebst, du stirbst, und dann fängst du wieder von vorne an.« Der Mönch machte eine Pause und sah Jan fest in die Augen, als wolle er sich vergewissern, dass er seine

Worte auch verstanden hatte. »Dieser Kreislauf ist endlos. Du durchlebst die Geburt, das Leben und den Tod immer wieder aufs Neue. Du führst jedes Leben als ein anderer in unterschiedlicher Gestalt. In einem Leben bist du vielleicht ein Baum, in einem anderen eine Fliege, dann möglicherweise ein Lamm und wenn du Glück hast, irgendwann ein Mensch.« Der Mönch hielt inne und sagte dann mit einem Schmunzeln: »Ich sehe, du hattest Glück.«

»Und was kommt nach dem Menschen? Gibt es einen Himmel? Oder wiederholt sich das bis in alle Ewigkeit?«

»Du bist zu schnell. Erinnerst du dich an das Wort, das ich dich gerade gelehrt habe?«

Jan sah den Mönch mit großen Augen an und zuckte mit den Schultern.

Der Mönch lächelte geduldig und sagte: »Samsara. Es ist das Rad des Lebens. Denk darüber nach, was ich dir gesagt habe. Morgen ist ein anderer Tag und du kannst den nächsten Schritt gehen.«

»Okay, danke«, sagte Jan und machte einen Wai, indem er seine Handflächen zusammenlegte, sie vor sein Gesicht hielt und sich verbeugte.

Der Mönch sprach nun einige Worte auf Thailändisch, die wie ein Mantra klangen. Dann bespritzte er ihn mit etwas Wasser aus einem Tonkrug und wickelte ihm ein weißes Band um das Handgelenk, das er sorgfältig verknotete. Jan bedankte sich mit einem weiteren Wai, stand auf und verließ das Gebäude.

Er ging zum Prang, der umlaufend mit bunten Verzierungen versehen war. Auf der ersten Ebene waren Dämonen aus Stein eingelassen, die den Prang zu halten schienen. Keuchend stieg er die steilen Treppen hinauf bis ganz nach oben, wo er sich niederließ. Am Fluss reihten sich auf der anderen Seite alte Häuser mit Wäscheleinen auf den Verandas und futuristische Neubauten, deren Glas sich in der Sonne spiegelte. Dahinter erhob sich die Skyline Bangkoks, bestehend aus einer unendlichen Anzahl an Wolkenkratzern und Kränen, welche die Stadt stetig wachsen ließen. Während er einen Wolkenkratzer mit einer goldenen Kuppel betrachtete, dachte er über die Worte des Mönchs nach. Dass sich alles wiederholte, fand er nicht gerade ermutigend. Einen Sinn ergab das nicht für ihn, aber er war sicher, dass der Sinn sich ihm erschließen würde, wenn er mehr verstand. Er stellte sich vor, wie es wäre als Baum wiedergeboren zu werden. Das dürfte verdammt langweilig werden. Vielleicht auch nicht, wenn er ein anderes Bewusstsein oder ein anderes Zeitempfinden hätte. Er nahm sich vor, das nächste Mal etwas mehr Respekt walten zu lassen, wenn er an einen Baum pinkeln sollte.

In der Bar herrschte am Abend reges Treiben. Die Bedienung wuselte zwischen den Tischen umher, nahm Bestellungen entgegen, brachte den Backpackern Bier und räumte ab. Als Jan sich nach einem freien Platz umsah, hörte er: »Hey Janny«, drehte sich um und sah Jutta, die mit den anderen an einem Tisch saß. Sie winkte ihm zu und zeigte auf einen leeren Stuhl, worauf er sich zu ihnen setzte.

»Wie war die Tempelbesichtigung?«, fragte Markus, der frisch wirkte, als käme er gerade aus der Dusche. Der süßliche Duft eines Rasierwassers umgab ihn; sein blondes Haar glänzte feucht, ein weißes Leinenhemd trug er lässig über der Jeans.

»Ich war am Fluss und im Wat Arun. Danach habe ich zu Fuß die Gegend erkundet und dabei ein paar kleinere Tempel besucht.«

Markus bemerkte das Band um Jans Handgelenk. »Oh, du warst bei einem Mönch.«

»Ja, genau«, sagte Jan und hielt seine Hand in die Höhe. »Er hat eine Zeremonie mit mir gemacht und was Interessantes zu mir gesagt.«

»Und?«, fragte Jutta.

»Er hat von Samsara gesprochen. Er erklärte mir das Rad des Lebens.«

»Pass nur auf, dass du nicht am Rad drehst«, sagte Lars grinsend, der wieder sein Muskelshirt im Batik-Style trug.

Jan tat so, als hätte er die Worte nicht gehört, woraufhin Lars den Mund verzog.

»Ich habe es nicht wirklich verstanden, aber mehr wollte der Mönch nicht erzählen«, sagte Jan mit den Schultern zuckend.

»Es ist der endlose Kreislauf des Lebens, den die Buddhisten durchbrechen wollen«, sagte Jutta.

»Und wie machen sie das?«

»Mit Karma.« Kaum hatte Jutta die Worte ausgesprochen, trat sie Lars gegen das Schienbein, der sich bereits den nächsten Spruch zurechtgelegt hatte.

»Davon habe ich immer nur in spirituellen Zusammenhängen gehört«, sagte Jan nachdenklich. »Aber sonst scheint es Karma bei uns nicht zu geben.«

»Wie kommen Sie denn darauf, Jan?« Er drehte sich um, und da stand der Pastor, die Fäuste in die Hüften gestemmt.

»Hey Andreas, mein Engel«, rief Jutta, die Arme ausbreitend, als wollte sie ihn umarmen, was sie aber nur andeutete.

Der Pastor tätschelte Juttas Arm, nahm sich von einem Nebentisch einen Stuhl und setzte sich zu der Gruppe.

»Um auf das Karma zurückzukommen ...« Andreas räusperte sich und sah einen Moment bedächtig in die Luft, während er sich mit dem Zeigefinger übers Kinn strich. »Tatsächlich ist es so, dass auch bei uns über Wiedergeburt diskutiert wird.«

»Aber doch nicht in der Kirche, oder?«, fragte Jutta und neigte dabei den Kopf.

»Es gibt immer wieder Diskussionen über die Reinkarnation. Als Jesus und seine Jünger einem Blinden begegneten, wollten sie wissen, was der Blinde getan hatte, dass er so geboren wurde. Manche sehen es als Zeichen dafür, dass er in einem früheren Leben etwas Schlimmes getan hat.«

»Und wie denken Sie darüber?«, wollte Jan wissen.

»Ich glaube nicht daran. Es kann viel hineininterpretiert und ausgelegt werden. Es führt aber selten zu etwas.«

»Ich finde die Vorstellung tröstend«, sagte Conny.

Es war das erste Mal seit ihrer ersten Begegnung, dass Jan sie einen Satz sagen hörte. Sie sprach leise und vermied es, jemandem in die Augen zu sehen.

»Finden Sie die Vorstellung an einen Himmel denn nicht tröstend, Conny?«

»Ich kann mir den Himmel nicht so richtig vorstellen. Irgendwie sehe ich keinen Sinn darin.«

»Der Himmel ist das Paradies, wo die Menschen Befreiung erlangen. Sie kommen dorthin, wenn sie Gutes tun. Es ist im Grunde ähnlich wie beim Rad des Lebens, nur dass der Mensch nicht viele Leben durchleben muss«, erklärte Andreas. »Ich finde schon, dass es Sinn ergibt.«

»Darin sind sich alle Religionen einig«, sagte Jutta. »Wer Gutes tut, wird belohnt.«

»Das ist doch mal ein netter Kompromiss«, sagte Markus und hielt sein Bier hoch. Daraufhin stießen alle an.

»Ich kann es noch gar nicht glauben, dass ihr euch kennt«, sagte Jan und schaute ungläubig in die Runde.

»Wir kamen vor einigen Tagen an dieser Stelle ins Gespräch«, sagte Andreas. »Ich konnte mich einer gewissen Neugier nicht erwehren, als ich einer spannenden Diskussion über den Sinn des Lebens lauschte.«

»Eigentlich habe ich mit der Diskussion angefangen«, sagte Conny, vermied dabei immer noch den Blickkontakt mit den anderen.

Jan nahm sie zum ersten Mal richtig wahr. Ihre langen blonden Haare fielen ihr über die schmalen Schultern. Sie trug ein weißes Kleid mit Spaghettiträgern und weiße Sneakers.

»Ach was«, sagte Lars. »Man braucht nur ein Fitnessstudio und abends genug Bier. Dann hat das Leben genug Sinn.« Er ließ seine Brustmuskeln zucken und grinste breit in die Runde.

»Das Studio für die Brustmuskeln und das Bier für den Bauch«, lachte Markus und gab Lars einen Klaps auf den Bauch, der sich prall durch das Shirt drückte.

»Arsch«, sagte Lars und errötete, während er grimmig in die lachende Runde sah.

Jutta stupste ihn an. »Schnucki, nicht böse sein. Wir meinen es doch gar nicht so.«

»So sehr ich Ihre Gesellschaft genieße, muss ich mich jetzt leider verabschieden«, sagte Andreas, legte das Geld für sein Bier auf den Tisch und stand auf. »Es warten noch ein paar E-Mails auf mich«, fügte er hinzu und verabschiedete sich mit einem Winken.

Als der Pastor gegangen war, sagte Lars: »Ich will Billard spielen« und sah mit langem Hals in die Bar, wo der Billardtisch frei geworden war. Jutta und Markus stimmten zu, worauf die drei hineingingen.

Conny nahm die Wasserflasche in die Hand und strich mit den Fingern gedankenverloren über das Etikett. Während Jan die vorbeischlendernden

Touristen betrachtete, fragte er, ohne sie anzusehen: »Wie bist du auf die Idee gekommen nach Thailand zu fliegen?«

»Das ist eine lange Geschichte. Ich hatte ein Burnout, war lange krank und habe schließlich meinen Job hingeschmissen. Ich hatte das Bedürfnis, etwas Neues zu erleben, weit weg von zu Hause. Dann bin ich im Internet auf Juttas Blog gestoßen und habe mich spontan für ihr Yoga-Camp auf Koh Chang angemeldet.« Sie sah auf die Flasche und lächelte. »Und hier bin ich.«

»Ist das für dich eine Art Sinnsuche?«

»Ja, irgendwie schon. Obwohl ich mir nicht sicher bin, ob ich hier einen Sinn finde.«

Das Plastik der Wasserflasche machte knackende Geräusche, als Conny ihre Finger hineindrückte. Sie löste ihren Blick von der Wasserflasche, sah Jan direkt in die Augen und begann zu erzählen. Sie hatte bei einem Automobilzulieferer im Einkauf gearbeitet. Schnell stieg sie auf und wurde nach kurzer Zeit sogar Einkaufsleiterin. Arbeitszeiten von 70 Stunden die Woche waren keine Seltenheit und die Erreichbarkeit an den Wochenenden und im Urlaub selbstverständlich. Sie war ehrgeizig und hatte Spaß an der Arbeit, bis die Stimmung kippte und es ihr gesundheitlich immer schlechter ging. Schließlich kam es zum Zusammenbruch. Die Arbeit, die sie so sehr erfüllt hatte, war plötzlich zum größten Übel geworden. Ihr Weltbild geriet ins Wanken und schließlich hinterfragte sie ihr ganzes Leben. Sie fragte sich, welchen

Sinn das alles noch habe und wofür es sich überhaupt noch lohnen sollte, all das auf sich zu nehmen.

»Bis zu deinem Zusammenbruch war die Arbeit also der Sinn für dich.« Nachdenklich sprach Jan die Worte, dachte dabei an seine eigene Situation.

»Genau. Ich war so beschäftigt und voller Tatendrang, dass ich nie auf die Idee kam, irgendetwas in Frage zu stellen.«

»Willst du keine Kinder haben?«

»Nein, das kann ich mir nicht vorstellen.«

»Für viele Menschen ist das der Sinn des Lebens.«

»Biologisch gesehen mag das stimmen. Aber ich glaube nicht daran.«

»Ich auch nicht«, sagte Jan. »Es muss noch etwas anderes geben.«

»Hast du eine Ahnung, was das sein könnte?«

»Nicht wirklich. Vielleicht gibt es eine Realität, von der wir keine Ahnung haben. Möglicherweise hat jeder Mensch eine Bestimmung, die er herausfinden muss.«

Ein Moped fuhr knatternd im Schritttempo an ihnen vorbei. Darauf saß eine Straßenverkäuferin mit einem Korb voller Souvenirs auf dem Schoß, hinter ihr zwei Kinder, die sich an sie klammerten.

»Ich habe das Gefühl, der Buddhismus hat die Antworten«, sagte Jan, während sie dem Moped hinterhersahen.

»Jetzt seht euch das an«, rief Lars aus dem Hintergrund. »Kaum lässt man sie allein, baggert er auch schon drauflos.«

»Sie sind erwachsen, Schnucki. Sie können tun und lassen, was sie wollen.« Jutta ließ sich in den Stuhl fallen und streichelte Conny über den Rücken.

Eine Weile saßen sie schweigend da, bis Markus laut gähnte und Jutta es ihm gleichtat. Als sich die Gruppe von Jan verabschiedete, blieb Jutta noch einen Moment zurück und steckte ihm eine Visitenkarte zu. »Das ist meine Nummer und die Adresse in Koh Chang. Vielleicht bekommst du während deines Urlaubs ja Lust auf Yoga und Meditation.« Ohne eine Antwort abzuwarten, sagte sie »Gute Nacht, Janny«, winkte mit den Fingern und ging leichten Schrittes davon.

Er bestellte noch ein Bier und dachte über das Gespräch mit Conny nach. Sie hatte sich voll und ganz mit dem Job identifiziert und war erfolgreich, genau wie er. Doch bei Conny endete es mit einem Burnout, was sie zu der großen Sinnfrage führte, die er sich auch stellte. Ihre Sorgen waren ähnlich, nur dass es sie viel härter getroffen hat.

Ihm gingen die Worte des Mönchs durch den Kopf, der vom Rad des Lebens sprach. Der Mensch hat viele Leben und in jedem Leben muss er arbeiten, dachte er. Der Mönch sagte aber, man werde nicht immer als Mensch geboren, sondern auch als Tier oder Pflanze. Tiere und Pflanzen arbeiten nicht, also kann Arbeit nicht der Sinn sein, kombinierte Jan. Er nahm sich vor, diese Frage am nächsten Tag einem Mönch zu stellen.

Am Morgen frühstückte er gemeinsam mit der Clique, zu der sich auch Andreas gesellte. Der Duft von frisch gebrühtem Kaffee und geröstetem Toast lag in der Luft. Aus dem Radio dröhnte thailändische Popmusik, die mit schrillen Tönen gegen den Motorenlärm von der Straße ankämpfte. Es war eine gesellige Runde, so zwanglos, als würde die Zeit an diesem Morgen langsamer vergehen als sonst. Jan fühlte sich pudelwohl, niemand schien irgendwelche Erwartungen zu haben. Sie gaben und nahmen sich, wie sie waren. So stellten sie auch keine Fragen, als er sich verabschiedete, um wieder auf eigene Faust seine Unternehmung zu starten.

Zufrieden spazierte er in der glühenden Sonne durch die staubigen Straßen der Altstadt. Es gab keine Bürgersteige, daher hielt er sich so weit wie möglich am Rand der Straße und spürte trotzdem den Fahrwind der Mopeds und Tuk-Tuks die gefährlich nah an ihm vorbeirasten. In den Gassen, wo sich Holzbauten mit roten Lampions und einfach verputzte Häuser in bunten Farben aneinanderreihten, fühlte er sich wie in eine andere Zeit versetzt.

Er entdeckte einen kleinen Tempel, der versteckt hinter den Häusern lag und von der Straße aus kaum zu sehen war. Als er eintrat, nahm er den Geruch von Weihrauch wahr, schritt auf den Buddha zu und kniete sich vor ihm hin. Er sah hinauf und hatte das Gefühl, dass der Buddha fast ein wenig lächelte.

Hinter sich hörte er leise Schritte, dann huschte eine junge Frau in gebeugter Haltung an ihm vorbei. Sie ging vor zur Empore, zündete einige Räucherstäbchen an, hielt sie zwischen den Handflächen und sprach leise einige Worte. Dann steckte sie die

Räucherstäbchen in ein mit Sand gefülltes Gefäß aus Bronze und kniete sich vor dem Buddha. Sie verbeugte sich so tief, dass ihr Gesicht fast den Boden berührte und sprach anschließend ein Gebet, bei dem sie nur ihre Lippen bewegte, aber kein Ton zu hören war. Nach dem Gebet saß sie einige Minuten schweigend da, stand dann auf, steckte einige Geldscheine in die Spendenbox und verschwand so leise, wie sie gekommen war.

Seinen Spaziergang setzte er entlang eines Kanals fort, vorbei an einem Handwerkerviertel mit Schlossereien, Werkstätten und Baustoffhändlern. Dann entdeckte er einen Wegweiser zum Bergtempel »Golden Mount«, der sich auf einem aufgeschütteten Berg befand. Er stieg einen steilen Weg hinauf, der sich spiralförmig um den Berg bis zum Tempel wand. Der Weg war gesäumt von künstlichen Wasserfällen, plätschernden Springbrunnen und Zierpflanzen. Ein Nebel aus kühlendem Wasserdampf, der aus Zerstäubern kam, lag in der Luft. Im Tempel erklangen Mantras aus Lautsprechern. Ein Mönch saß in einer Ecke und sprach zu Gläubigen, die ihm ehrfürchtig zuhörten. Ein anderer saß im Lotussitz auf einem Kissen und nickte Jan zu, der daraufhin auf ihn zuschritt und niederkniete.

Er verbeugte sich und fragte dann: »Darf ich eine Frage stellen?«

»Ja, stell deine Frage«, sagte dieser mit ruhiger Stimme.

»Gestern habe ich gelernt, was Samsara ist. Ich habe lange darüber nachgedacht, aber heute frage ich mich: Wo ist der Sinn? Ich verstehe es nicht.«

Jan war sich nicht sicher, ob er sich richtig ausgedrückt hatte und hoffte, dass der Mönch seine Frage nicht als respektlos empfand. Doch dieser lächelte. »Dann kennst du nicht die vier edlen Wahrheiten des Buddhismus?«

»Nein, die kenne ich nicht.«

»Die erste Wahrheit: Das Leben ist Leiden.« Er machte eine Pause und sah Jan an, der aufmerksam zuhörte.

»Die zweite Wahrheit lautet: Jedes Leiden hat eine Ursache.« Jan wollte etwas sagen, doch der Mönch hob seine Hand.

»Die dritte Wahrheit: Man kann etwas gegen die Ursache tun, die das Leiden hervorruft.« Noch immer hielt er seine Hand erhoben.

»Es gibt einen Ausweg aus dem Leiden, das ist die vierte Wahrheit.« Nun nahm er seine Hand herunter und lächelte.

Der Mönch hielt inne und nickte ihm aufmunternd zu, worauf Jan fragte: »Wie finde ich die Ursache für das Leiden heraus?«

»Die Ursache sind Anhaftungen, wie sie jeder Mensch hat. Es ist die Gier, etwas haben zu wollen. Oft sind es materielle Dinge. Es sind aber auch Dinge, die man nicht sieht, wie der Drang nach einem höheren Status oder nach Anerkennung.«

»Und daraus gibt es einen Ausweg?«

»Ja, dafür musst du die Regeln des achtfachen Pfades befolgen.«

Der Mönch erklärte die Regeln des achtfachen Pfades, indem er sie nacheinander aufzählte und kommentierte. Dabei blickte er in Jans regungsloses Gesicht und brach schließlich die Ausführungen ab. Dann lächelte er und fasste den achtfachen Pfad in drei Teile zusammen: »Der erste Teil ist das Verstehen und die Erkenntnis, der zweite Teil bezieht sich auf das Handeln und im dritten Teil geht es um die Achtsamkeit.«

Jan versuchte, es für sich zu sortieren und bat darum noch eine letzte Frage stellen zu dürfen, worauf der Mönch nickte.

»Wo ist der Zusammenhang zwischen den vier edlen Wahrheiten und Samsara?«

»Bei Samsara oder dem Kreislauf des Lebens geht es darum, irgendwann einmal aus dem Kreislauf auszubrechen und ins Nirwana zu gelangen, wo Buddha einst hingegangen ist.« Er machte eine Pause, damit Jan die Worte verarbeiten konnte. »Wenn du es schaffst, dich von allem Leid zu befreien, kannst du den Kreislauf des Lebens durchbrechen.«

»Und dazu muss ich den achtfachen Pfad befolgen«, murmelte Jan vor sich hin.

»Genau. Wenn du die Regeln befolgst, verbesserst du dein Karma. Das ist der erste Schritt, um das Leiden zu verringern.«

Jan verbeugte sich dreimal und dankte dem Mönch, der gelassen dasaß und lächelte. Er war sich nicht sicher, ob der Mönch ihn für total durchgeknallt hielt oder sich über die Fragen freute. In seiner Erhabenheit war er genauso geheimnisvoll wie der Buddha, dem Jan zuvor in dem anderen Tempel gegenübersaß.

Er verließ den Tempel nicht sofort, sondern trat auf eine große Terrasse hinaus, von der aus er über die Dächer der Stadt blickte und über die Worte des Mönchs nachdachte.

Die erste edle Wahrheit ist das Leiden. Er überlegte, dass es ja dann ein Grundprinzip sein müsse, dass jeder Mensch leide. Im Umkehrschluss würde das bedeuten, dass es keine glücklichen Menschen geben konnte. Je mehr er über das Gesagte nachdachte, desto mehr Fragen hatte er. Doch er wollte die Geduld des Mönchs nicht überstrapazieren und verließ den Tempel.

In der Bar herrschte an diesem Abend Partystimmung. Die Clique unterhielt sich rege, hin und wieder ein Scherz, dann ein Lachen und schließlich das Klirren der Gläser beim Anstoßen. Conny trank zum ersten Mal kein Wasser, sondern hatte einen Cocktail vor sich stehen, dessen Strohhalm sie mit den Fingern umbog.

»Hey Janny«, rief Jutta, als Jan dazu kam. »Schön, dass du da bist. Stoß mit uns auf den letzten Abend an.« Sie winkte der Bedienung zu, die kurz darauf ein Bier brachte.

»Schade, ich habe mich gerade an euch gewöhnt«, sagte Jan mit einem schiefen Grinsen, als würde ihm ein Hund ans Bein pinkeln. Lars trank einen großen

Schluck Bier und gab anschließend einen lauten Rülpser zum Besten.

»Sogar an den«, schob Jan hinterher, und diesmal gelang ihm das Grinsen.

»Du bist jederzeit bei uns willkommen, das weißt du«, sagte Jutta und sah ihn eindringlich an.

Jan nickte und sah zum Pastor. »Was ist mit Ihnen, Andreas. Reisen Sie morgen auch ab?«

»Bangkok war für mich nur eine Zwischenstation, wie für die meisten.« Er gab Jan einen Flyer. »Das ist die Gemeinde in Roi Et, wo ich die nächsten Wochen verbringen werde. Sollte es Sie in die Gegend verschlagen, besuchen Sie mich doch.«

Jan sah sich den Flyer an, auf dem eine Kirche abgebildet war, daneben thailändische Schriftzeichen und eine Handynummer, die Andreas mit einem Kugelschreiber notiert hatte.

»Vielleicht komme ich darauf zurück«, sagte er, faltete den Flyer zusammen und steckte ihn sorgfältig in seine Hemdtasche.

Markus wandte sich Jan zu. »Wie war die heutige Tempeltour?«

Jan erzählte, was ihm der Mönch sagte und dass dieser auch seine Fragen beantwortet hatte. Doch als der Mönch über den achtfachen Pfad sprach, kam er nicht mehr mit.

»Das ist nicht schwer«, sagte Markus und zählte den achtfachen Pfad auf wie ein Gedicht.

Jan sah ihn mit großen Augen an. »Jetzt, wo du es sagst, klingt es nachvollziehbar.«

Jutta legte ihre Hand auf Jans Arm. »Das waren einfach zu viele Informationen auf einmal.«

»Es kommt mir vor, wie ein Pendant zu den zehn Geboten«, sagte Jan.

Andreas holte tief Luft. »Diese Diskussion habe ich schon oft geführt. Gewisse Ähnlichkeiten sind nicht von der Hand zu weisen, aber ein Vermischen oder ein Vergleich halte ich für falsch.«

»Warum?« Jan runzelte die Stirn.

»Der achtfache Pfad ist spirituell ausgelegt und zielt auf Meditation ab. Das hat für mich nichts mit Glauben zu tun.«

»Und doch haben sie einiges gemeinsam«, sagte Markus.

»Wenn man etwas vergleichen will, dann vielleicht die fünf Silas. Allerdings gehen die mir nicht weit genug«, sagte der Pastor und seufzte.

Einen Moment lang sagte niemand etwas, dann unterbrach Lars die Stille »Boah, Alter, mein Bier ist schon wieder leer.« Er hielt seine leere Flasche hoch und die Bedienung kam, um die nächste Bestellung aufzunehmen.

»Hat der Mönch dir auch gesagt, wie du das mit dem achtfachen Pfad hinbekommst?«, fragte Jutta.

»Nein, soweit kamen wir gar nicht.«

»Meditation«, sagte sie.

»Als Teil des achtfachen Pfades?«

»Genau, es ist ein Teil des achtfachen Pfades.«

Die Bedienung brachte Getränke und sie stießen gemeinsam an. Die Stimmung wurde immer ausgelassener, jeder erzählte ein paar Erlebnisse aus vergangenen Reisen. Conny hatte rote Wangen von dem Cocktail und bekam einen Schluckauf, bei dem sie sich jedes Mal die Hand vor den Mund hielt, wenn ihr ein geräuschvolles »Hicks« rausrutschte.

Jan sah in die Runde und musste lächeln. Sie tranken, erzählten sich Witze, lachten und der Pastor mittendrin, als hätte er schon immer dazugehört. Die Zeit verging und als der Abend sich zur Nacht wandelte, drehte der DJ die Musik lauter. Sie standen auf und tanzten mitten auf der Straße. Die Bar, in der nachmittags gemütlich Kaffee getrunken wurde, verwandelte sich in eine Partyzone, wo die Menschen bei tropischen Temperaturen ausgelassen feierten. Die voll aufgedrehten Ventilatoren kamen nicht gegen die Hitze an. Die Kleidung war durchtränkt vom Schweiß, doch niemanden störte es. Sie lagen sich in den Armen und tanzten bis tief in die Nacht.

Mit heftigen Kopfschmerzen wachte Jan am Morgen auf. Beim Frühstück saß er allein am Tisch, die anderen waren bereits abgereist. Bis auf den Verkehrslärm, der von draußen hereindrang, war es still um ihn herum. Es war wie ein abgeschlossenes Kapitel in einem Buch, das sich nicht zurückblättern ließ.

Dankbar blickte er auf die leeren Stühle, wo sie gemeinsam zum Frühstück saßen. Er hatte einige Sympathien für sie entwickelt, selbst Lars war ihm ans Herz gewachsen. Und dass er sich mit einem Pastor anfreunden würde, hätte er nie für möglich gehalten.

An diesem Tag beschloss er, das berühmte Einkaufsviertel auf der Sukhumvit Road zu erkunden. Mit dem Tuk-Tuk fuhr er zum MBK-Center, einem riesigen Einkaufszentrum, das ihn beim Eintreten mit kühler Luft empfing, die von den Klimaanlagen erfrischend durch das Gebäude geblasen wurde. Er durchstöberte einige Geschäfte, um sich mit Dingen einzudecken, die er beim Kofferpacken vergessen hatte. Ein paar T-Shirts, eine kurze Hose und einige Hygieneartikel. Anschließend schlenderte er durch die anderen Einkaufszentren, die sich in dieser Gegend befanden. Sie waren riesig und das Angebot unerschöpflich. Er dachte über die Worte des Mönchs nach, der gesagt hatte, dass Anhaftungen und Gier die Ursache des Leidens seien. In dieser Gegend war es nicht leicht, sich von diesen Anhaftungen zu befreien. Jan ertappte sich selbst dabei, wie er mit so manchem als Sonderangebot angepriesenen Artikel liebäugelte, und er konnte gut verstehen, warum die Menschen nachgaben. Schließlich war er auch nicht besser.

Dann ging er den Skywalk entlang, der in grauem Beton über der völlig überfüllten Sukhumvit Road verlief. Es wimmelte von Menschen, die schweigend ihrer Wege gingen. Fast alle hatten ein Handy in der Hand und tippten oder lasen, während sie ohne Hast den Weg entlang schlurften. Eine Gruppe Studentinnen, einheitlich gekleidet in schwarzen Röcken und weißen Blusen, kam ihm entgegen. Sie gingen dicht nebeneinander, sahen gemeinsam auf ein Handy und kicherten.

Dann erreichte er die Central-World Mall, die er direkt über den Skywalk betrat. Für einen so belebten Ort war es äußerst sauber, fast steril. Der Boden glänzte, auf einer riesigen Leinwand flimmerten Werbespots und aus unsichtbaren Lautsprechern ertönte kitschige Musik. Zwei junge Männer schlenderten vollgepackt mit Einkaufstüten den Gang entlang, schielten dabei auf ihre Handys und kollidierten fast mit einem Touristen, der ihnen mit breiter Brust und Rucksack über der Schulter entgegenkam.

Jan war erschlagen von der Größe dieser Mall mit ihren unzähligen Geschäften, wo sogar ein Kaufhaus integriert war. All die Angebote überwältigten ihn, doch es irritierte ihn auch, denn so etwas hatte er hier nicht erwartet. Er konnte sich nicht vorstellen, dass die Thais sich so teure Sachen leisteten. Ganz davon abgesehen, hatte er gedacht, dass sie sich aus den materiellen Dingen nichts machten. Er gestand sich ein, dass seine romantische Vorstellung vom genügsamen und glücklichen Thai, vielleicht etwas voreilig war.

Er wollte die Mall verlassen, verlor allerdings die Orientierung und verlief sich. Hektisch fuhr er mit der Rolltreppe in verschiedene Etagen, wusste aber nicht mehr, über welche Etage er den Skywalk erreichen konnte. Schließlich fragte er entnervt eine Verkäuferin, die ihm amüsiert die Richtung zeigte. Er schlug sich an die Stirn, als er sah, wie nah er dran war und dass er es auch selbst gefunden hätte, wenn er auf die Beschilderung geachtet hätte. Erleichtert trat er hinaus auf den Skywalk, hielt sich am Geländer fest und atmete tief durch.

Eine Gruppe Mönche ging an ihm vorbei, ihre orangefarbenen Umhänge berührten fast den Boden. Jan sah ihnen nach, wie sie die Treppe hinabgingen, und entdeckte neben der Mall einen Tempel. Er folgte den Mönchen, die zielstrebig auf das Tempelgelände zugingen und kurz darauf in einem angrenzenden Wohnblock verschwanden. Jan gelangte auf einen Platz mit zwei Nebentempeln, die er einmal umrundete und betrat dann eines der Gebäude.

Es war eine Oase der Ruhe inmitten der pulsierenden Stadt. Auf einem Schlag war jede Hektik ausgeblendet, als befände sich der Tempel in einem Vakuum. Er setzte sich auf den roten Teppich und betrachtete die handgemalten Bilder an den Wänden, welche die Geschichte Buddhas darstellten. Siddharta, aus dem der erhabene Buddha wurde, wie er nun golden in diesem Tempel thronte, geschützt in einem goldenen Pavillon, dessen Säulen mit Glassteinen besetzt waren, die im Licht eines Kronleuchters funkelten.

In einer Ecke saß ein Mann im Lotussitz, die Hände auf den Knien abgelegt, und rührte sich nicht. Reglos versunken war er in sich gekehrt wie in einer unsichtbaren Glocke. Verstohlen sah Jan immer wieder aus den Augenwinkeln zu dem Mann, der mit geschlossenen Augen dasaß wie ein Stein. Keine Bewegung war zu sehen, nicht einmal, als eine Fliege auf seinem Kopf landete. Jan wechselte in den Schneidersitz, legte die Hände auf seine Oberschenkel und schloss die Augen. Er versuchte, etwas zu fühlen, irgendetwas in sich selbst oder vielleicht eine Verbindung zu Buddha. Dann dachte er daran, dass er sich noch gar nicht entschieden hatte, wohin er weiterreisen wollte, verwarf den Gedanken aber wieder. Seine Beine schmerzten im Schneidersitz, also wechselte er wieder auf die Knie, sah zum Buddha und schloss die Augen. Nun bekam er Hunger und überlegte, wo er am Abend essen gehen könnte, verwarf aber auch diesen Gedanken und versuchte sich zu konzentrieren. Er öffnete die Augen einen Spalt weit und linste zu dem Mann hinüber, der immer noch regungslos dasaß, dann holte er tief Luft, schloss die Augen wieder und konzentrierte sich auf seinen Atem. Das Bild des Buddha tauchte vor ihm auf und er fragte sich, ob der Buddha vor ihm genauso neutral aussah, wie die anderen oder ob er lächelte. Er öffnete die Augen und der Buddha saß genauso erhaben da, wie er es bei den anderen gesehen hatte, und auch in diesem Ausdruck konnte er nichts lesen. Er warf einen weiteren Blick zur Seite, und immer noch rührte sich der meditierende Mann nicht. Jetzt nahm er noch einmal all seine Konzentration zusammen, schloss die Augen und lenkte die Aufmerksamkeit auf seine Atmung. Langsam atmete er tief ein und aus, sein Brustkorb hob und senkte sich. Plötzlich kitzelte ihn etwas am Arm. Als er heruntersah, entdeckte er die Fliege, die zuvor den Mann belagert hatte. Jan ignorierte sie, ging wieder in sich und lenkte seine Konzentration wieder auf die Atmung, bis er ein Kitzeln im Gesicht spürte. Er schlug sich mit der Hand aufs Gesicht, was ein klatschendes Geräusch verursachte. Erschrocken über die

Lautstärke duckte er sich, sah dann mit eingezogenem Kopf zur Seite, doch auch das konnte den Mann nicht aus der Ruhe bringen. Die Fliege hatte nun beschlossen, bei Jan zu bleiben, und es kribbelte mal am Arm, mal im Nacken, dann an seinem Knöchel. Schließlich gab er auf und verließ das Gebäude.

Er überquerte das Gelände und gelangte in einen Garten, in dem zwischen Bäumen und Sträuchern schmale Wege angelegt waren. Einige Wege verliefen gerade, andere führten in kunstvollen Bögen um Kiesflächen herum. Ein älterer Mann schritt konzentriert auf einem der Wege entlang. Behutsam hob er einen Fuß an, hielt ihn einige Sekunden in der Luft und setzte ihn in einer fließenden Bewegung wieder ab, bevor er das Ganze mit dem anderen Fuß wiederholte. Der Mann hielt kurz inne, um dann wieder einige Schritte zu gehen, langsam und bewusst, als wolle er seinen eigenen Gang sezieren. Eine Frau mittleren Alters, bewegte sich mit wechselndem Tempo einen Weg entlang. Sie verharrte für einen Moment auf der Stelle, setzte sich wie in Zeitlupe in Bewegung und beschleunigte dann fast bis zum Laufschritt, um dann wieder stehen zu bleiben und mit geschlossenen Augen auf der Stelle zu verharren.

Jan machte einige Schritte auf dem Weg und setzte seine Füße bedächtig auf den Betonplatten ab. Er konzentrierte sich auf seine Schritte und versuchte jede einzelne Bewegung bewusst wahrzunehmen. Wieder spürte er ein Kribbeln im Nacken. Diesmal war es keine Fliege, denn kurz darauf hörte er das Summen einer Mücke an seinem Ohr. Wieder schlug er nach dem Insekt, woraufhin ein lautes Klatschen durch den Garten schallte und von den angrenzenden Gebäuden widerhallte. Er spürte die irritierten Blicke auf sich und verließ zügig den Garten.

Er ging zum Haupttempel, der keine Wände hatte und dessen Dach nur von Säulen gestützt wurde. Im Inneren waren Sitzmatten ausgelegt, auf denen einige Leute knieten. Er trat ein und setzte sich ebenfalls auf eine Matte. Eine Frau kam vorbei und reichte ihm eine Flasche Wasser und einige Hefte mit thailändischen Schriften. Nach und nach füllte sich der Tempel. Immer mehr Leute kamen und ließen sich auf den Matten nieder. Dann erschienen einige Mönche und setzten sich vorne in einem Halbkreis ebenfalls auf Matten. Nach einigen Minuten der Stille sprach ein Mönch Gebete in ein Mikrofon, von denen Jan kein Wort verstand. Die Leute hörten aufmerksam zu und lasen dabei die Gebete in den Heften mit, die jeder bekommen hatte. Es folgten einige Mantras, bei denen die Gläubigen mitsprachen. Auch wenn Jan nichts verstand, hörte er aufmerksam zu, gefesselt von der Atmosphäre in dem Raum. Die Menschen wirkten friedvoll, ohne einander zu bewerten. Die Anwesenheit eines Fremden wurde mit einem Lächeln zur Kenntnis genommen. Als die Menschen sich verbeugten, tat Jan es ihnen gleich, ohne zu verstehen, was gerade vor sich ging. In diesem Moment empfand er sich als einer von ihnen. Er fühlte sich verbunden, wie er es noch nie in einer Kirche erlebt hatte. Es folgten weitere Verbeugungen, dann sprachen sie gemeinsam einige Mantras, zu denen er seine Lippen bewegte, ohne ein Wort zu sagen. Jan linste zu einer Frau, die mit einem sanften Gesichtsausdruck neben ihm saß. Beim letzten Mantra hielt sie vertrauensvoll ihre Hände vor die Brust und auf ihrem Gesicht erschien ein Lächeln, das in ihm einen wohligen Schauer auslöste.

Nach der Zeremonie zog er auf dem Tempelgelände umher. Es war bereits dunkel und die Lichter der Einkaufszentren und Hochhäuser leuchteten im Hintergrund. Die Leute verließen den Tempel und Jan blieb mit einigen wenigen zurück. Ein Mönch kreuzte seinen Weg und lächelte ihn an. Als Jan stehen blieb und den Mönch mit einem Wai grüßte, blieb dieser ebenfalls stehen und lächelte weiterhin, ohne den Gruß zu erwidern.

»Das war eine schöne Zeremonie«, sagte Jan.

»Wir halten diese Zeremonie jeden Abend ab. Du bist immer willkommen.«

»Ich habe in den letzten Tagen einiges gelernt, aber noch viele Fragen.«

Der Mönch sagte nichts, sah Jan nur an und nickte.

»Ich habe aus den vier edlen Wahrheiten gelernt, dass sich alles um das Leiden dreht und der Ausweg daraus ist der achtfache Pfad.«

»So könnte man es sehr vereinfacht interpretieren«, sagte der Mönch.

»Welchen Sinn hat denn überhaupt das Leiden? Wäre es nicht besser, wenn es das Leiden gar nicht gäbe?«

»Oh nein«, widersprach der Mönch. »Ohne Leiden wären wir alle Barbaren.«

Jan runzelte die Stirn. »Das verstehe ich nicht.«

»Kannst du dich erinnern, wann du das letzte Mal Mitgefühl hattest?«

Ihm fiel Conny ein, die sich für ihre Arbeit aufgeopfert hatte und schließlich vom Burnout niedergestreckt worden war. »Daran kann ich mich gut erinnern.«

»Wie hast du es geschafft, Mitgefühl für diese Person aufzubringen?«

Die Frage war nicht schwer zu beantworten. Er hatte selbst lange genug im Job gelitten und war an seine Grenzen gestoßen. »Ich konnte es nachfühlen, weil ich Ähnliches erlebt hatte.«

»Und kannst du dir vorstellen, dieses Mitgefühl zu empfinden, wenn du nicht wüsstest, wie sich das Leid anfühlt?«

»Nicht wirklich«, murmelte Jan.

»Alles bedingt einander. Das Glück braucht das Unglück und umgekehrt. Der Tag braucht die Nacht, das Gute das Böse. Alles hat einen Gegensatz, sonst könnte es nicht existieren.«

»Dann geht es also nicht darum, das Leiden zu eliminieren, sondern die Fähigkeit zu entwickeln, mit dem Leiden zu leben.«

»Das ist zumindest ein guter Anfang«, sagte der Mönch.

Jan bedankte sich mit einem Wai, den der Mönch auch diesmal nicht erwiderte und verließ den Tempel.

Eine Gruppe betrunkener Touristen mit blasser Haut, kurzen Hosen und Sandalen ging an der Bar vorbei. Jan sah ihnen nach, wie sie in Schlangenlinien die Khao San Road entlangtorkelten, während er über die Worte des Mönchs nachdachte. Wenn das Leiden zum Leben dazugehört, dann würde es auch heißen, dass jeder Mensch leidet. Jeder einzelne Mensch litt auf seine Weise. Er fragte sich, woran Franziska litt, doch es fiel ihm nichts ein. Sicher gab es eine Menge Kleinigkeiten, über die sie klagte, aber wo bei ihr das wahre Leid lag, konnte er nicht einschätzen.

Die Meditation spielte offensichtlich eine wichtige Rolle bei der Überwindung des Leids. Das ist es, dachte er sich. Er beschloss, sich als Nächstes intensiv mit dem Meditieren zu beschäftigen. Allein würde er es allerdings nicht hinbekommen, das hatten seine kläglichen Versuche heute im Tempel bewiesen. Doch wo konnte er das Meditieren lernen? Er griff in sein Portemonnaie und zog Juttas Visitenkarte heraus. Er drehte die Karte in seiner Hand und dachte sich, dass sie es konnte und sogar Kurse gab. Damit stand sein nächstes Ziel fest. Es ging nach Koh Chang.

5

»Und jetzt gehen wir in die Position des herabschauenden Hundes«, sagte Jutta und streckte ihr Ge-
säß aus dem Vierfüßlerstand nach oben. Dann drehte
sie den Kopf zu ihren Schülern und beobachtete, wie
die Gruppe es ihr nachmachte. »Lars, halte deinen
Rücken gerade.«

Schnaufend wankte Lars hin und her, der Schweiß
tropfte ihm von der Stirn, seine Beine zitterten, als
würden sie jeden Moment nachgeben.

»Gut machst du das, weiter so«, sagte sie zu Conny,
die geschmeidig in die gezeigte Position glitt. »Und
zum Abschluss gehen wir in die Kindhaltung.«

Ein erleichtertes Aufatmen ging durch die Gruppe,
die vornübergebeugt auf dem Boden kniete. Sie ver-
harrten so eine Weile und wechselten dann in den
Schneidersitz. Mit aufrechtem Rücken sah Jutta auf
die Gruppe, die ihr gegenübersaß, und legte die
Hände vor der Brust aneinander.

»Ich danke euch, für eure Aufmerksamkeit.« Dann
verbeugte sie sich und sagte: »Namaste.«

Als sie den Kopf hob, blickte sie über die Gruppe
hinweg und riss die Augen auf, worauf sich die Schüler irritiert in ihre Blickrichtung drehten.

»Janny«, rief sie, sprang auf und ging mit ausgebreiteten Armen auf ihn zu. Lässig grinsend kam er ihr entgegen, den Koffer hinter sich herrollend.

Nachdem Jan auch noch Lars, Markus und Conny begrüßt hatte, stellte Jutta ihm Florian vor, der ebenfalls Yogalehrer war und mit ihr zusammen das Camp leitete. Seine braun gebrannte Haut spannte sich über den Muskeln, und die Dreadlocks fielen ihm filzig über die Schultern. Nur zögerlich erwiderte Jan seinen festen Händedruck.

Dann brachte Jutta ihn zu seiner Unterkunft, einer Strandhütte mit einer kleinen Veranda, zu der eine wackelige Holztreppe hinaufführte.

»Richte dich erst mal ein. Wir treffen uns dann um 19 Uhr auf der Terrasse dort drüben zum Abendessen«, sagte sie und zeigte auf eine Holzterrasse direkt am Strand.

»Danke dir«, sagte Jan und warf seinen Koffer aufs Bett.

Als Jutta ging, drehte sie sich noch einmal um und sagte: »Schön, dass du da bist.« Dann lächelte sie und war kurz darauf hinter einer Hütte verschwunden.

Er setzte sich auf die Veranda und sah auf das Meer hinaus, wo die Sonne sich neigte und den Himmel blutrot färbte. Kleine Wellen brachen sich plätschernd am flachen Strand und glitzerten farbenfroh unter den letzten Sonnenstrahlen. Jan ging zum Strand und suchte sich ein paar Steine, die er mit Schwung über das Wasser warf. Dann hielt er sein Gesicht in das Licht der fast untergegangenen Sonne und atmete den salzigen Duft ein, den er dankbar in sich hineinströmen ließ. Schließlich versank die Sonne vollständig am Horizont, und das Rot verwandelte sich in einen silbernen Schimmer, der vom Mond kam, welcher hoch am Himmel stand.

»Da ist ja unser Tempelfreak«, sagte Lars mit einem frechen Grinsen, als Jan zum Essen auf die Terrasse kam, und kaum hatte er sich gesetzt, sprang Lars auch schon auf und stürmte zum Buffet. Kurze Zeit später kam er zurück und balancierte einen mit Pommes und Fleisch völlig überfüllten Teller. Jutta erklärte Jan, wo er was fand, und marschierte dann los, gefolgt von Markus und Conny. Jan entschied sich für rotes Curry mit Reis, ebenso wie Markus. Conny begnügte sich mit etwas Salat und Jutta kombinierte Fisch, Gemüse und Reis.

Als sie wieder am Tisch saßen, goss Conny Wasser in die Gläser, kurz darauf stiefelte Lars wieder zum Buffet, um sich einen Nachschlag zu holen.

Die Schärfe des Currys brannte an Jans Gaumen, deshalb aß er nur kleine Happen mit viel Reis und trank zwischendurch immer wieder Wasser. Dann fragte er Jutta: »Seit wann machst du das hier?«

»Seit neun Jahren bin ich dabei«, sagte sie und biss genüsslich in eine Garnele. »Damals habe ich Yoga- und Meditationskurse in einem Berliner Studio gegeben.« Sie leckte sich die Finger ab und wischte dann mit einer Serviette über ihre Hände. »Florian, den ich dir vorhin vorgestellt habe, hat mich gefragt, ob ich nicht Lust hätte, hier mitzumachen.« Sie stocherte mit der Gabel im Gemüse herum. »Na ja, was soll ich sagen. Es hat mir gut gefallen und jetzt bin ich jedes Jahr für ein paar Monate in Thailand und gebe hier Unterricht.«

»Und das reicht zum Leben?«

»Nicht wirklich«, lachte Jutta. »Ich bin noch als Coach tätig, außerdem schreibe ich Bücher. Ich habe ein paar Ratgeber und Kochbücher geschrieben.«

»Die sind wirklich gut. Ich habe ein paar ihrer Bücher gelesen«, sagte Markus.

»Danke, du bist ein Schatz«, sagte sie mit einem warmen Lächeln zu ihm und wendete sich dann wieder Jan zu. »Große Sprünge kann ich nicht machen, aber es reicht, um ein selbstbestimmtes Leben zu führen.«

Mit einem lauten Rülpser unterbrach Lars die Unterhaltung. Schelmisch grinsend saß er da und blickte mit sichtlichem Stolz in die Runde.

»So richtig stubenrein ist er aber noch nicht«, sagte Jan.

»Wir arbeiten daran«, sagte Jutta und grinste Lars augenzwinkernd an.

Conny nahm die Wasserkaraffe und füllte die Gläser auf. »Ich bin so froh, hier zu sein, es tut richtig gut.«

»Das freut mich, Süße«, sagte Jutta und tätschelte Conny am Arm. »Was hat dir denn am besten gefallen heute?«

»Die Meditationseinheit. Als wir so still in uns hineingehorcht haben und im Hintergrund das Rauschen des Meeres zu hören war … da fühlte ich mich glücklich.«

»Mir ging es ähnlich«, stimmte Markus zu. »Nirgendwo funktioniert das Meditieren so gut wie hier. Zu Hause schaffe ich es nie, den Kopf so freizubekommen.«

»In meinem Alltag bin ich überhaupt nicht auf die Idee gekommen, zu meditieren«, sagte Jan und wandte sich dann an Jutta. »Was ist dir bei deinen Kursen am wichtigsten, hast du eine Maxime?«

Sie sah Jan an und überlegte einige Sekunden. »Das Motto in meinen Kursen ist: Jeder ist willkommen und jeder ist okay, so wie er ist. Das ist die Grundvoraussetzung für die Harmonie, die wir brauchen.«

»Setzt du beim Meditieren auf Gruppendynamik?«

»Ich glaube, dass es in der Gruppe einfacher ist. Durch die Interaktion der Mitglieder fällt es leichter, loszulassen.« Sie hielt einen Moment inne. »Das Wichtigste ist, dass du Geduld mit dir selbst hast. Am Anfang hast du mit Gedanken zu kämpfen, die dich immer wieder stören. Beim Yoga zeigen sich oft Blockaden, die der Entspannung entgegenstehen. Es ist ein Prozess, der viel Geduld braucht.«

»Kann man Yoga und Meditation einfach so kombinieren?«

»Yoga ist fast wie Meditation und wird in Indien schon lange erfolgreich miteinander kombiniert. Morgen wirst du sehen, dass du durch die Konzentration auf bestimmte Muskelgruppen ein ganz neues Körperbewusstsein bekommst.«

»Die Verbindung von Körper und Geist«, sagte Jan nachdenklich.

»Genau, beides gehört zusammen und hängt voneinander ab. Aber auch die reine Meditation halte ich für wichtig, weil sie den Geist noch besser fokussiert.«

»Hey, was sitzt ihr hier so abseits?«, rief Florian, kam zum Tisch und umarmte Jutta von hinten, die ihm einen Kuss auf die Wange drückte.

»Du meinst, wir sollten uns unter das Volk mischen, Schatzi?«

»Darum bitte ich«, sagte er und gab ihr einen Schmatzer auf die Wange.

Den Rest des Abends verbrachten sie in der Bar mit den anderen Schülern. Jeder unterhielt sich mit jedem, so selbstverständlich, als würden sie sich schon ewig kennen. Karibische Musik tönte aus den Lautsprechern und einige tanzten im Schein der bunten Lichterketten, die lose an den Deckenbalken hingen.

Jan stand etwas abseits und beobachtete das Geschehen. Auf den ersten Blick waren alle ausgelassen. Sie tanzten, lachten und waren gut drauf, aber er konnte auch etwas anderes erkennen. In ihren Augen sah er etwas Melancholisches. Er wusste nicht, was es war, aber es war da. Das Bild war eigentlich perfekt, die Sorglosigkeit des Augenblicks, in dem sich niemand irgendwelche Gedanken machen musste, und doch war da eine unsichtbare Sehnsucht, der sich niemand entziehen konnte.

»Hey Janny, komm und tanz mit uns«, hörte er Jutta aus der Menge herausrufen. In dem Moment tauchte Conny neben ihm auf und zog ihn auf die Tanzfläche.

Wie ein Scheinwerfer leuchtete die aufgehende Sonne Jutta am nächsten Morgen an. Aufrecht verharrte sie im Schneidersitz, hinter sich das Meer, das anmutete wie eine Filmkulisse.

Jan hatte in der letzten Reihe im Schneidersitz Platz genommen, wo er bereits nach wenigen Sekunden ein Ziehen in der Leiste spürte. Er sah zu den anderen, wie sie ebenfalls im Schneidersitz dasaßen und bis auf Lars entspannt wirkten.

»Und nun schließt die Augen«, sprach Jutta mit zarter Stimme.

Sanftes Rauschen klang von den Wellen, Palmenblätter legten sich geschmeidig in den warmen Wind.

»Atmet tief ein und langsam wieder aus.«

Wie im Chor atmeten sie gleichmäßig und passten sich Jutta an, die demonstrativ ihren Brustkorb hob und senkte und dabei hörbar die Luft durch ihre Lippen pfeifen ließ.

»Spürt, wie der Atem durch eure Nase einströmt und sich in euren Lungen ausbreitet.« Sanft lächelnd sah sie auf die Gruppe, die ihr ergeben gehorchte.

Jan folgte ihrer Stimme und ließ die Luft in sich hinein- und hinausströmen. Seine Oberschenkel fühlten sich angespannt an. Ein Stechen, das vom Hüftgelenk ausging, nahm mit jedem Moment zu und er fragte sich, wie lange er noch so im Schneidersitz sitzen konnte. Ein leises Fluchen war von Lars zu hören, der ebenfalls mit dieser Frage beschäftigt zu sein schien und sie für sich bereits beantwortet hatte. Er wechselte die Position und kniete sich hin.

»Das ist völlig okay, Lars. Nimm die Position ein, die sich für dich richtig anfühlt«, sagte Jutta in einem mütterlichen Ton und wendete sich der Gruppe zu. »Wenn es sich für jemanden unangenehm anfühlt oder Verspannungen auftreten, dann geht einfach in die Knie. Nehmt die Position ein, die sich gut für euch anfühlt.«

Diese Worte zeigten bei Jan wenig Wirkung, er blieb trotz des zunehmenden Ziehens in Muskeln und Gelenken im Schneidersitz. Er konzentrierte sich auf seine Atmung, folgte den Anweisungen, indem er die Luft tief in die Lunge einsog und langsam wieder ausatmete. In seinen Gedanken tauchte Franziska auf. In Deutschland war es noch mitten in der Nacht und sie schlief vermutlich noch … alleine … vermutlich.

Bilder bauten sich vor ihm auf, die er nicht sehen wollte. Seine Brust blähte sich beim Einatmen auf und zog sich zusammen, als er die Luft wieder ausstieß. Für einen Moment verschwanden die Bilder, nur um dann wiederzukommen, so wie der Atem, der seinen Körper mit Luft füllte.

»Und wenn Gedanken aufkommen, dann ist das völlig okay. Nehmt sie einfach auf und schiebt sie sanft beiseite.«

Du hast gut reden, dachte er sich. Die Gedanken wechselten sich nun mit den Schmerzen ab, die sich stechend von der Hüfte bis in die Beine ausbreiteten. Wenn er die Gedanken wegschob, meldeten sich die schmerzenden Beine. Wenn es ihm gelang, die schmerzenden Beine zu vergessen, tauchten die Gedanken wieder auf.

Zwischendurch gab es aber auch Momente, in denen Jan eine angenehme Leere spürte. Er konnte nicht genau definieren, was es war, aber es fühlte sich gut an. Er versuchte, diese Momente zu verlängern, aber es gelang ihm nicht, bis sie schließlich ganz verschwanden.

»Und jetzt kommt langsam wieder zurück. Atmet einmal ganz tief durch und streckt euch.«

Erleichtert bewegte sich Jan, öffnete seine Augen und sah, wie die anderen sich streckten, als wären sie aus einem tiefen Schlaf erwacht.

»Namaste«, sagte Jutta und lächelte in die Runde. Die Gruppe erwiderte den Gruß und verabschiedete sich nach und nach vom Strand. Als Jutta bemerkte, dass Jan noch sitzen blieb, setzte sie sich zu ihm in den Sand und sah mit ihm aufs Meer hinaus.

»Wie hat es dir gefallen, Janny?«

»Ich frage mich, ob es der richtige Zeitpunkt ist, um damit anzufangen. Mein Kopf ist voller Gedanken.«

»Das ist ganz normal. Die Gedanken bekommt man nicht auf Knopfdruck weg. Sie sind schließlich ein Teil von uns.«

»Was ist überhaupt das Ziel dabei?«

Mit zwei Fingern malte Jutta zwei parallel verlaufende Linien in den Sand.

»Schau, das ist dein Lebensweg. Betrachte diesen Lebensweg wie einen Film. In diesem Film bist du wie ein Gefangener, ein Gefangener deiner Gedanken.

Mehr als 99 Prozent deiner Gedanken drehen sich um die Vergangenheit oder die Zukunft.«

»Wie meinst du das?«

»Alle Anhaftungen, die dir das Leben schwer machen, hängen mit den Gedanken an die Vergangenheit oder Zukunft zusammen. Du bist wütend oder traurig wegen Dingen, die passiert sind. Bei den Zukunftsgedanken geht es um Dinge, die du haben willst. All das führt dazu, dass du leidest.«

»Was ist mit den Gedanken in der Gegenwart?«

»Sie sind der Schlüssel zur Erlösung.« Sie zeigte auf den gezeichneten Lebensweg im Sand. »Wir alle sind in dem gleichen Film gefangen, der durch die Gedanken und damit verbundenen Anhaftungen vergiftet ist. In der Meditation suchen wir Momente der vollkommenen Gegenwart. In dem Augenblick, in dem es uns gelingt, ein paar Sekunden in der Gegenwart zu sein, treten wir aus dem Film heraus und können uns von außen betrachten.« Sie malte einige Punkte rechts und links von den Linien. »Je öfter es dir gelingt, aus dem Film herauszutreten, desto leichter fällt es dir, dich von den Anhaftungen zu lösen.«

Jan nickte. »Deshalb die Konzentration auf das Atmen. So kommt man leichter aus den Gedanken heraus.«

»Genau. Aber man kann sich nie vollständig davon befreien. Es ist ganz normal, dass die Gedanken kommen und gehen. Doch schon einige Augenblicke im Hier und Jetzt, können viel bewirken.«

»Schaffst du es, beim Meditieren die ganze Zeit im Hier und Jetzt zu sein?«

»Oh nein«, sagte Jutta schmunzelnd. »Obwohl ich das schon einige Jahre mache, kommen und gehen die Gedanken, wie sie wollen, was aber völlig normal ist. Wichtig ist nur, dass du nichts erzwingst.« Sie legte ihre Hand auf seine Schulter. »Hab Geduld mit dir, du schaffst das«, sagte sie und stand auf.

»Ich werde es versuchen«, sagte er und sah zu ihr hoch.

»Ruh dich aus, du bist im Urlaub. Wir sehen uns nachher beim Yoga«, sagte sie und ließ ihn allein.

Er spazierte am Strand entlang und dachte über Juttas Worte nach. Schon oft hatte er daran gedacht, dass das Leben wie ein Film ist, nur hatte er sich nie als Gefangener dieses Films gesehen.

Er zog seine Schuhe aus und stellte sich dicht an das Wasser. Eine Welle umspülte seine Füße und kitzelte kalt an seinen Knöcheln. Er ging noch einen Schritt weiter hinein und sah zu, wie sich die Wellen um seine Beine schmiegten. Er schloss die Augen und spürte das Wasser an seinen Beinen. Eine Welle kam, stieg an seinem Schienbein hoch, brach und zerlief hinter ihm. Die Haare an seinen Beinen kitzelten, als würden Fliegen über die Haut krabbeln. Das Kitzeln wurde von der nächsten Welle abgelöst, die seine Beine kalt umspülte. Bei jeder Welle atmete er tief ein und ließ die Luft langsam durch die Nase wieder ausströmen. So stand er einige Momente da und dachte an gar nichts.

Schließlich öffnete er die Augen und sah über den Horizont. »Ich glaube, ich habe es verstanden«, sagte er zu sich selbst.

Die Yogastunde begann mit einer gemeinsamen Atemübung. Jutta hatte sich so positioniert, dass die Schüler sie von der Seite sehen konnten. Sorgfältig machte sie die Figuren vor und erklärte dabei die Bewegungen. Während Jan zu Jutta schaute, stemmte er sich in die vorgegebenen Figuren. Schwer atmend ging er in den herabschauenden Hund. Er streckte den Po nach oben, versuchte die Beine durchzustrecken und den Rücken lang zu machen. Jutta ging zwischendurch herum und korrigierte ihn, indem sie ihre Hände auf seinen Rücken legte und ihn aufforderte, das Rückgrat noch gerader zu machen. Der Schweiß rann ihm über das Gesicht und fiel in dicken Tropfen in den Sand, wo er sich in der Hitze auflöste.

Er sah sich um und stellte erleichtert fest, dass es Lars nicht besser ging. Schwer schnaufend wechselte er ruckartig die Figuren, begleitet von einigen rausgezischten Flüchen.

Markus dagegen führte die Figuren kraftvoll und geschmeidig aus. Er sah bei den Übungen kaum zu Jutta, trotzdem bewegte er sich fast synchron zu ihr, als wären sie seit Jahren ein eingespieltes Team.

Conny machte die Übungen ohne Fehler. Folgsam beobachtete sie, wie Jutta die Übungen vormachte und ging mit Eifer in die Figuren hinein. Jutta sah zu ihr und sagte in einem warmen Ton: »Du machst das so toll, Conny. Wirklich ganz toll.« Daraufhin streckte Conny sich noch ein Stückchen mehr.

Gegen Ende der Stunde gingen sie zu entspannteren Figuren über. Zum Schluss legten sie sich auf den Rücken, schlossen die Augen und machten Atemübungen.

»Scheiße, ich werde alt«, sagte Lars, als die Stunde zu Ende war.

Jutta lachte: »Ach Schnucki. Das war schon richtig gut. Du wirst immer besser.«

»Ich brauche ein Bier«, sagte er abwinkend und ging Richtung Bar.

Nach dem Essen saßen sie an einem großen runden Holztisch. Leise Lounge-Musik klang durch die Luft, ein sanfter Wind streichelte über die Haut. Von der Bar waren belebte Gespräche zu hören, wo Florian mit einigen Schülern stand und sich angeregt unterhielt.

»Wie hat es dir heute gefallen, Jan?«, fragte Conny. Sie hielt eine Wasserflasche in der Hand und strich mit den Fingern über das Etikett.

»Die Yogaübungen sind mir bei der Hitze noch schwergefallen. Aber es hat trotzdem viel Spaß gemacht.«

»Geh es langsam an«, sagte Jutta mit einem Nicken. »Hab Geduld mit dir selbst und gib deinem Körper Zeit. Der Rest kommt von alleine.«

»Und wie war das Meditieren für dich, Jan?«, hakte Conny nach.

»Am Anfang war mein Kopf voll mit Gedanken und ich hatte das Gefühl, mir selbst im Weg zu stehen. Aber ich glaube, das kriege ich hin.«

»Ganz bestimmt«, sagte Conny lächelnd.

»Ich habe den Eindruck, der Ort ist genau richtig, um mit Meditieren anzufangen«, sagte Jan.

»Absolut, der Ort ist perfekt«, sagte Markus und breitete seine Arme aus. »Im Urlaub zu Meditieren, ist das Beste, was man machen kann.«

»Das stimmt«, pflichtete Jutta ihm bei. »Der schlechteste Zeitpunkt, um mit dem Meditieren anzufangen, ist in einer Lebenskrise.«

»Hä?«, kam es grunzend von Lars, der sie ansah, als hätte sie eine unlösbare Matheaufgabe gestellt.

»Kennt ihr die Geschichte vom pawlowschen Hund?«, fragte Markus in die Runde.

Jan nickte. Er erinnerte sich an einen Psychologen namens Pawlow. Er hatte über Experimente mit einem Hund nachgewiesen, dass bestimmte Körperreaktionen antrainiert werden können. So hatte er während der Fütterung eines Hundes einen Glockenton erklingen lassen. Das führte dazu, dass der Hund Speichel produzierte und sich über den Glockenton freute, auch wenn es kein Futter gab.

»Wenn man nur meditiert, weil man sich schlecht fühlt oder gestresst ist, passiert etwas Ähnliches«, fuhr Markus fort. »Der Körper verbindet irgendwann das schlechte Gefühl mit der Meditation. Das hat zur Folge, dass man sich irgendwann gut gelaunt zum Meditieren hinsetzt und plötzlich schlechte Laune oder sogar Stressgefühle bekommt.«

»Unser Körper und unser Geist lernen ständig dazu«, sagte Jutta. »Oft haben Dinge einen Einfluss aufeinander, die wir nie miteinander in Verbindung gebracht hätten.«

»Alter, das war bei mir auch so.« Mit großen Augen schaute Lars in die Runde. »Früher habe ich immer AC/DC gehört, wenn ich schlechte Laune hatte. Heute kann ich die nicht mehr hören, da kriege ich einen Depri.«

»Das ist genau das Gleiche«, stimmte Markus zu.

»Aber vergesst nicht, meine Süßen, dass die Konditionierung auch was Gutes haben kann«, sagte Jutta. »Was im Negativen geht, das geht auch im Positiven. Wie Janny schon sagte, ist das hier der perfekte Ort, um mit dem Meditieren anzufangen. Wenn ihr dann zu Hause meditiert oder Yoga macht, denkt ihr an Sonne, Meer und Strand.«

»Auf das Meditieren im Urlaub«, sagte Lars, hielt sein Bier hoch und kurz darauf klirrten Flaschen und Gläser.

Der Morgen begann wieder mit einer Meditationseinheit. Trotz einiger Wolken war es brütend heiß. Jutta saß im Schneidersitz mit dem Rücken zum Meer und die Schüler hatten sich vor ihr verteilt.

Den Anfang machte sie mit Atemübungen, die sie dieses Mal vertiefte. Es ging darum, den Atem stärker wahrzunehmen und die Gedanken mit dem Atem zu steuern. Doch anstatt die Gedanken weiterzuschieben, sollten sie ihnen nun Aufmerksamkeit schenken.

Jutta wies sie an, sich die Gedanken wie vorbeiziehende Wolken vorzustellen.

Jan saß im Schneidersitz und biss die Zähne zusammen. Zu den Schmerzen in den Gelenken gesellte sich ein Muskelkater, den er sich durch die ungewohnten Bewegungen am Vortag zugezogen hatte.

»Betrachtet eure Gedanken, ohne sie zu bewerten.« Langsam sprach sie mit geschlossenen Augen. »Lasst sie sein, so wie sie sind.«

Sie atmete demonstrativ etwas lauter, damit die Schüler das Atmen nicht vernachlässigten.

»Wie Wolken ziehen die Gedanken an euch vorbei. Die einen sind schneller, die anderen langsamer.« Wieder atmete sie laut aus und ein. »Wenn eine Wolke mal nicht weiterzieht, holt sie euch heran und beobachtet sie. Betrachtet diesen Gedanken, ohne ihn zu bewerten.«

Der Schmerz in den Beinen und das Ziehen in der Hüfte zogen zunächst Jans Aufmerksamkeit auf sich. Schließlich gelang es ihm, sich die Gedanken als vorbeiziehende Wolken vorzustellen.

Er sah Andreas, den Pastor, mit einem gütigen und mitfühlenden Gesichtsausdruck an sich vorbeiziehen. Sie saßen sich in der Khao San Road gegenüber und philosophierten. Der Gedanke wurde von einer schallenden Ohrfeige unterbrochen, an die er sich nun erinnerte. Die Ohrfeige, die er bekam, als er als Kind aus dem Gottesdienst flog. Er spürte wie Wut und Traurigkeit in ihm aufstiegen und fragte sich, warum er ausgerechnet jetzt daran dachte.

»Habt ihr euren Gedanken gefunden, der nicht weiterziehen will?« Jutta sah in die Runde. »Das ist okay. Schaut ihn euch an und betrachtet ihn. Es ist nur ein Gedanke, der wie Luft ist, ohne dass er euch irgendetwas anhaben kann. Betrachtet ihn, ohne zu bewerten.«

Die hat ja wieder Humor, dachte Jan, der sich gut an den brennenden Schmerz auf seiner Wange erinnern konnte. Doch noch vielmehr erinnerte er sich an die Wut und die Tränen in jenem Moment. Dann verflog der Gedanke und die Wolken zogen an ihm vorbei, als hätten sie keine Bedeutung.

Jutta atmete wieder einige Male demonstrativ laut, um die Teilnehmer an das richtige Atmen zu erinnern.

Nun erschien Franziska vor ihm, mit lockigen Haaren, dezentem Make-Up und hellrotem Lipgloss auf den Lippen. Sie trug Bluejeans, eine weiße Bluse und war von einem Rosenblütenduft umgeben. Er erinnerte sich an feuchte Hände, Endorphine und unbändiges Verlangen.

Die Wolke flog weiter und sein Chef tauchte vor ihm auf, der die Faust in die Höhe hielt und »Tschakka« rief. Dann das letzte Gespräch, bevor er die Firma verließ, um nicht mehr zurückzukehren. Die Tür schloss sich, ein wutschnaubendes Gesicht blieb zurück.

Und auch diese Wolke flog weiter und es war, als löste sich alles auf im warmen Tropenwind.

Plötzlich hörte Jan ein Schluchzen. Er blickte zu Conny, die mit bebendem Körper zusammengekauert dasaß. Sie hielt die Hände vor das Gesicht und weinte, als gäbe es kein Halten mehr. Wenige Sekunden später kniete Jutta neben ihr und nahm sie in den Arm. Conny lehnte ihren Kopf an Juttas Brust, die Tränen schossen ihr über das Gesicht.

»Es ist okay«, flüsterte Jutta ihr ins Ohr und streichelte über ihren Rücken.

»Ich habe gerade an meine Eltern gedacht«, sagte sie stotternd.

Jan hatte sich nun ebenfalls zu Conny gesetzt, Lars und Markus taten es ihm gleich.

»Du musst uns nichts erklären, alles ist gut«, sagte Jutta und sah Conny warmherzig an.

»Doch, ich will es.« Sie holte tief Luft und blickte für einige Sekunden in den Himmel, als wollte sie die Informationen direkt aus einer Wolke ziehen.

Ihre Eltern waren erfolgreiche Geschäftsleute. Sie hatten eine Importfirma für Unterhaltungselektronik. Direkt nach der Uni machten sie sich selbstständig und waren von Anfang an erfolgreich. Als der Boom mit den Smartphones losging, haben sie massiv expandiert und damit alles richtig gemacht. Nach wenigen Jahren hatten sie mehr als 300 Angestellte. Natürlich wollten sie, dass Conny in ihre Fußstapfen treten sollte. Allerdings wollte sie nicht in der Firma arbeiten, sondern ihren eigenen Weg gehen. Sie wollte unabhängig sein und sich selbst durchsetzen.

»Das ist also der Grund für dein Burnout«, schlussfolgerte Markus.

»Ich wollte nicht versagen«, sagte sie mit feuchten Augen.

»Oh, Süße. Du hast nicht versagt«, unterbrach Jutta sie. »Und das wirst du auch nie. Dass du so bist, wie du bist, ist schon ein voller Erfolg und lass dir von niemanden was anderes einreden.«

»Genau«, rief Lars. »Wer was anderes sagt, kriegt eins auf die Fresse.«

Kaum hatte er es ausgesprochen, musste Conny laut loslachen, worauf die anderen einstimmten. Als das Lachen ausklang, fragte Conny: »Können wir die Meditation zu Ende machen? Es geht mir wieder gut.«

Sie nahmen ihre Positionen wieder ein und warteten auf Juttas Anweisungen, die einige Augenblicke abwartete. Dann setzten sie die Übung fort wie zuvor.

»Und jetzt spürt die saubere, klare Luft, wie sie in euch hineinströmt.« Jutta ließ die Augen jetzt auf und warf immer wieder einen besorgten Blick zu Conny.

»Die Luft, die ihr einatmet, ist sauber und rein«, sprach sie mit ruhiger Stimme. »Und nun füllt ihr die Luft mit allen negativen Gedanken und atmet sie langsam aus.« Demonstrativ zog Jutta die Luft ein und pustete sie im Rhythmus der Langsamkeit aus. »Atmet wieder ein und lasst beim Ausatmen alles Dunkle aus euch heraus.«

Jan nahm den Takt der Atmung an und versuchte, die dunklen Gedanken auszuatmen, wie es Jutta vorgab. Aber jetzt musste er die ganze Zeit an Conny denken. Immer wieder linste er zu ihr hinüber, doch sie war ganz ruhig. Ihr Körper hob sich beim Einatmen und senkte sich beim Ausatmen.

Die Stimmung an diesem Abend war gedämpfter als sonst. Die Geräusche schienen leiser, der Nachthimmel dunkler. Es war, als läge ein Schatten über der Clique, als sie nach dem Essen zusammensaßen. Jutta und Markus redeten über den herrlichen Sonnenuntergang in Thailand, malten die Bilder mit konstruierten Sätzen aus. Lars erzählte einen Witz, der von allen mit einem hölzernen Lachen honoriert wurde, das schnell verstummte.

Die bunten Spots einer Lichterkette wechselten rhythmisch die Farben, der silbern schimmernde Mond lächelte stumm auf sie herab.

Conny pulte mit ihren Fingernägeln das Etikett von einer Wasserflasche ab.

»Tut mir leid«, sagte sie fast flüsternd.

»Ach Süße, dir muss nichts leidtun«, widersprach Jutta.

»Alles gut, Conny. Mach dir keine Sorgen«, sagte Markus.

»Danke euch.« Conny blickte in die Runde. »Mir war es schon lange klar, warum ich mir das alles im Job angetan habe. Ich wusste es, war mir aber darüber nicht bewusst. Versteht ihr das?«

»Das kann ich gut nachvollziehen«, sagte Markus. »Eigentlich kennt ein jeder den Grund für die meisten seiner Probleme, aber man ist sich nicht bewusst darüber.«

Jutta nickte. »Oft denkt man einfach nicht daran, manchmal verdrängt man es auch.«

»Ist es nicht verrückt, dass meine Eltern die Ursache meines Burnouts sind?«

»Eigentlich ist es bei mir ähnlich«, sagte Jutta in einem für sie ungewöhnlich ernsten Ton. »Auch bei mir waren die Eltern die Ursache für mein Leid, nur mit dem Unterschied, dass sie das Problem nicht ausgelöst haben, sondern dass ihr Nichtvorhandensein das Problem war.«

»Was ist mit deinen Eltern?«, fragte Jan.

»Sie starben bei einem Autounfall, als ich 13 Jahre alt war.« Jutta sah in die Gesichter, die sie wie versteinert ansahen. »Meine Tante hat mich dann aufgenommen. Ich hatte großes Glück mit ihr, sie war immer bemüht, trotzdem wollte ich so schnell wie möglich weg und auf eigenen Beinen stehen.«

»Das ist schrecklich«, sagte Conny und sah sie mitfühlend an.

»In meiner Jugend war ich so unglücklich, das kann ich gar nicht beschreiben.«

Conny legte ihre Hand auf Juttas Arm. »Hast du das je überwunden?«

»Als ich mit Yoga und Meditation angefangen habe, bekam ich es in den Griff. Heute bin ich glücklich. Natürlich habe ich meine schwierigen Momente, aber unter dem Strich geht es mir gut.«

»Es ist eigenartig«, sagte Jan. Bei Conny führt das Vorhandensein der Eltern zum Leiden. Bei Jutta führt das Nichtvorhandensein zum Leiden.«

»Das Leben ist voller Widersprüche«, sagte Jutta und winkte ab, als wolle sie das Thema wegwischen.

»Tja, Leute«, sagte Lars, lässig mit einem Bier in der Hand. »Mit den Widersprüchen sitzt man auch im Buddhismus ziemlich in der Scheiße.« Zufrieden nahm er die auf sich gezogenen Blicke zur Kenntnis. »Manchmal hat der Buddhismus genauso wenig Antworten, wie alle anderen Religionen.«

»Na, dann klär uns doch mal auf«, sagte Markus grinsend.

»Schaut euch mein T-Shirt an. Es kommt aus Bangladesch, unter menschenunwürdigen Bedingungen produziert. Bin ich jetzt ein schlechter Mensch?« Er blickte in die Runde, die ihn fragend ansah. »Für dieses T-Shirt hat wahrscheinlich eine junge Frau unter sehr harten Bedingungen, für sehr wenig Geld gearbeitet. Aber ohne diese Arbeit, würde die junge Frau vermutlich hungern.«

»Das sehe ich anders«, sagte Conny stirnrunzelnd. »Mit deinem Verhalten förderst du ja die Ausbeutung. Es geht ja nicht darum, dass dort nicht produziert werden soll, sondern dass unter vernünftigen Bedingungen gearbeitet wird.«

»Vernünftige Bedingungen kosten Geld«, konterte Lars. »Sie schmälern die Rendite, was wiederum den Produktionsstandort unrentabel machen würde.«

»Das ist überhaupt nicht wahr«, rief Conny. Wenn du dich mit der Zusammensetzung der Kosten beschäftigt hättest, dann wüsstest du, dass die Lohnkosten nur einen kleinen Teil ausmachen. Wenn die Arbeiterinnen dort einen angemessenen Lohn unter besseren Arbeitsbedingungen bekämen, würden wir das im Endpreis kaum merken.«

»Conny hat recht«, mischte sich Markus ein. »Mit wenigen Cent im Endpreis könnte man am Anfang der Kette viel bewirken.« Er sah Lars an, der mit verschränkten Armen dasaß. »Aber ich verstehe auch, was Lars meint, es gibt diese Widersprüche. Ein anderes Beispiel sind Tierversuche für Medikamente, die am Ende Menschenleben retten sollen.«

»Oder Umweltzerstörung, um Arbeitsplätze zu schaffen«, ergänzte Jan.

»Genau, das sind alles Beispiele, bei denen man anderen schadet.« Markus kniff ein Auge halb zu. »Ganz egal wie man sich entscheidet, es wird jemand zu Schaden kommen.«

»Tja, wie ich schon sagte. Da sitzt der Buddhismus ziemlich in der Scheiße«, sagte Lars und lehnte sich triumphierend zurück.

»Nicht unbedingt, Schnucki«, sagte Jutta schmunzelnd. »Sei dir bewusst über das, was du tust, und tue es in Maßen.«

»Also nicht zehn von den billigen T-Shirts kaufen, sondern nur fünf«, sagte Jan und sah grinsend zu Lars.

Lächelnd ergänzte Jutta: »Nehmen wir ein anderes Beispiel. Wie verhält es sich, wenn wir Fleisch essen? Ist das im Buddhismus okay, obwohl wir dafür ein Tier töten?«

»Auf keinen Fall«, sagte Conny.

»Vielleicht doch, wenn wir es bewusst tun«, erwiderte Jan.

»Ganz genau.« Jutta zeigte mit dem Finger auf ihn, als hätte er die Hunderttausend-Euro-Frage gelöst.

»Wir sollten es bewusst tun. Wichtig ist, dass wir die Tiere nicht zum Spaß töten, sondern für unser eigenes Überleben.«

»Hat Buddha das so gesagt?«, fragte Conny mit zusammengezogenen Augenbrauen.

»Für Buddha war alles, was wir essen, etwas lebendiges, selbst vegetarisches Essen«, sagte Markus zu Conny, die mit verschränkten Armen dasaß. »Nach seiner Lehre sollen wir jedes Essen wertschätzen, denn überall steckt Leben drin.«

»Sogar, wenn wir in eine Wiese beißen«, fügte Lars hinzu.

»Also, das überzeugt mich jetzt nicht wirklich. Ich kann doch ein Salatblatt nicht auf eine Stufe mit einem lebenden Tier stellen.«

»Die Wahrheit werden wir hier nicht herausfinden«, sagte Markus und wendete sich wieder der Runde zu. »Was Buddha uns aber mitgegeben hat, ist die Kompetenz frei zu denken.«

»Hä?«, kam es von Lars, der sich irritiert am Kopf kratzte.

»Buddha sagte, dass der Mensch keine Scheu haben soll, zu zweifeln. Er soll ruhig alles hinterfragen, sogar die überlieferten Worte von Buddha selbst.«

»Komischer Kauz«, murmelte Lars.

»Wenn man bedenkt, wie sich der Buddhismus nach seinem Ableben entwickelt hat, wird es klar. Schon kurze Zeit nach seinem Tod, gab es viele Streitigkeiten. Verschiedene Gruppen interpretierten seine Lehren unterschiedlich und so kam es sehr schnell zu einer Zersplitterung des Buddhismus.«

»Deshalb gibt es in den verschiedenen asiatischen Regionen auch unterschiedliche Ausprägungen des Buddhismus«, ergänzte Jutta.

»Das muss Buddha geahnt haben«, sagte Jan nachdenklich.

»Das hat er, und deshalb hat er wohl diese Aussage gemacht.«

»Ist das abgefahren, was der alles wusste«, sagte Lars und pfiff durch seine Zähne.

Jan saß im Mondschein auf der Veranda seiner Hütte und dachte über den Tag und die Gespräche nach. Er war geschockt von Connys Zusammenbruch. Ihm wurde klar, dass Meditation was Heilsames, aber auch etwas Gefährliches sein konnte. Der Blick nach innen, in die sich öffnende Seele, kann ungeahnte Abgründe zum Vorschein bringen. Conny hatte sich geöffnet und darüber etwas über sich selbst gelernt. Jan fragte sich, ob auch er zu solch tiefen Gefühlen in der Lage war, konnte es sich allerdings nicht vorstellen. Er war rational und suchte nach rationalen Antworten, selbst Gefühle entstanden für ihn aus rationalen Ursachen. Überhaupt hatte alles eine Ursache, davon war er überzeugt.

Doch die Widersprüche konnte er sich letztendlich nicht erklären. Zumindest konnte er keine Ursache finden und damit auch keine Erklärung. Konnte es sein, dass es Widersprüche ohne Grund gab? Er wollte es verstehen und er wollte mehr darüber erfahren, aber er fürchtete, dass er mit diesen Fragen in Koh Chang an seine Grenzen kam. Er war beeindruckt, was Markus und Jutta alles wussten, aber er bezweifelte, dass sie auch auf die tieferen Fragen Antworten hatten.

Im Moment war er sich nur in einer Sache sicher. Kaum war eine Frage beantwortet, tauchten drei neue auf. Zuerst schien es, als käme er den grundlegenden Fragen näher, nur um dann festzustellen, dass er sich noch weiter von den Antworten entfernte.

Schweißgebadet wachte er am Morgen auf. Durch das Fenster schien die gleißende Sonne, deren Hitze so sehr drückte, dass ihm selbst das Atmen schwerfiel. Auf dem Rücken liegend beobachtete er den Ventilator, der an einem Holzbalken befestigt war und sich wackelnd im müden Takt bewegte. Er nahm das Handy und sah auf WhatsApp fünf Nachrichteneingänge von Franziska.

[Mi. 04.02. 23:14:02] Wenn du zurückkommst, nimmst du dir besser ein Hotel.

[Mi. 04.02. 23:14:17] Du hast es ja nicht für nötig gehalten dich zu melden.

[Mi. 04.02. 23:17:15] Dein Chef hat angerufen. Du bist gekündigt.

[Mi. 04.02. 23:47:01] Deine Sachen habe ich eingelagert.

[Mi. 04.02. 23:53:39] Ich bin maßlos enttäuscht von dir.

Obwohl er damit gerechnet hatte, traf es ihn wie ein Schlag. Sie hatte nicht gefragt, warum er das tat.

Sie hatte auch nicht gefragt, wie es ihm ging. Andererseits musste er für alle eine ziemliche Enttäuschung gewesen sein. Franziska hatte klare Vorstellungen vom Leben, und Erwartungen, die er schon lange nicht mehr erfüllt hatte. Reinhard hatte große Stücke auf ihn gesetzt, schließlich war er der umsatzstärkste Mitarbeiter. Keiner verkaufte so viel wie er und der Wegfall dürfte ihn hart treffen. Aber war das ein Grund, immer nur zu nicken, um allen gerecht zu werden? Musste er Franziska gerecht werden? Wer wurde ihm gerecht?

Je mehr er darüber nachdachte, desto wütender wurde er. Sie alle kümmerten sich einen Dreck darum, was er wollte. Sie alle hatten ihre Wertvorstellungen und Jan hatte diesen zu genügen. Was er für Wertvorstellungen hatte, spielte in deren Weltbildern keine Rolle. Nein, das war genau die richtige Entscheidung, dachte er sich.

Aber die Gedanken gingen ihm nicht aus dem Kopf. Selbst später, als er auf der Veranda saß und einen Kaffee trank, plagten ihn Gewissensbisse. Er fragte sich, was nötig sei, um alle zufriedenzustellen. Vielleicht hätte er Franziska mehr zuhören, mehr auf ihre Wünsche eingehen, mehr Verständnis zeigen sollen. Bei der Arbeit noch mehr Gas geben, noch mehr Überstunden machen, noch mehr Einsatz zeigen.

Hatte er sich zu wenig angestrengt? Wäre jetzt alles besser, wenn er sich mehr angestrengt hätte? Er wusste lediglich, dass er darunter litt, ohne den Grund zu kennen. Wenn er es verstehen wollte, musste er die Ursachen herausfinden.

Während er seinen Kaffee schlürfte, sah er auf das Meer hinaus und atmete die frische Luft ein, die vom Wasser sanft gekühlt über den Strand wehte.

Er hatte Mist gebaut und war schuld an diesem ganzen Dilemma, das sah er ein. Doch trotz dieses flauen Gefühls beschloss er, weiterzugehen. Da war so eine Ahnung, dass er auf alles eine Antwort finden könnte, wenn er den wesentlichen Dingen auf den Grund ginge.

Die Meditationseinheit begann mit Atemübungen und einem Bodyscan, bei dem sie sich von Kopf bis Fuß auf die einzelnen Körperteile fokussierten.

Betont langsam sagte Jutta: »Janny, sei ganz entspannt. Konzentriere dich auf deine Atmung, niemand hetzt dich.«

Leicht gesagt, dachte er sich und spürte, wie die Luft flach durch seine Brust schoss. Er versuchte, tief einzuatmen, aber dabei hatte er das Gefühl, zu wenig Luft zu bekommen und sein Atem wurde noch flacher.

»Entspannt eure Schultern, lasst sie ruhig etwas hängen.«

Jan spürte ihren Blick auf sich, ohne dass er sie ansehen musste. Er machte, was sie sagte und ließ die Schultern deutlich sinken, um sicherzugehen, dass sie es auch sah.

»Achtet darauf, dass euer Oberkörper noch gerade ist.«

Halt doch einfach mal die Fresse, ging es ihm durch den Kopf. Er schob sich hin und her, die Beine taten ihm weh und alles zog an ihm.

»Namaste«, sagte Jutta schließlich, um die Übung zu beenden, worauf Jan tief seufzte und zügig aufstand. Als er gehen wollte, rief Jutta ihm hinterher: »Janny, hast du eine Minute?«

Jan drehte sich um und Jutta ging vorsichtig auf ihn zu. Sie sah ihm fest in die Augen. »Alles in Ordnung mit dir?«

»Mir geht es gut, keine Sorge.«

»Weißt du, manchmal kann es vorkommen, dass wir beim Meditieren Dinge sehen, auf die wir nicht vorbereitet sind.«

»Das ist kein Problem, wirklich nicht«, unterbrach Jan.

»Verstehe.« Mit einem forschenden Blick sah sie ihn an. »Du weißt, dass meine Tür für dich immer offensteht.«

»Danke«, sagte er, drehte sich um und ging. Ihm war nicht danach, sich zu unterhalten, er wollte auch nichts erklären und sich auf keinen Fall irgendwelche Ratschläge anhören müssen.

Er hatte nicht bemerkt, dass Markus die Szene beobachtet hatte und ihm irritiert hinterher sah.

Die Yogastunde ließ er ausfallen und machte stattdessen einen Spaziergang. Er ging am Strand entlang, vorbei an einigen Hotelanlagen, in denen Touristen lethargisch in der prallen Sonne lagen. Gleichgültig schienen sie, als wäre das reale Leben weit weg von ihnen. Doch tatsächlich waren es nur wenige Wochen, bis sie dorthin zurückkehrten, wo sie herkamen, und dann würde alles wieder so sein wie vorher.

Als er zurück war, setzte er sich mit ausgestreckten Beinen auf die Veranda. Kurz darauf kam Markus vorbei, mit einem Rucksack über der Schulter, der klirrende Geräusche von sich gab.

»Hey Jan, wie gehts?«, rief er beiläufig.

»Habe ich was verpasst beim Yoga?«, rief er zurück.

Markus kam zur Hütte und blieb vor der Veranda stehen. »Beim Yoga gibt es nicht viel zu verpassen. Die Kurse bauen nicht aufeinander auf, daher ist es egal.«

»Was schleppst du da denn mit dir rum?«, fragte Jan und schielte auf den Rucksack.

»Da sind ein paar Getränke drin. Wasser und Bier«, sagte Markus grinsend. »Wie wäre es?«

»Klar komm rauf«, sagte Jan und deutete mit einer einladenden Geste auf den Stuhl neben sich.

Die Flaschen klirrten, als sie anstießen, dann saßen sie schweigend nebeneinander, jeder mit seinen Gedanken. Jan sah zu einer Palme, die mit dem Meer im Hintergrund anmutete wie ein Postkartenmotiv. Unter der Palme lag eine Kokosnuss im Sand, die einen Krater hinterlassen hatte, der erahnen ließ, mit welcher Wucht sie aufgeschlagen war.

»Es ist schon komisch«, sagte Jan. »Ich habe noch nie davon gehört, dass mal ein Tourist von einer Kokosnuss erschlagen wurde.«

Markus bemerkte die Kokosnuss und grinste. »Da muss man aber auch verdammt viel Pech haben.«

»Na ja, aber irgendwann muss es doch mal jemanden treffen. Man liest ja ständig von irgendwelchen Unglücken. Jeder Haiangriff landet bei uns in der Zeitung.«

»Das liegt wahrscheinlich daran, dass ein Haiangriff spektakulärer ist als eine Killer-Kokosnuss.«

Sie lachten und malten sich ihren Nachruf aus, wenn sie von einer Kokosnuss erschlagen werden sollten.

»Ich habe heute Morgen ein paar Nachrichten aus Deutschland bekommen«, sagte Jan schließlich.

»Ist etwas passiert?«

Wie abwesend starrte Jan aufs Meer. »Mit meiner Freundin ist es aus.«

»Oh Mann, das tut mir leid.«

»Meine Sachen hat sie ausgelagert. Ich habe praktisch kein Zuhause mehr.«

»Das ist übel.«

»Und ich bin gekündigt.«

»Ach du Scheiße.« Markus pfiff durch die Zähne.

»Fast so gut wie eine Kokosnuss«, sagte Jan, lachte kurz auf und nahm dann einen großen Schluck Bier.

»Da warst du sicher ziemlich überrascht.«

»Eigentlich nicht. Ich hatte es ja darauf angelegt. Schließlich war ich derjenige, der abgehauen ist.«

»Das ist kein Grund, dich gleich fallen zu lassen.«

»Vielleicht hast du recht. Trotzdem fühle ich mich schuldig.«

»Ich denke nicht, dass du dich schuldig fühlen musst, nur weil du in Urlaub gefahren bist. Sicher, wenn es ohne Ankündigung oder Absprache passiert, ist es nicht nett. Aber wer so handelt, wie du es getan hast, hat in der Regel einen guten Grund.«

»Eigentlich bereue ich es auch nicht. Ich bin sogar froh, dass ich es gemacht habe. Trotzdem habe ich ein schlechtes Gewissen, ist doch merkwürdig.«

»Das schlechte Gewissen hast du sicher, weil du so etwas wahrscheinlich noch nie getan hast. Ich kann mir gut vorstellen, dass du immer die Zuverlässigkeit in Person warst.«

»Ja, vielleicht.« Jan strich mit seinen Fingern über das glatte Glas der Flasche. »Mir ist eigentlich erst in letzter Zeit alles abgedriftet.«

»Also, für eine Midlife-Crisis bist du zu jung«, sagte Markus grinsend.

»Denkst du, so was ist normal?«

»Was ist schon normal. Ich finde es mutig, was du gemacht hast. Während andere nur davon träumen, hast du die Eier, das auch durchzuziehen.«

Markus schüttelte die letzten Tropfen aus seiner Flasche heraus und schob sie in den Rucksack. Jan gab ihm seine leere Flasche, die er ebenfalls verstaute. Dann stand er auf, stellte sich an die Brüstung und fragte: »Hast du eigentlich schon gefunden, was du hier suchst?«

»Ich komme mir vor wie jemand, der einem Regenbogen hinterherrennt«, sagte Jan.

»Es gibt da einen Tempel in Ubon Ratchathani.«

»Du meinst im Isaan?«, unterbrach ihn Jan.

»Genau. Ich war da mal für eine Woche und habe mit den Mönchen gelebt.«

»Das ist am Arsch der Welt, würde mich aber interessieren.«

Markus ging von der Veranda herunter. »Ich lasse dir die Adresse zukommen«, sagte er im Gehen und verschwand kurz darauf um die Ecke. Die Vorstellung, mit Mönchen in einem Tempel zu leben, reizte ihn. Hin- und hergerissen überlegte er, ob es nicht besser wäre, den nächsten Flug nach Deutschland zu nehmen, um sein Leben wieder in Ordnung zu bringen. Andererseits war sein Leben schon lange nicht mehr in Ordnung, vielleicht war es das auch nie.

Er wurde dieses flaue Gefühl in der Magengegend nicht los. Es schmerzte ihn nicht, dass Franziska ihn verließ, es störte ihn auch nicht, dass er seinen Job verloren hatte. Ganz im Gegenteil, er fühlte sich befreit von den Fesseln, die ihn schon viel zu lange drangsaliert hatten. Und doch nagte etwas an ihm, das tiefer ging als alles andere.

Am Abend erzählte Jan es auch den anderen, die mit einer Mischung aus Unglauben und Entsetzen gebannt zuhörten. Es gab ein aufmunterndes Nicken von Lars, ein Augenzwinkern von Markus, ein Tätscheln von Jutta und einen mitfühlenden Blick von Conny. Er sprach gleichmütig und beantwortete die wenigen Fragen, die sie zwischendurch stellten.

Dann erzählte er, wie es damals in seinem Job anfing und wie er sich aufgrund des Drucks immer mehr distanzierte. Je mehr er sich distanzierte, desto mehr Druck übte sein Chef auf ihn aus. So war es auch in seiner Beziehung mit Franziska. Eine unsichtbare Mauer hatte sich zwischen ihnen aufgebaut, die Stein für Stein mit jedem Vorwurf größer wurde, bis es kein Durchkommen mehr gab. Doch nicht nur die Mauer wurde größer, sondern auch die Schuldgefühle, die ihm wie ein Schatten folgten.

»Weißt du Janny«, sagte Jutta, die ihn ernst ansah. »Du hast Mist gebaut. Aber ganz egal, was du gemacht hast, alles hat seinen Grund und der ist nicht immer leicht zu erkennen. Was wir als Grund erkennen, ist oft nur der Auslöser, der lediglich die Konsequenz der wahren Ursache ist.«

»Das denke ich auch«, sagte Conny mit sanfter Stimme. Ihre schmalen Lippen hoben sich leicht um die Mundwinkel. »Lass dich nicht von deinen Schuldgefühlen leiten. Denn was ist schon Schuld?«

»Stimmt«, warf Lars ein. »Es gibt überhaupt nichts, wofür du dich schuldig fühlen musst.« Er tat so, als hätte er den Satz beendet und sagte dann: »Außer vielleicht für dein hässliches Gesicht.«

Schelmisch grinsend sah er um sich, bis er vor Schmerz zusammenzuckte, als Jutta ihm gegen das Schienbein trat.

»Leider lässt sich die Schuldfrage nicht immer so leicht relativieren«, sagte Markus nun mit ernster Miene und blickte nachdenklich in die Runde.

»Wie meinst du das?«, fragte Conny.

»Ich habe Menschen ums Leben gebracht.«

Augenblicklich war die Aufmerksamkeit ganz auf ihn gerichtet. Niemand sagte ein Wort, kein Grinsen mehr, kein Lächeln.

Mit zitternder Stimme fing er an zu erzählen, von der Weihnachtsfeier vor sieben Jahren. Er hatte mit Kollegen getrunken … viel getrunken. Sie hatten allen Grund zum Feiern, denn in der Woche zuvor war ein neuer Großauftrag hereingekommen. Sie fühlten sich unbesiegbar, der Inbegriff des Erfolgs und der Macht. Es war, als läge ihnen die Welt zu Füßen und sie könnten alles erreichen. Es gab keine Ziele mehr, weil Ziele nur Grenzen darstellten, denn sie waren grenzenlos und ließen sich durch nichts aufhalten.

»Wir waren ein unschlagbares Team«, sagte Markus mit gesenktem Blick. »Eine eingeschworene Truppe, die keine Angst davor hatte, sich mit Tod und Teufel anzulegen.«

Bis spät in die Nacht hatten sie gefeiert. Mit seinem neuen Mercedes wollte er die Kollegen nach Hause bringen. Auf der Fahrt durch den Regen lachten und sangen sie, tranken Sekt aus der Flasche. Der Regen peitschte unaufhörlich, die Scheibenwischer kamen kaum dagegen an. Mit Vollgas raste er an den anderen Autos vorbei, überholte mal rechts, mal links. Bei jedem Lenkmanöver schaukelten sie hin und her, was seine Kollegen dazu veranlasste, ihn anzufeuern, noch wilder zu fahren … und er tat es. Er machte immer riskantere Überholmanöver, sodass der Wagen immer mehr ins Rutschen kam, doch Markus war ein ausgezeichneter Fahrer und konnte den Wagen jedes Mal kurz vor dem Ausbrechen abfangen. Die Lichter der Stadt spiegelten sich auf der nassen Fahrbahn und lachten ihm entgegen, so wie ihm der Erfolg und das Glück entgegenlachten. Doch das Lachen verstummte, als er das rote Licht der Ampel übersah, das mahnend aus der Dunkelheit vor ihm auftauchte. Er raste über die Kreuzung und fuhr mit 80 km/h in einen Kleinwagen hinein.

Im Bruchteil einer Sekunde war sein Leben nicht mehr wie zuvor. Sein Mercedes war an der Front leicht verbeult, der Kleinwagen sah aus wie eine zerquetschte Getränkedose. Eine Frau saß mit ihrer Tochter in dem Wagen, sie waren eingeklemmt und standen unter Schock. Er wollte sie aus dem Auto befreien, doch die Türen ließen sich nicht öffnen. Der Geruch von verschmorter Elektrik breitete sich aus und kurz darauf stieg Rauch aus dem Motorraum auf. Er zog am Griff der Tür, aber sie öffnete sich nicht. Dann riss er mit aller Gewalt daran, aber es half nichts, die Tür war verkeilt. Die Blicke der Frau und des Mädchens waren leer und starr. Sie sahen ihn an, ohne ihn wirklich wahrzunehmen, apathisch gingen ihre Blicke durch ihn hindurch. Dann fingen die Flammen an zu lodern, erst ein kleines Aufflackern und kurz darauf schossen sie heraus, begleitet von dichtem Rauch. Die Frau schaute ihm nun mit einem verzweifelten Blick direkt in die Augen, als wollte sie fragen, warum er ihnen nicht hilft.

Immer wieder zog er an der Tür, rannte um das Auto herum, zog an der anderen Tür, aber nichts rührte sich. Er rannte zurück und schlug gegen das Fenster, als die Flammen in den Innenraum eindrangen. Jemand packte ihn von hinten und zog ihn vom Auto weg. Er wollte sich befreien und wieder hinlaufen, schlug um sich und schrie, bis er schließlich zusammensackte. Auf dem Asphalt kniend sah er, wie das Innere des Wagens mit der Frau und dem Mädchen ausbrannte. Nichts konnte die Flammen aufhalten, nicht einmal der Regen, der gleichgültig herunterprasselte.

Nachdem er die Geschichte beendet hatte, folgte ein Moment des Schweigens. Markus strich sich mit der Hand über das Gesicht, das müde wirkte wie nach einer durchgearbeiteten Nacht.

»Wie geht es dir jetzt?«, fragte Conny nach einer Weile.

»Ich habe akzeptiert, dass die Schuld ein Teil von mir ist, mit dem ich jetzt leben muss.«

»Alter, dir muss es damit wirklich scheiße gehen. Ich könnte keine Nacht mehr ruhig schlafen«, sagte Lars mit großen Augen.

»Ich schlafe seitdem keine Nacht mehr, ohne daran zu denken. Aber ich habe gelernt, dass alles seine Konsequenzen hat, mit denen man leben muss.«

Jan musste schlucken, bevor er etwas sagen konnte. Dann fragte er: »Wie ging es für dich weiter?«

»Ich war sechs Monate im Gefängnis und wurde fristlos gefeuert. Meine Kollegen sagten aus, ich hätte vorgetäuscht, nüchtern zu sein, und sie seien nur deshalb ins Auto gestiegen. Als mich dann auch noch meine Frau verließ, stand ich endgültig vor dem Nichts.«

»Es ist skurril.« Jutta hielt inne, biss sich auf die Lippe und sagte dann: »Wir leiden beide wegen der gleichen Sache. Nur haben wir es aus unterschiedlichen Blickwinkeln erlebt.«

»Du musst mich hassen.«

»Nein, ich hasse dich nicht, denn du bist ein guter Kerl. Natürlich war die Aktion total daneben, das muss ich dir nicht sagen, aber es ändert nichts daran, wer du bist. Außerdem hast du schon reichlich gelitten.«

»Das Leiden habe ich verdient. Es ist die gerechte Strafe für etwas, das ich nie wieder gutmachen kann.«

»Das ist Karma«, sagte Jutta. »Alles, was wir tun, hat Einfluss auf unsere Zukunft. Wenn wir leiden, dann wegen unserer früheren Taten. Sei es in einem Leben oder über viele Leben hinweg. Wir entwickeln uns durch das, was wir tun.«

Markus lachte spöttisch auf. »Und ich bin in diesem Leben einige Schritte zurückgefallen.«

»Ne, Alter«, sagte Lars und schüttelte energisch den Kopf. »Eins muss man mal klarstellen. Du bist da nicht mit Absicht in die Karre gerauscht, es war ein Unfall. Klar warst du besoffen, aber wie viele Leute fahren jeden Tag besoffen Auto. Vorwürfe okay, aber irgendwann ist auch gut. Mehr als bereuen kannst du nicht.«

»Das sehe ich auch so«, ergänzte Jan. »Du bist ja kein schlechter Mensch, nur weil du einen Fehler gemacht hast.«

»Stimmt«, hakte Jutta ein. »Es war eine Dummheit, aber keine böse Absicht.«

»Danke euch«, sagte Markus, worauf Lars ihm auf die Schulter klopfte. Vom Strand her hörten sie das Brechen der Wellen, deren salziger Geruch der Wind über sie hinwegwehte.

Die Tage vergingen und die Routine des Urlaubs setzte ein. Morgens meditierten sie, nachmittags machten sie Yoga und abends saßen sie zusammen. Es waren angenehme Gespräche, die Jan sehr genoss. Die Clique war so unterschiedlich, wie eine Gruppe nur sein kann, und doch fühlte er sich wohl unter ihnen. Vielleicht waren es auch gerade die Unterschiede, die in ihm ein Behagen auslösten. Inmitten der Singularitäten, denen jeder für sich nachjagte, sahen sie sich wie in einem Spiegel. So wurden sie zu einer Gemeinschaft, deren Spirit sich um sie legte wie ein wärmendes Fell, das in einer kalten Nacht den zitternden Körper wärmt.

Doch so unterschiedlich sie auch waren, so gab es doch eine Gemeinsamkeit, der sie sich nicht entziehen konnten. Sie gehörten alle derselben Klasse an. Aus der gehobenen Mittelschicht kommend, konnten sie sich den Luxus leisten, sich mit Selbstverwirklichung und Entfaltung zu beschäftigen. Jeder hatte es geschafft, sich seinen eigenen Wohlstand zu erschaffen, der ihnen den materiellen und geistigen Raum gab, sich den spirituellen Elementen zu widmen. Jan konnte sich nicht erinnern, jemals einen Hartz 4-Empfänger begegnet zu sein, der sich mit Meditation beschäftigte. Nein, es waren die Fachkräfte und Akademiker, die Gewinner der Gesellschaft, die nicht wussten, wohin mit all ihren Ressourcen. Urban und schick war die Voraussetzung für Enthaltsamkeit. Sie alle waren hier, weil sie es sich leisten konnten, mit einem Ziel vor Augen, das jeder hatte und keiner kannte. Durch den Spirit jagten sie einem unsichtbaren Traum nach, von dem keiner wusste, ob es ihn gab.

Jan spürte, dass er an diesem Ort an seine Grenzen kam. So sehr er die Gruppe auch mochte, hatte er doch das Gefühl, dass seine Fragen auf dieser Insel nicht beantwortet werden konnten. Die Meditationen waren ein Loslassen, mit dem Wissen, weich zu fallen. Jeden Morgen ging er zur Meditation, folgte den Anweisungen, machte seine Atemübungen und konzentrierte sich auf seine Mitte. In der freien Zeit erkundete er mit einem Moped die Insel. Er sah sich Wasserfälle an, wanderte durch Mangrovenwälder und watete an den Stränden im seichten Wasser.

Bei einer Erkundungstour im Süden der Insel entdeckte er einen unscheinbaren Tempel. Er lag versteckt am Rande eines kleinen Waldstücks und war kaum größer als ein Einfamilienhaus. Am Eingang wachten zwei steinerne Drachen, darüber war die Wand mit einem dreiköpfigen weißen Elefanten verziert. Er trat ein und setzte sich dem Buddha gegenüber, dessen Gesichtsausdruck mit nach unten gerichteten Augen ernst wirkte. Jan betrachtete die Bilder an den Wänden, die Buddha mit seinen Schülern in verschiedenen Szenen zeigten. Sein Blick blieb an einem Bild hängen, auf dem die Schüler in ärmlichen grauen Gewändern um Buddha herum saßen, der selbst auch nur ein einfaches Gewand trug. Sie waren alle gleich, sahen gleich aus, hatten den gleichen Rang, keiner war besser oder schlechter.

Während er die Szene auf dem Bild betrachtete, fasste er einen Entschluss. Es war an der Zeit weiterzuziehen. So sehr ihm die Gruppe auch ans Herz gewachsen war, wusste er, dass er sie verlassen musste.

»Och, Janny«, sagte Jutta mit einem Schmollmund, als sie am Abend zusammensaßen. »Aber ich kann dich verstehen, habe es eigentlich auch schon geahnt. Es dürstet dich nach mehr.«

»Na, tolle Socke. Macht der sich wieder aus dem Staub. Wann haust du denn endlich ab?«, fragte Lars, der die Bierflasche wie einen Schnuller zwischen seinen Lippen hielt.

»Morgen«, antwortete Jan mit einem flauen Gefühl im Magen. »Ich werde euch vermissen, es war eine tolle Zeit.«

»Es war so schön, dich kennenzulernen«, sagte Conny mit feuchten Augen. »Ich hoffe, wir sehen uns irgendwann wieder.«

»Ganz bestimmt, wir bleiben einfach in Kontakt«, sagte Jan und hielt sein Handy hoch.

»Natürlich kommt Janny wieder.« Jutta zwinkerte Jan verschwörerisch zu. »Wir sind ja jeden Winter hier und für Janny haben wir immer einen Platz frei.«

»Wo geht es denn als Nächstes hin?«, fragte Markus mit einem wissenden Grinsen.

»Ich fahre raus auf das Land«, sagte er, ohne wirklich einen Plan zu haben, und fügte hinzu: »Direkt in den Isaan. Zuerst nach Roi Et und dann nach Ubon Ratchathani.«

Er warf sein Gepäck auf die Ladefläche des Geländewagens, der bereits auf ihn wartete und drehte sich zu den anderen um, die im Halbkreis um ihn standen. Es folgten Händeschütteln, Umarmungen und Versprechen, sich nicht aus den Augen zu verlieren. Jan hatte mit solchen Versprechen keine guten Erfahrungen gemacht, doch diesmal war er sicher, dass es keine leeren Worte waren. Er fühlte sich auf eine eigentümliche Weise mit ihnen verbunden. Mit Dankbarkeit und Demut blickte er aus dem davonfahrenden Wagen zurück auf die Clique, die ihm nachwinkte, bis der Wagen in Richtung des Fähranlegers abbog.

6

Als er aus dem Bus stieg, sah er sich um und konnte nicht glauben, wo er gelandet war. Die Bushaltestelle wirkte wie ein verlassener Ort mitten im Nirgendwo. Der Bus fuhr los und Jan sah ihm nach, wie er am Horizont immer kleiner wurde. Dann schnappte er sich seinen Koffer und ging auf der staubigen Straße der sich neigenden Sonne entgegen.

Zu seiner Rechten erstreckten sich Reisfelder bis zum Horizont, zu seiner Linken war trockene Steppe, in der sich vereinzelt einige Palmen verloren. Der Sand knirschte unter seinen Füßen, die Rollen seines Koffers krächzten wie verrostete Kugellager. Er blieb stehen, schaute auf sein Handy und lachte laut auf, als er sah, dass er volle Netzabdeckung hatte. »Die könnten uns mal digitale Entwicklungshilfe geben«, sagte er grinsend zu sich selbst und öffnete die App mit der Landkarte. Ungläubig kniff er die Augen zusammen, als er die Entfernung nach Roi Et abschätzte, die gut 40 Kilometer betrug. Er sah sich noch einmal um, konnte aber nichts erkennen außer karger Landschaft und grauem Asphalt.

Also beschloss er, der Straße in Richtung Roi Et zu folgen. Vereinzelt rasten Autos an ihm vorbei, manche so schnell, dass er vor Schreck ein Stück von der

Straße wegsprang. Die Sonne näherte sich dem Horizont und tauchte den Himmel in ein buntes Farbenmeer. Wie gern hätte er diesen herrlichen Anblick genossen, aber dazu fehlte ihm hier am Ende der Welt die Muße. Er hielt Ausschau nach irgendwelchen Krabbeltieren wie Skorpionen oder Tausendfüßlern und spähte kritisch in die Büsche, ob ihm nicht eine Schlange auflauerte. Über Kriminalität hatte er sich in dieser Gegend noch keine Gedanken gemacht, es hatte ihn nie interessiert. Unaufhaltsam wurde der Himmel immer dunkler und das leuchtend gelbrote Farbenmeer verwandelte sich in ein dunkles Rot. Die ersten Sterne erschienen hell am Himmel und als die Sonne schließlich unterging, verschwanden die Farben. Die Straße lag nun in einem hellen Grau vor ihm, erleuchtet vom klaren Mond, der wie ein Spot in der Dunkelheit vom Himmel strahlte.

Mit der Dunkelheit nahmen auch die Geräusche zu. Hier ein Zirpen, da ein Rascheln, dort ein Quieken. Ohne es zu merken, wurden seine Schritte immer schneller. Sein Atem beschleunigte sich, das durchgeschwitzte Hemd hing schwer an ihm herunter.

Ein Moped näherte sich von hinten, dessen Motor klang wie ein Rasenmäher. Er drehte sich um und schützte seine Augen mit der Hand vor dem Scheinwerferlicht, das grell in sein Gesicht strahlte. Das Moped kam näher, fuhr langsam vorbei und blieb dann einige Meter vor ihm stehen.

»Alles in Ordnung?«, fragte eine Frauenstimme in gebrochenem Englisch, von der er nur die Silhouette erkannte.

Er ging ein paar Schritte auf das Moped zu. »Ich will nach Roi Et, aber hier bin ich wohl falsch.«

»Einfach nur die Straße runter, dann bist du morgen Mittag da«, sagte sie lachend und schüttelte den Kopf, als hätte sie eine Komödie gesehen mit einer Szene, die man sich im richtigen Leben nicht vorstellen konnte.

»Gibt es hier in der Nähe ein Hotel?« Hilflos sah er sich um, konnte kein Licht oder ein anderes Zeichen einer Zivilisation entdecken.

»Ein paar Kilometer die Straße rauf ist eins.«

Er stand nun direkt vor ihr und konnte im Mondschein ihr Gesicht erkennen. Vom Alter her schien sie in den Dreißigern zu sein, aber er konnte es nur schwer einschätzen. Das feine Haar fiel ihr glatt über die Schultern, die schmalen Augen reflektierten das Mondlicht und schienen ihn anzulachen.

»Warum bist du hier ausgestiegen, wenn du nach Roi Et willst?«, fragte sie.

»Ich habe dem Busfahrer diese Adresse gezeigt, daraufhin hat er mich hier rausgelassen.« Er hielt ihr sein Handy mit der Hoteladresse hin.

Sie schaute auf die Adresse und nickte. »Ich glaube nicht, dass der Busfahrer damit was anfangen konnte, es ist ja alles in Englisch«, sagte sie grinsend.

»Das hätte er mir auch mal sagen können«, sagte er empört.

»Das hat er bestimmt«, sagte sie schmunzelnd und fügte hinzu: »Auf Thailändisch.«

»Jetzt wird mir einiges klar«, sagte Jan und blickte ratlos in die Dunkelheit.

»Du kannst heute Nacht in meinem Haus schlafen«, sagte sie und gab ihm mit einer Kopfbewegung
zu verstehen, dass er sich auf das Moped setzen sollte.

»Und der Koffer?« Mit hängenden Schultern stand
er vor ihr.

»Den nehmen wir mit, oder brauchst du ihn nicht
mehr?«, fragte sie lachend.

Er setzte sich hinter sie auf das Moped, den Koffer
quer vor sich an die Brust gepresst. Als sie mit einem
Ruck losfuhr, schrie er auf vor Schreck, was sie mit
einem weiteren Lachen und Kopfschütteln kommentierte.

Wie beim Springreiten flog das Moped über eine
Schwelle, als sie die Grundstückseinfahrt durchquer-
ten. Beim Aufsetzen stieß Jan ein »uff« aus und krallte
sich noch an der Halterung fest, als sie längst standen.
Nachdem sie den Motor ausmachte, seufzte er laut
und stieg mit zitternden Knien ab.

Um das Grundstück herum verlief eine hohe Steinmauer, die einen grünen Anstrich hatte, ebenso wie
das Haus, das von Sträuchern und Gemüsebeeten
umgeben war. Über die Terrasse betraten sie das
Haus und standen direkt in einem großen Raum, der
als Wohnzimmer diente. Von dort gingen ein Kinder-
zimmer, ein Schlafzimmer und die Küche ab. Das
Haus wirkte kahl, an den Wänden hingen keine Bilder und es gab keine Ziergegenstände. Braune Fliesen
glänzten am Boden, wo kein Staub zu sehen war. An
einer Wand stand ein Fernseher auf einem Sideboard,
davor zwei Hocker. Gegenüber befand sich eine

kleine Sitzecke, bestehend aus einem Sofa und einem kleinen Tisch. Jan bemerkte noch einen Nebenraum, der ebenfalls vom Wohnzimmer abging, aber keine Tür hatte. Er sah hinein und entdeckte einen kleinen Altar, mit einem Buddha, einigen Figuren asiatischer Gottheiten und Bildern von Familienmitgliedern.

»Das ist mein Hausaltar«, sagte sie hinter ihm stehend.

»Wer ist das auf den Bildern?«

»Verstorbene Verwandte.« Sie ging zum Altar und zeigte auf ein altes Ehepaar. »Das sind meine Großeltern, sie sind vor drei Jahren gestorben. Mein Großvater hatte Krebs und als er starb, folgte ihm kurz darauf meine Großmutter.«

»Woran ist sie gestorben?«

»An Kummer«, sagte sie lakonisch, ging zurück ins Wohnzimmer und zeigte auf das Sofa. »Hier kannst du schlafen.« Sie schaltete einen Ventilator ein und richtete ihn auf das Sofa. »Hast du schon gegessen?« Sie fragte so beiläufig, als würden sie schon eine Ewigkeit zusammenleben.

»Nein, gegessen habe ich noch nicht.«

»Okay, mach es dir bequem, ich kümmere mich darum.«

Sie schaltete den Fernseher ein und ging in die Küche. Jan setzte sich auf das Sofa und sah eine Soap, in der gerade eine emotionale Szene mit einem Liebespaar lief. Eine junge Frau weinte dicke Krokodilstränen, während ein Mann mit gesenktem Kopf an ihr vorbeisah.

Aus der Küche drangen Geräusche von klapperndem Geschirr. Sie ging in der Küche hin und her und immer wieder hinaus in den Garten. Ein würziger Geruch breitete sich im Haus aus und erinnerte Jan daran, dass er schon eine Weile nichts gegessen hatte.

Dann zuckte er zusammen, als er Geräusche von draußen hörte. Kurz darauf öffnete sich die Haustür und zwei Kinder huschten herein. Ein Junge und ein Mädchen gingen an Jan vorbei, begrüßten ihn mit einem Wai und verschwanden in der Küche. Sie sprachen ein paar Worte auf Thai, kamen dann zurück und setzten sich auf die Hocker vor dem Fernseher. Der Junge nahm die Fernbedienung und schaltete das Programm um. Es erschien ein Zeichentrickfilm, den sie gebannt mit baumelnden Füßen verfolgten.

»Nicht wundern, das sind meine Kinder«, rief die Frau aus der Küche.

»Ich wundere mich über gar nichts«, rief Jan zurück und erntete den nächsten Lacher.

Kurz darauf kam sie mit einem dampfenden Topf, den sie in beiden Händen hielt. Als er aufstand, um ihr zu helfen, machte sie eine abwehrende Geste mit dem Kopf, worauf er sich wieder setzte. Sie stellte den Topf in die Mitte des Tisches und brachte anschließend eine Schüssel mit Reis sowie zwei Teller und Besteck.

Fragend sah Jan zu den Kindern.

»Die beiden haben schon bei meiner Mutter gegessen«, sagte sie und klatschte einen großen Löffel Klebereis auf seinen Teller. Dann rührte sie mit einer Kelle in dem noch dampfenden Topf und schüttete ein undefinierbares Fleischgericht neben den Reis. Es erinnerte ihn an Geschnetzeltes, aber er hatte keine Ahnung, was es war. Nachdem sie auch ihren eigenen Teller gefüllt hatte, fing sie wortlos an zu essen. Zaghaft rührte Jan etwas Reis in die Soße und probierte es. Ein würziger Currygeschmack machte sich in seinem Mund breit, dazu kam ein leichtes Brennen von Chilis. Er biss in das Fleisch, konnte aber nicht einschätzen, was es war. Es war weich und zerging im Mund fast von selbst. Nachdem er ein paar Happen gegessen hatte, sagte er: »Das ist wirklich lecker.«

»Danke«, sagte sie lächelnd und beobachtete stolz aus den Augenwinkeln, wie er das Essen verschlang.

Die Kinder waren früh ins Bett gegangen, und nun saßen sie auf dem Sofa, tranken Wasser aus Gläsern und sahen an sich vorbei.

»Wie ist eigentlich dein Name?«, fragte er verlegen, wie bei einem ersten Rendezvous.

»Ich heiße Chan«, antwortete sie. »Und du?«

»Jan«, sagte er betont langsam. Sie wiederholte den Namen, der bei ihr klang wie Jian.

Sie stellte Jan eine Menge Fragen, wollte alles über ihn wissen und hinterfragte seine Antworten. So gab sie sich nicht damit zufrieden, dass seine Beziehung mit Franziska vorbei war. Nein, sie wollte genau wissen, was passiert ist. Es fiel ihm nicht leicht, ihr das zu erklären, wusste er doch selbst nicht genau, was überhaupt passierte und was die Ursache des Bruchs war.

Schließlich sagte er: »Wir haben uns wohl auseinandergelebt.«

Mit großen Augen sah Chan ihn an und sagte: »Das verstehe ich nicht.«

Er beschrieb einige Situationen in ihrer Beziehung, in denen sich Veränderungen abzeichneten, doch Chan sah ihn nur skeptisch an. Irgendwann einigten sie sich darauf, dass das Schicksal seine eigenen Wege geht, die nicht immer leicht zu verstehen sind.

»Oft ergibt es einen Sinn, den man erst im Nachhinein erkennt«, sagte Chan abschließend.

Dann erzählte sie aus ihrem Leben und Jan hörte gebannt zu. Seit zwei Jahren war sie Witwe. Ihren Mann hatte sie bei einem Motorradunfall verloren. Er war mit Freunden unterwegs, hatte zu viel getrunken und war, wie so viele Thais, unter Alkoholeinfluss zu leichtsinnig. Das Motorrad kam in einer Kurve ins Schleudern und prallte gegen einen Baum. Er war auf der Stelle tot. Chan verdiente nun allein den Lebensunterhalt auf dem Nachtmarkt, indem sie Früchte, Obst und frische Säfte verkaufte. Sie hatte nicht viel Geld und ihr Leben war ein ziemlicher Kampf. Sie kam zwar gut über die Runden, aber es durfte nichts Außergewöhnliches passieren. Wenn ihre Kinder krank wurden und Medikamente brauchten oder das Handy kaputt ging, dann wurde es eng. Aber sie hatte eine große Familie hinter sich, die sich gegenseitig unterstützte. Ihre Eltern waren für ländliche Verhältnisse recht wohlhabend. Der Vater arbeitete bei der Regierung, bevor er in Rente ging. Ihre beiden Brüder, von denen der eine älter und der andere jünger war, haben es zu anständigen Jobs geschafft. Die Familie half sich in allen Lebenslagen, jeder hatte seine Rolle. Oft aßen sie gemeinsam bei den Eltern, wo jeder etwas zu Essen mitbrachte, dann wurde geteilt, ohne dass jemand zu kurz kam.

»Fühlst du dich nicht manchmal einsam ohne Mann?«

Sie strich sich mit den verschränkten Händen über die Oberarme, als wäre ihr kalt. »Ich habe meine Kinder und meine Familie, darum bin ich nie einsam.« Nachdenklich sah sie an Jan vorbei. »Aber manchmal vermisse ich meinen Mann, dann bin ich traurig.«

Eine Weile saßen sie schweigend da. Der Ventilator summte und umströmte sie mit einem warmen Wind. Ein Gecko schlich an der Wand entlang und positionierte sich in der Nähe einer Lampe. Regungslos verharrte er dort und wartete auf Insekten, die das Licht der Lampe suchten, um dann von ihm vertilgt zu werden.

»Was ist mit deiner Freundin, der du weggelaufen bist, vermisst du sie?« Frech grinste sie ihn von der Seite an.

»Nein, ich denke eigentlich gar nicht an sie«, sagte er mit den Schultern zuckend.

»Ach, erzähl doch nichts. Du heulst dich doch jede Nacht in den Schlaf, weil du sie vermisst«, sagte sie lachend und ahmte ein weinendes Baby nach. Als er sie an der Schulter anstupste, machte sie es noch theatralischer, rieb sich die Augen und krümmte sich vor Lachen.

»Mach dir nichts draus. Ich mache nur ein bisschen Spaß«, sagte sie lachend und stand auf. »Ich hole dir eine Decke und ein Kissen für die Nacht.«

»Wo kann ich mir die Zähne putzen?« Jan sah sich um, konnte bislang aber kein Bad ausmachen.

»Draußen im Garten.«

»Sehr witzig.«

»Doch wirklich.«

»Und wo im Garten?«

»Da hinten läuft ein Bach entlang, da kannst du auch baden und auf Toilette gehen.« Kichernd kam sie mit einer Decke und einem Kissen aus dem Schlafzimmer. Dann ging sie voraus in den Garten und Jan folgte ihr mit seiner Kulturtasche, die er fest an sich gedrückt hielt. Als sie draußen waren, zeigte sie auf ein kleines Häuschen etwas abseits im Garten. »Da ist das Bad, dort kannst du auch duschen.«

Das Häuschen kam ihm vor wie aus einer anderen Zeit. Er trat ein, schaltete das Licht an und war überrascht, dass er ein Bad mit allem Komfort vorfand. Eine normale Toilette wie zu Hause, ein Waschbecken, eine Dusche und eine Tonne gefüllt mit Wasser, von der er keine Ahnung hatte, wozu die sein sollte. Die hellblauen Fliesen reflektierten das weiße Licht der Halogenlampe.

Als er ins Haus zurückkam, ging er am Schlafzimmer vorbei und warf einen Blick hinein. Dort stand ein großes Bett, das fast den ganzen Raum ausfüllte. Über dem Bett war ein Moskitonetz angebracht, das sich im Luftstrom des Ventilators bewegte.

»In dem Bett kann ja eine ganze Fußballmannschaft schlafen«, sagte er und schaute dann wehmütig auf das Sofa.

»Stimmt, aber da schlafe ich allein«, sagte sie lachend. »Es sei denn, du willst mich heiraten.«

»Wer weiß«, sagte er mit einem schelmischen Unterton.

»Gute Nacht«, sagte sie schmunzelnd und schloss die Tür.

»Was für ein Tag«, sagte er zu sich selbst, nachdem er das Licht ausgemacht hatte. Der Mond schien fahl durch die Fenster und erhellte die kahlen Wände. Er dachte über Chan nach, ihre Unbeschwertheit und ihre unkomplizierte Art. Er fragte sich, ob sie glücklicher war als die Menschen in Deutschland. Glücklicher als er, war sie sicher, das war aber auch keine Kunst. Doch würde er gerne erfahren, ob die Thailänder grundsätzlich die zufriedeneren Menschen waren oder ob sie einfach nur ein dickeres Fell hatten. Mit dem Vorsatz, es herauszufinden, schlief er ein.

Als Jan aufwachte, war es taghell. Die Sonne schien grell ins Haus hinein und die tropische Hitze lag wie ein feuchter Nebel in der Luft. Er hörte Chan, wie sie in der Küche redete. Sie formte die Worte mit wechselnden Tonhöhen, wodurch die Sätze wie eine Melodie klangen. Dann kamen die Kinder aus der Küche. Sie trugen Ranzen auf den Rücken und trippelten auf Zehenspitzen durch den Raum an ihm vorbei. Leise öffneten sie die Tür und waren ebenso schnell verschwunden, wie sie kamen.

»Guten Morgen.« Chan stand in der Tür und strahlte ihn gut gelaunt an. Sie trug eine enge schwarze Baumwollhose und ein weißes Sweatshirt von Adidas. Voller Bewunderung für ihre gute Laune blinzelte er sie an. Als Morgenmuffel war es ihm unbegreiflich, wie jemand morgens so fröhlich sein konnte.

Sie verschwand in der Küche und kam mit einer Tasse Kaffee zurück, die sie ihm auf den Tisch stellte. Dann fragte sie: »Was möchtest du zum Frühstück?«

»Ein Toast wäre okay für mich, wenn es so etwas hier gibt.«

»Kein Problem«, sagte sie, nahm ihre Tasche und sagte beim Hinausgehen: »Ich bin gleich wieder da.«

»Du musst nicht wegen mir einkaufen gehen«, rief er ihr nach, doch seine Worte gingen ins Leere.

Mit der Tasse Kaffee in der Hand, setzte er sich im Garten auf eine Bank, die an einem runden Tisch stand. Um ihn herum waren einige Blumen und Sträucher, die fruchtig dufteten. Außerhalb der Mauern ragten Palmen hoch in den Himmel und erinnerten ihn daran, wie weit weg er von der Heimat war. Der Kaffee schmeckte bitter, doch sein Kreislauf kam in Schwung und seine Stimmung besserte sich.

Plötzlich kam ein junger Mann durch das Tor. Er trug ein knallrotes Fußballtrikot und schwarze Shorts. Ohne Jan zu beachten, ging er zielstrebig zu Chans Moped, setzte sich flink drauf und drehte den Schlüssel um, der noch steckte.

»Hey, warte«, rief Jan, aber das Aufheulen des Motors übertönte seine Worte.

Panisch sprang er auf und lief zu dem Moped, doch der Junge grinste nur und brauste davon. Jan rannte hinterher auf die Straße und sprintete so schnell, dass er sein Herz trommeln hörte. Schon nach wenigen Augenblicken hatte sich der Junge so weit entfernt, dass er unerreichbar war. Der Schweiß rann ihm über die Stirn, sein T-Shirt klebte am Körper, das Herz pochte in seiner Brust. Verzweifelt sah er die Straße hinauf, wo das Moped in der Ferne kaum noch zu erkennen war.

Aus einer Seitenstraße kam Chan mit zwei Tüten in der Hand und sah ihn irritiert an.

»Laufen in der Sonne ist nicht gut«, sagte sie, als sie vor ihm stand.

»Jemand hat gerade dein Moped geklaut.« Schwer atmend stemmte er sich eine Hand in die Hüfte, mit der anderen zeigte er in die Richtung, in der das Moped verschwunden war.

»Wer denn, wie sah er aus?«

»Es war ein Thailänder.«

»Na, davon gibts hier viele.«

Sie gingen zurück zum Haus und Jan beschrieb alle Einzelheiten, an die er sich erinnerte. Während Chan ihm zuhörte, lag ein sanftes Lächeln auf ihrem Gesicht.

»Jetzt dusch erst mal und ich kümmere mich um das Frühstück«, sagte sie, als sie zurück waren, und drückte ihm ein Handtuch in die Hand.

»Willst du denn nicht die Polizei rufen?«, fragte er ungläubig. »Der ist doch nachher über alle Berge.«

»Später. Erst mal frühstücken. Aber zuerst duschst du.«

»Diese Ruhe will ich haben«, sagte er kopfschüttelnd und trottete mit dem Handtuch über der Schulter durch den Garten.

Als er aus der Dusche kam, hatte Chan bereits das Frühstück für ihn angerichtet. Er aß Toast mit Marmelade und trank Kaffee dazu. Chan saß ihm mit angezogenen Beinen gegenüber und sah zufrieden zu, wie er ein Toastbrot nach dem anderen verschlang.

»Was willst du in Roi Et?« Sie hatte die Arme um ihre angewinkelten Beine geschlungen und den Kopf auf die Knie gelegt.

»Einen Freund besuchen«, sagte er. »Ich habe ihn in Bangkok kennengelernt.«

Forschend sah sie ihn an, als könnte sie durch seine Augen direkt in ihn hineinsehen. »Und dann?«

»Dann will ich nach Ubon Ratchathani fahren und in einen Tempel gehen.«

»Du interessiert dich für Buddha?«

»Ja, ich möchte alles über den Buddhismus lernen.«

Sie kniff ein wenig die Augen zusammen, dann sagte sie: »Du kannst ein paar Tage hierbleiben, wenn du willst.«

»Hier auf dem Sofa?«

»Ja. Ich kann dich nach Roi Et begleiten und dann zeige ich dir Tempel.«

»Warum eigentlich nicht?« Kaum hatte er die Worte ausgesprochen, hörte er ein Motorengeräusch, das sich näherte, kurz darauf kam der Junge mit dem Moped in den Garten gefahren. Als er es abgestellt hatte, rief Chan ihm etwas zu, daraufhin wechselten sie ein paar Worte und lachten beide. Anschließend ging der Junge winkend davon.

»Problem gelöst«, sagte sie schmunzelnd und übersah, wie Jan errötete.

Nach dem Frühstück fuhren sie für einen Ausflug über das Land. Chan wollte ihm etwas zeigen, sagte aber nicht, was es war. Gespannt saß er hinten auf dem Moped, das vibrierend über die Straßen knatterte. Bis zum Horizont erstreckten sich die im Wasser stehenden Reisfelder, auf deren Oberfläche die Sonne schimmerte. Einige Feldarbeiter mit großen kegelförmigen Strohhüten, standen knöcheltief im Nass und gingen ihrer Arbeit nach.

Sie bogen in eine Seitenstraße ein und kamen durch ein Dorf, in dem kaum ein Mensch zu sehen war. Vorbei ging es an Häusern mit Wellblechdächern, in deren Vorgärten die Wäsche aufgehängt war, und kläffenden Hunden, die auf der Straße herumstreunten. Dann fuhren sie durch ein großes Tor, das rechts und links mit zwei Drachen verziert war, auf ein Grundstück. Sie stellten das Moped ab und Chan kaufte an einem Straßenstand am Eingang zwei Blumengedecke und Räucherstäbchen. Als sie den Tempel betraten, reichte sie Jan eines der Blumengedecke. Mit einer Kopfbewegung signalisierte sie ihm, ihr zu folgen. Sie legte das Blumengedeck vor dem Altar ab, verbeugte sich und betete. Er tat es ihr gleich, legte sein Gedeck neben ihres und verbeugte sich. Dann zündeten sie die Räucherstäbchen an und steckten sie in ein mit Sand gefülltes Tongefäß. Anschließend ließen sie sich auf dem Teppich nieder und verbeugten sich dreimal vor dem goldenen Buddha. Chan hatte die Augen geschlossen und sprach lautlos ein Gebet. Jan legte ebenfalls seine Hände zusammen und blickte demütig zum Buddha auf, der friedlich auf ihn herabblickte. Auch hier konnte Jan keine Stimmung herauslesen. Keine Freude, kein Leid, kein Glück, kein Unglück. Es war der Ausdruck einer Seelenruhe, die über allem stand.

Chan hatte das Gebet beendet, zückte ihr Handy und machte Selfies von sich mit dem Buddha im Hintergrund. Dann rückte sie an Jan heran und machte Selfies mit ihm zusammen.

»Für Facebook«, sagte sie in einem neckischen Ton.

So viel zum Thema Datenschutz, dachte er sich und folgte ihr anschließend nach draußen.

Sie gingen zu einem Nebentempel, in dem sieben Buddhafiguren in verschiedenen Haltungen nebeneinander standen. Chan erklärte, dass jeder Buddha einen Wochentag repräsentiere und dass jeder, der an einem solchen Tag geboren sei, seine eigenen Charaktereigenschaften in den Beschreibungen dieses Tages wiederfinde. Jan dachte an die Horoskope zu Hause, denen er nie etwas abgewinnen konnte. Dann ließ er sich von ihr den Text auf der Tafel übersetzen, der für seinen Geburtstag stand.

Sie gingen weiter hinein und sahen hinter einer Glasscheibe einen mumifizierten Mönch im Schneidersitz. Starr saß er da, trug ein orangefarbenes Gewand und eine Sonnenbrille, um ihn herum ein Meer aus Blumen. Jan kam das bekannt vor und er erzählte, dass er einen solchen mumifizierten Mönch schon einmal auf Koh Samui gesehen hatte. Damals hieß es, es sei der einzige mumifizierte Mönch in Thailand.

Chan lachte und sagte: »Vielleicht der Einzige auf Koh Samui.«

Fasziniert betrachtete er den Mönch, der zu meditieren schien. Chan erklärte, dass manche Mönche eine Ebene erreichten, auf der sie die vollständige Kontrolle über ihren eigenen Körper haben. Als dieser Mönch spürte, dass seine Zeit gekommen war, begab er sich ganz bewusst zu seiner letzten Meditation. Er verabschiedete sich von den anderen Mönchen, die dafür sorgten, dass er nicht gestört wurde, und als sie am nächsten Morgen nach ihm sahen, saß er da und war tot. Er ist bewusst und kontrolliert aus dem Leben geschieden. Durch seine Körperbeherrschung, die er durch das Meditieren erlangt hatte, war er in der Lage, seine Körperfunktionen herunterzufahren, bis schließlich sein Herz stehen blieb.

»Kann das jeder lernen, so viel Kontrolle beim Meditieren zu bekommen?«, fragte Jan, als sie draußen waren.

»Es dauert sehr lange und es funktioniert nur, wenn man eine bestimmte Stufe erreicht hat.«

»Aber man kann es lernen«, beharrte Jan.

»Ja, wenn du dein Leben mit nichts anderem verbringst, ist es möglich.«

Nach dem Tempelbesuch schlenderten sie über einen Markt. Auf Eis gelegter Fisch sah Jan leblos an, einen Stand weiter waren frittierte Insekten im Angebot. Von Heuschrecken über Maden bis hin zu Skorpionen gab es alles, was die Menschen in dieser Gegend gerne aßen. Chan kaufte einige Insekten, welche die Verkäuferin eifrig in kleine Plastiktüten schaufelte. An einem anderen Stand waren Schweineköpfe aufgereiht, und gleich daneben wurden ausgeweidete Ratten präsentiert, die struppig und steif nebeneinanderlagen. Als Chan stehen blieb und sich einige Ratten aussuchte, schüttelte Jan ungläubig den Kopf. Zu seiner Erleichterung beschränkten sich die restlichen Einkäufe auf Gemüse, was sie reichlich einpackte.

Voll bepackt mit Tüten verließen sie den Markt. Chan hängte einen Teil der Einkäufe an die linke Seite des Lenkers, dann beugte sie sich vor, um weitere Tüten an die rechte Seite zu hängen, dabei rutschte ihr Handy aus der Tasche und fiel herunter. Sie versuchte, es mit einer Hand aufzufangen, aber es glitt ihr durch die Finger und schlug auf dem Steinboden auf. Ein Knacken verhieß nichts Gutes, und als sie es aufhob, schmückte ein spinnennetzartiges Muster das Display.

»Oh je«, sagte Chan, hob das Handy auf und versuchte es einzuschalten, doch der Bildschirm blieb schwarz.

Sie fuhren zu einem Handyshop, wo Chan dem Verkäufer, der den Schaden begutachtete, in schnatterndem Ton erklärte, was passiert war. Er öffnete das Gehäuse, leuchtete die Leiterbahnen aus, inspizierte die Lötstellen und sagte dann: »Das kann ich reparieren. Ich muss das Display und die Kamera austauschen, außerdem sind zwei Lötstellen brüchig, aber das kriege ich hin.«

Chan schaute ihn mit großen Augen an. »Und wie viel kostet das?«

»1800 Baht«, sagte er knapp, drehte dabei das Handy in seiner Hand, als wäre es ein Kunstwerk.

Chan sah Jan an. »Kannst du mir 1800 Baht geben? Ich habe mein ganzes Geld ausgegeben.«

Jan sah verzweifelt in sein Portemonnaie und fluchte innerlich, dass er sich auf Koh Chang nicht mit Bargeld eingedeckt hatte.

»Ich habe nur noch 2000 Baht. Wenn ich das jetzt ausgebe, haben wir morgen kein Geld mehr.«

»Aber mein Handy ist kaputt«, sagte Chan stirnrunzelnd.

»Dann können wir morgen nichts zu essen kaufen und auch sonst haben wir keine Reserven mehr.« Gestenreich untermauerte er sein Argument, indem er seinen Zeigefinger wie einen Dirigentenstab bewegte. »Hast du denn Geld zu Hause oder gibt es einen Geldautomaten in der Nähe?«

»Nein«, antwortete Chan leise. »Aber ich brauche mein Handy.«

»Und was machen wir morgen?«

Chan sah ihn mit zusammengezogenen Augenbrauen an. »Morgen ist morgen, heute ist heute.«

»Okay«, sagte er und reichte ihr das Geld. Flink zog sie ihm die Scheine aus der Hand und steckte sie ein. Dann sprach sie kurz mit dem Verkäufer und sie verließen den Shop.

»Die Reparatur dauert eine Stunde. Wir können einen Kaffee trinken«, sagte Chan und führte Jan in ein kleines Café.

»Mach dir keine Sorgen wegen deinem Geld, du bekommst es zurück«, sagte sie.

»Um das Geld geht es mir nicht«, sagte er etwas verlegen. »Es ist nur so, dass ich mich ohne Geld schutzlos fühle. Es ist, als wäre ein Sicherheitsnetz weg.«

»Verstehe ich nicht«, sagte sie kopfschüttelnd.

»Ich habe gerne immer eine Reserve bei mir, für alle Fälle. Das ist für mich wie eine Versicherung, weil man nie weiß, was kommt.«

»Warum?« Ungläubig sah sie ihn an, als würde er einen Witz erzählen und sie wartete auf die Pointe.

»Na ja, es kann alles Mögliche passieren und dann will man gewappnet sein.« Ihr fragender Gesichtsausdruck änderte sich nicht, sie sah ihn nur an, also fuhr er fort: »Für Handys gibt es übrigens auch Versicherungen. Die springen dann ein, wenn es mal kaputt geht.«

»Wozu soll das gut sein? Normalerweise geht das Handy doch nicht kaputt.«

»Normalerweise«, sagte er grinsend.

»Was kostet so eine Versicherung?«

»Ungefähr 2000 Baht im Jahr.«

»Und welchen Sinn soll das haben?«

Jan kratzte sich am Hinterkopf. »Okay, in diesem Fall wäre nichts gewonnen.«

Kaum hatte Jan den Satz zu Ende gesprochen, prustete Chan los, als wäre das die Pointe des Witzes gewesen.

»Isst man so etwas öfter in Thailand?« Er stand hinter ihr und sah über ihre Schulter zu, wie sie die Ratten zerlegte. Entsetzen lag in seinem Blick, wie bei einem schweren Unfall, der Schauder und Bestürzung auslöst.

»Nein, nur heute. Für dich etwas Besonderes«, sagte Chan kichernd. »Keine Sorge, es wird dir schmecken.«

»Und das ist gesund?« Jan konnte seinen Blick nicht von den Ratten wenden.

»In der Stadt, nein. Im Isaan, ja«, sagte sie und erklärte Jan, dass sich die Ratten in der Stadt von Abfällen ernährten und dementsprechend unverträglich seien. Die Ratten im Isaan dagegen aßen das Getreide auf den Feldern. Es waren sozusagen Bio-Ratten. Während sie redete, sah Jan regungslos zu, wie sie die Ratten geschickt mit einem großen Messer zerteilte.

Es dämmerte bereits, als sie zusammen mit den Kindern zum Haus der Eltern gingen, die nur einen kleinen Fußmarsch entfernt lebten. Bepackt mit Essen gingen sie die Straße entlang, vorbei an Holzhäusern, in denen die ersten Lichter angingen. Chan hielt ein Tablett in den Händen, auf dem das Rattenfleisch mit einem Tuch abgedeckt war, Jan balancierte zwei Schüsseln mit Salat, und die Kinder trotteten hinterher, trugen Plastiktüten mit frittierten Insekten und Körbe mit Reis.

Chans Eltern wohnten in einem kleinen Holzhaus, das aus einem einzigen Raum bestand. Die Wände waren mit Brettern verkleidet, deren Fugen so groß waren, dass man hindurchsehen konnte. Zum Haus gehörte eine überdachte Holzterrasse, auf der sich das eigentliche Leben abspielte. Sie setzten sich auf den Boden der Terrasse und breiteten das Essen in der Mitte aus. Weißes Licht kam von einer Halogenlampe, die an der Außenwand der Hütte befestigt war. Lose Kabel hingen an der Lampe herunter, Kupfer glänzte an der freiliegenden Isolierung. Ein Ventilator wackelte auf höchster Stufe und brachte die schwüle Luft in Bewegung.

Nach und nach trafen die Gäste ein, von denen die meisten etwas zu Essen mitgebracht hatten, und die Terrasse füllte sich mit Leben. Chans älterer Bruder stieg aus einem Pick-up, gefolgt von seiner Frau und seiner Tochter. Kurz darauf kam ihr jüngerer Bruder, der sich mit seinem Motorrad schon von weitem lautstark ankündigte. Dann folgten noch die Nachbarn und in kürzester Zeit saß eine gemütlich plaudernde Schar um das Essen herum.

Chan zählte alle Namen auf und erzählte Jan zu jedem eine kleine Geschichte, wovon er sich kaum etwas merken konnte. In seinem Kopf vermischten sich die Namen und Geschichten mit dem Stimmengewirr um ihn herum, das wie ein Rockkonzert auf ihn ein-drosch.

Ihre Eltern machten beim Essen den Anfang und nahmen sich mit den Fingern kleine Fleischstücke mit etwas Reis. Kurz darauf griffen auch die anderen zu und bedienten sich an der großen Auswahl an Salat, Gemüse, Fisch und Fleisch. Chan nahm eine Rind-fleischscheibe, rollte etwas Reis darin ein und reichte Jan das kunstvoll geformte Häppchen. Zögernd schob er es sich unter ihrem erwartungsvollen Blick in den Mund, kurz darauf breitete sich ein salziger Sojage-schmack auf seinem Gaumen aus.

»Das ist unglaublich lecker«, sagte er, ohne die Schärfe des Chilis zu bemerken, die erst mit Verzöge-rung, dafür aber umso heftiger einsetzte. Er lief rot an und hustete, was in der Runde für Gelächter sorgte. Chan gab ihm sofort etwas Reis hinterher, der für Lin-derung sorgte. Schnell gewöhnte er sich an die Schärfe und Chan formte ihm Häppchen von allem, was das Buffet hergab. Je mehr er probierte, umso mehr begeisterten ihn die exotischen Gewürze, die in allen Geschmacksrichtungen von salzig, scharf, süß, sauer und bitter in ihm nachwirkten. Als sie ihm et-was Rattenfleisch anbot, nahm er es, ohne zu zögern. Er biss hinein und das zarte Fleisch zerging zwischen seinen Zähnen, dessen Konsistenz und Geschmack ihn an Hühnchen erinnerten, das ebenso zart war. Der einzige Unterschied war, dass ihm das Rattenfleisch besser schmeckte. Zufrieden ließ er sich noch einen Nachschlag geben, dann bot Chan ihm Insekten an, die er auch ohne zu zögern nahm und sich beherzt einzeln in den Mund schob. Sie waren knusprig frittiert und knackten zwischen seinen Zähnen. Einen Fleischgeschmack konnte er nicht ausmachen, da die salzigen Gewürze dominierten.

»Die schmecken wie Kartoffelchips«, sagte er genüsslich kauend. »Da schmeckt man auch keine Kartoffeln, nur Gewürze.«

»Gut oder nicht gut?«, fragte sie zögernd.

»Exzellent«, sagte Jan und biss vergnügt in eine Heuschrecke.

Stolz lag in ihrem Lächeln und mit Begeisterung formte sie immer wieder kleine Kunstwerke, die sie ihm feierlich überreichte und mit denen er sich gerne von ihr füttern ließ.

Bei den Gesprächen nahm Jan zunehmend das Wort »Farang« wahr, mit dem offensichtlich er gemeint war. Immer wenn das Wort fiel, sahen sie unverhohlen zu ihm rüber und diskutierten gestikulierend mit den Händen. Chan erklärte ihm, dass das Wort Farang eigentlich Franzose bedeute. Für die Thais sahen alle Europäer und Amerikaner wie Franzosen aus, darum nannten sie auch ihn Farang.

Neugierig stellten sie nun Fragen, die Chan übersetzte und Jan bereitwillig beantwortete. Sie wollten wissen, woher er genau komme, wie das Wetter dort sei, was er beruflich mache und ob er Familie habe. Es schien selbstverständlich für sie, einem Fremden die persönlichsten Fragen zu stellen, als würden sie sich schon seit Jahren kennen. Doch das störte ihn nicht, im Gegenteil, dadurch kamen sie ihm so vertraut vor, als würde er sie tatsächlich schon ewig kennen.

Bis in den späten Abend plauderten sie und aßen, bis sich die Gesellschaft ohne Vorankündigung auflöste. Die Nachbarn verabschiedeten sich knapp und waren innerhalb weniger Augenblicke verschwunden, anschließend ging Chans älterer Bruder mit seiner Familie. Ihr jüngerer Bruder unterhielt sich beim Aufbrechen noch mit Chan und gab ihr ein Bündel Geldscheine, verabschiedete sich dann mit einem Wai von den Eltern und brauste kurz darauf mit seinem Motorrad davon. Sie gab Jan 2000 Baht, steckte den Rest in ihre Tasche und räumte dann mithilfe ihrer Kinder das Geschirr zusammen.

In der Nacht lag er lange wach und dachte über Chans Familie nach. Er empfand inmitten dieser Menschen eine Harmonie, die er von zu Hause nicht kannte. Es herrschte eine große Loyalität untereinander, bei der sie über Generationen hinweg fest zusammenhielten, sich fast täglich sahen und umeinander kümmerten. Beeindruckt war er auch davon, dass sie ihn vorbehaltlos in ihre Mitte aufnahmen. Auch wenn er nicht verstand, was sie sagten, und auf Übersetzungen angewiesen war, hatte er doch das Gefühl, mit offenem Herzen aufgenommen zu sein.

Im fahlen Mondlicht lag er auf dem Sofa, den Blick auf die Schlafzimmertür gerichtet und fragte sich, warum sie das für ihn tat. Sie nahm ihn auf, ohne irgendetwas infrage zu stellen. Er hegte eine tiefe Sympathie für diese Frau, die sich um ihn kümmerte, ohne etwas zu verlangen.

Jan presste sich in den Sitz des Pick-ups, den sich Chan von ihrem Bruder geliehen hat, und krallte sich mit seiner schweißnassen Hand am Türgriff fest.

»Warum fährst du so schnell?«, fragte er, ohne sich zu rühren, als könnte die kleinste Bewegung den Wagen zum Ausbrechen bringen.

»Damit wir schnell nach Roi Et kommen«, antwortete sie gelassen und trat das Gaspedal voll durch.

»Auf die paar Minuten kommt es wirklich nicht an. Lass uns lieber heile ankommen.«

»Warum sollten wir nicht heile ankommen?«

»Weil du viel zu schnell bist.«

»Na und?«

»Hast du keine Angst, dich totzufahren?«

»Wenn es mein Schicksal ist, wird es sowieso passieren, egal wie schnell ich fahre.«

»Und darum fährst du wie eine Irre?«

»Ich fahre doch ganz normal«, sagte sie und überholte mit Vollgas einen Bus. Ein Auto kam ihnen hupend entgegen, und nur wenige Meter vor einer Kollision riss sie das Lenkrad herum.

»Dass du mit deiner Fahrweise auch andere Menschenleben gefährdest, ist dann auch Schicksal?«

Chan kicherte. »Ich habe noch nie einen Mann gesehen, der Angst vor dem Autofahren hat.« Dann nahm sie den Fuß vom Gas. »Ist es so besser?«

»Viel besser«, sagte er, mit einem erleichterten Seufzen.

»Jan, was für eine Freude, Sie wiederzusehen«, sagte der Pastor und hielt einladend die Tür des christlichen Gemeindehauses auf. Jan trat ein und Chan folgte ihm, blieb vor Andreas stehen und machte einen Wai, den er erwiderte. Er fragte Chan auf Thailändisch, wie es ihr ginge, worauf sie bereitwillig antwortete. Dann wechselten sie ein paar Worte, die sie Jan nicht übersetzten, bevor Andreas sie in den Wohnbereich führte.

Wie alte Freunde, die sich lange nicht gesehen haben, unterhielten sie sich, tranken Kaffee und aßen Gebäck. Andreas wollte alles über die Zeit auf Koh Chang wissen, fragte, wie es allen ginge und seufzte glücklich, als Jan ihm erzählte, was für eine tolle Zeit sie alle zusammen gehabt haben. Etwas wehmütig sprach Andreas von der Zeit in Bangkok, als wäre es eine alte, verlorene Zeit, die eine Ewigkeit zurücklag.

Anschließend machten sie einen Spaziergang, bei dem sich Chan von ihnen trennte, um Einkäufe zu erledigen. So gingen sie langsamen Schrittes zum See im Zentrum der Stadt.

»Wissen Sie, Jan«, sagte Andreas, hielt inne und blickte in den Himmel, als würde er dort etwas suchen. »Sie sind mir sehr ans Herz gewachsen.«

Jan sagte nichts und sah den Pastor fragend an.

»Warum wollen Sie zum Buddhismus, wenn Sie die Kirche zu Hause vor der Tür haben?«

»Ich denke, dass mir der Buddhismus mehr geben kann.«

»Der Buddhismus ist ja auch sehr nett. Aber mal ehrlich, Jan.« Der Pastor blieb stehen und sah ihm fest in die Augen. »Wenn ich zu Buddha beten will, dann muss ich in einen Tempel gehen. Wenn ich zu Gott beten will, dann kann ich es jederzeit tun.«

»Wer sagt das?«

»Das ist einfach so.«

»Kann ich denn nicht auch jederzeit zu Buddha beten?«

»Buddha ist ja kein Gott.«

»Ich kann doch trotzdem zu ihm beten.«

»Aber Jan, das ist doch kein Beten.«

»Verstehe ich nicht«, sagte Jan und musste über sich selbst schmunzeln.

Schweigend schlenderten sie um den See, der Pastor mit auf dem Rücken verschränkten Händen und nachdenklicher Miene.

Eine ältere Dame verkaufte Fischfutter in Plastikbeuteln. Eine Familie fütterte damit die Fische, die sich wild plätschernd über das Futter hermachten. Tauben flatterten dicht über ihre Köpfe hinweg, in der Hoffnung, etwas von dem Futter zu ergattern. Auf einer Wiese am Ufer saßen einige Studenten, aßen Fleischspieße von einem Streetfood-Stand und unterhielten sich.

Als Andreas Luft holte, um etwas zu sagen, fiel Jan ihm ins Wort und fragte: »Haben Sie schon einmal einem Mönch gesagt, welcher Religion Sie angehören?«

»Aber natürlich.«

»Und wie hat er reagiert?«

»Oh, sehr positiv«, sagte Andreas mit einer ausschweifenden Handbewegung. »Er hat mich beglückwünscht, dass ich meine Religion gefunden hatte und dass ich alles richtig gemacht habe.«

»Und genau das mag ich am Buddhismus«, sagte Jan und blickte über den See auf die Häuser am anderen Ufer, die sich im Wasser spiegelten.

»Wie meinen Sie das, Jan?«

»Ein Mönch würde niemals versuchen, einen Menschen aus einer anderen Religion von seinem eigenen Glauben zu überzeugen.«

Andreas stieß ein Lachen aus und schüttelte den Kopf. »Kommen Sie, setzen wir uns.«

Über einen Steg gelangten sie zu einem Pavillon, der wie eine kleine Insel auf dem See angelegt war. Jan genoss die sanften Windböen, die die tropische Hitze erträglich machten. Am Pavillon angekommen setzten sie sich auf eine Bank mit Blick auf einen Park. Von einem Spielplatz waren tobende Kinder zu hören. Ein alter Mann mit zerfurchter Haut humpelte auf einen Stock gestützt zu einer Bank, die im Schatten eines Baumes stand, und ließ sich erschöpft nieder.

»Jan, Sie sind mir noch eine Geschichte schuldig.« Er erinnerte sich daran, dass er Andreas seine Geschichte mit der Kirche versprochen hatte.

So fing er an zu erzählen, wie der Pastor ihn damals aus dem Gottesdienst gezerrt hatte. Er beschrieb in allen Einzelheiten, wie der Pastor den Gottesdienst unterbrach, mit wutverzerrtem Gesicht auf ihn zukam und die Ohrfeige, die wie eine Peitsche über sein Gesicht fegte. Nichts ließ er aus, nicht einmal die Tränen, die er vergoss, als er davonrannte.

»Der Streich, den Sie sich erlaubt haben, hatte doch sicher einen Anfang.«

»Ja, diese Geschichte hatte einen Anfang.«

Jan erzählte von seinen Eltern, die nie zur Kirche dazugehörten. Seine Mutter war Kubanerin, sein Vater ein Deutscher ohne Konfession. Seine Mutter war zutiefst gläubig, allerdings war sie nie Mitglied in der Kirche gewesen, da sie einen Mischglauben hatte. Sie ging zwar regelmäßig in die Kirche und betete dort, doch glaubte sie auch an Geister, einen aus Afrika stammenden Kult. Jans Familie wurde nie in der Gemeinde akzeptiert, für den Pastor waren sie immer nur die Heiden.

Als seine Mutter ihn zum Konfirmandenunterricht anmelden wollte, schrie der Pastor sie an und beschimpfte sie. Er sagte, dass er niemals einen Heiden in seine Kirche lassen würde. Daraufhin ging der Vater wutentbrannt zum Pastor und stellte ihn zur Rede, worauf dieser sich kleinlaut entschuldigte und Jan schließlich aufnahm. Seinen Hass auf Jan und seine Familie konnte er jedoch nie verbergen und ließ es ihn bei jeder Gelegenheit spüren. Meistens ignorierte ihn der Pastor und wenn er sich im Unterricht meldete, konnte er sagen, was er wollte, es war immer falsch. Aber auch Jan konnte keine Sympathien aufbringen, er war trotzig und liebte es, den Pastor zu provozieren. So fand er schnell heraus, dass er den Pastor mit Fehlinterpretationen heiliger Worte schnell auf die Palme bringen konnte. Er fragte, ob Frommheit nicht mit Naivität gleichzusetzen sei oder warum man kein Mitleid mit dem armen Kain hatte, der nach dem

Brudermord bestimmt entsetzlich litt. Für ihn war es wie ein strategisches Spiel, immer wieder überlegte er sich etwas Neues, um den Geistlichen zu erzürnen.

»Wie bei einer Partie Schach«, sagte Andreas und strich sich mit den Fingern über das Kinn. »Das tut mir sehr leid, was sie erleben mussten.«

Jan zuckte mit den Schultern und sagte: »C'est la vie.«

Dann standen sie auf und gingen zurück zum Ufer, um ihren Rundgang um den See fortzusetzen.

»Aber ein Geheimnis müssen Sie mir noch verraten«, sagte der Pastor mit einem konspirativen Grinsen. »Was haben Sie damals im Gottesdienst angestellt, dass der Pastor so wütend wurde?«

»Eigentlich nicht viel«, sagte Jan achselzuckend. »Ich habe ein paar Bilder von Bikinigirls in die Bibel geklebt.«

Chan lachte und verdrehte die Augen, als sie das Lenkrad herumriss und mit quietschenden Reifen einen Kleinwagen überholte, während Jan sich am Haltegriff festklammerte.

»Sei kein Mädchen«, spottete sie, nahm dann aber den Fuß vom Gas.

»Danke«, sagte Jan mit gepresster Stimme. Er malte sich aus, wie schnell alles vorbei sein konnte, wenn sie gegen einen Baum krachten. Bis ein Krankenwagen da war, dürfte es eine Weile dauern, wenn sie denn überhaupt noch einen bräuchten.

Auf halbem Weg hielten sie an einer Garküche, die sich in einem Holzverschlag mit Wellblechdach befand. Zur Straße hin gab es eine offene Kochstelle, auf der das Essen in einem Wok zubereitet wurde. Darüber war eine Stange befestigt, an der ausgenommene Enten mit verdrehtem Hals hingen.

Sie setzten sich an einen Klapptisch mit Plastikhockern und studierten die Speisekarte, die aus einem laminierten Blatt Papier bestand, auf dem die Speisen in thailändischer Schrift und mit Bildern dargestellt waren. Jan entschied sich für ein rotes Curry mit Hühnchen, Chan bestellte ein Fischgericht mit Reis. Während sie auf ihrem Handy die neuesten Nachrichten las, beobachtete er, wie die Köchin geschickt die Zutaten in den Wok gab und diesen mit routinierten Bewegungen schwenkte. Weißer Qualm stieg aus dem Wok auf und vernebelte die Sicht auf die Straße, auf der Mopeds, Autos und Busse vorbeirauschten.

Es dauerte nur wenige Minuten und die Köchin brachte das Essen, das zu Jans Erstaunen nicht wie ein rotes Curry aussah. Er fragte, was das war und Chan übersetzte. Statt rotem Curry mit Huhn bekam er grünes Curry mit Fisch. Normalerweise war er beim Essen nicht sonderlich zimperlich, aber Fisch wollte er in dieser Gegend auf keinen Fall essen und bat Chan, es ihr zu sagen. Sie tat es und wechselte einige Worte mit der Köchin, die den Teller in die Höhe hob und in der Geschwindigkeit eines Maschinengewehrs Erklärungen zum Besten gab, deren Inhalt Jan ein Rätsel waren.

Schließlich sagte Chan: »Mai bpen rai« und die Köchin verschwand.

»Was heißt Mai bpen rai?«, wollte er wissen und wunderte sich, dass sie das Fischcurry nicht wieder mitnahm.

»Kein Problem«, sagte sie und fing an zu essen.

»Und was heißt das? Bekomme ich jetzt, was ich bestellt habe?«

»Du kannst das essen, es ist ein gutes Gericht«, sagte sie kühl und schob sich einen Löffel mit Fisch und Reis in ihren Mund.

»Aber das habe ich nicht bestellt.«

»Macht nichts.« Ungerührt löffelte sie ihr Essen.

Abwechselnd schaute Jan von seinem Teller zur Köchin, die ausgebreitet auf einem Stuhl saß und auf ihrem Handy tippte.

Chan legte den Löffel zur Seite. »In Thailand ist es wichtig, das Gesicht zu wahren. Gesichtsverlust ist eine schlimme Sache, und wir versuchen alles, um das zu vermeiden.«

»Da kann die mir ja alles vorsetzen, wenn ich mich nicht beschweren darf.« Mit verschränkten Armen saß Jan vor seinem Teller.

»Das würde sie nie tun, dafür ist ihr der gute Ruf zu wichtig.«

»Passiert denn so etwas öfter in Thailand?«

»Nicht immer kommt alles so, wie wir es erwarten. Das ist für uns Thais aber kein Problem, wir sind flexibel.«

»Ärgerst du dich denn nicht, wenn du dich auf etwas freust und dann was ganz anderes bekommst?«

»Nein, ich nehme hin, was das Leben mir gibt.«

Jan sah Chan ungläubig an, die mit einer Kopfbewegung auf seinen Teller deutete. Er nahm etwas Reis, tauchte ihn in die Currysoße und probierte es. Dann nahm er einen vollen Löffel mit Fisch und ließ ihn an seinem Gaumen zergehen.

»Na ja, vielleicht ist es ja ganz okay«, sagte er und aß.

Zufrieden lächelte Chan, während Jan das Fischcurry in sich hineinschaufelte.

Als sie die Fahrt fortsetzten, dämmerte es bereits, und die Sonne hüllte die Reisfelder in ein warmes Licht. Die Straße erstreckte sich vor ihnen wie eine endlose Route, die sich erst am Horizont auflöste, wo der Asphalt in der Hitze flimmerte. Sie kamen an einigen Obsthändlern vorbei, die ihre Stände am Straßenrand aufgebaut hatten, wo sich die Reisenden auf ihrem Weg versorgen konnten. Eine Schlange lag am Straßenrand, regungslos wie der heruntergefallene Ast eines Baumes, der darauf wartete, sich im Laufe der Zeit mit der Erde zu vereinen.

»Dein Freund war nett«, sagte Chan ohne den Blick von der Straße abzuwenden.

»Er ist ein guter Freund geworden, obwohl ich ihn eigentlich kaum kenne.«

»Er ist ein sehr religiöser Mensch, nicht wahr?«

»Das stimmt, er glaubt an einen Gott.«

»Ich auch«, sagte sie mit fester Stimme.

Jan sah sie von der Seite an. »An welchen Gott glaubst du denn?«

»Na, an Buddha natürlich.«

Jan runzelte die Stirn. »Buddha ist doch kein Gott.«

»Doch natürlich«, sagte Chan in einem nachdrücklichen Ton.

»Buddha war ein Mensch.«

»Ja, na und?«

»Dann kann er doch jetzt kein Gott sein.«

»Wer sagt das?«

Jan rieb sich mit den Fingern über die Schläfen und überlegte, was für ihn überhaupt ein Gott war. Je mehr er darüber nachdachte, desto weniger hatte er eine Antwort darauf.

»Keine Ahnung«, sagte er.

Ihm ging diese Frage nicht aus dem Kopf und seine Gedanken drehten sich um die Interpretation von Gott. Er hatte keine Ahnung, wie Gott definiert wurde und wer das überhaupt festgelegt hatte. Klar war ihm nur, dass Buddha nach europäischem Verständnis, kein Gott war. Doch was kümmerte es die Asiaten, was die Europäer dachten? Zumal letztendlich niemand sagen konnte, wer recht hatte. Es war lediglich eine Glaubensfrage, bei der es kein Richtig und kein Falsch gab.

»Es gibt noch viel, was ich hier lernen kann«, sagte er schließlich und linste zu Chan, die das Lenkrad fest im Griff hatte und mit einem nachsichtigen Nicken über den vor ihnen liegenden Horizont sah.

Am nächsten Tag wachte Jan schon in der Morgendämmerung auf. Die Sonne warf ein sanftes Licht über den Himmel und löste langsam das fahle Grau der Nacht auf. Gähnend ging er auf die Terrasse und streckte sich, als ihm ein süßer, blumiger Duft vom Eingangstor entgegenwehte. Weißer Rauch stieg von Räucherstäbchen auf, die Chan in den Händen hielt, während sie sich vor einem Geisterhäuschen verbeugte. Das mit kunstvollen Schnitzereien verzierte hölzerne Kunstwerk war auf einer Steinsäule befestigt und sah mit seiner geschwungenen Form wie ein kleiner Tempel aus. Chan steckte die Räucherstäbchen in ein mit Sand gefülltes Gefäß, drehte sich dann zu Jan um und warf ihm ein fröhliches »Guten Morgen« zu.

Als sie im Garten beim Frühstück saßen, erklärte sie ihm die Tradition mit den Geisterhäusern. Es war ein Brauch in Thailand, den Geistern von Verstorbenen ein Zuhause zu geben. Täten sie das nicht, würden die Geister ins Haus kommen und Unglück bringen.

»Du glaubst doch wohl nicht an Geister«, sagte Jan und schüttelte ungläubig den Kopf.

»Aber natürlich«, entgegnete sie ihm.

»Ich kenne kein plausibles Indiz dafür, dass es Geister geben könnte.«

»Kennst du ein Indiz dafür, dass es die Geister nicht gibt?«

»Den gesunden Menschenverstand.« Kaum ausgesprochen, biss er sich auf die Zunge.

Chan ignorierte seine Antwort und erzählte stattdessen die Geschichte vom Bau ihres Hauses. Ihre Familie hatte das Grundstück von einem älteren Ehepaar gekauft, das zu den Kindern gezogen war, wo es kurze Zeit später verstarb. Die alte Holzhütte, in der das Ehepaar wohnte, ließen sie für ein neues Haus abreißen. Bereits beim Abriss der Hütte erschlug ein herabfallender Holzbalken beinahe einen Arbeiter. Er überlebte schwer verletzt, konnte aber nie wieder richtig laufen. Als die Kolonne den Bauschutt abtrug, biss eine Königskobra, die sich unter Steinen versteckt hatte, einen anderen Arbeiter, der nur knapp überlebte. Beim Bau des neuen Hauses fiel schließlich ein Arbeiter von einer Leiter, brach sich das Genick und starb. Daraufhin wurde die Arbeit am Haus eingestellt, weil sich niemand mehr auf die Baustelle traute. Chans Eltern stellten schließlich das Geisterhaus auf, um den Geistern, die für die Unglücke verantwortlich waren, eine Heimat zu geben. Danach kehrten die Arbeiter auf die Baustelle zurück und es gab nie wieder einen Unfall auf dem Grundstück.

Sie fuhren auf einem schmalen Pfad zwischen blühenden Reisfeldern entlang, deren dichtes Grün wie ein flauschiger Teppich aussah. Wie ein Flummi hüpfte das Moped über jede Unebenheit und ließ Jan auf dem Sitz abheben, was immer wieder zu ungewollten Grunzlauten seinerseits führte. Seine Finger krallten sich um den Träger, aus Angst, er könnte in hohem Bogen vom Moped fliegen. Er hatte keine Ahnung, wohin der Pfad führte, er wusste noch nicht einmal, wohin es überhaupt gehen sollte. Chan wollte ihn überraschen und weigerte sich beharrlich, es ihm zu sagen. Sie kamen an eine kleine Querstraße, in die sie einbogen und folgten einem Holzpfeil mit thailändischen Schriftzeichen. Dann fuhren sie an einer langen Steinmauer entlang und gelangten schließlich zu einem Tempel.

»Das ist die Überraschung«, sagte Chan.

An einem Verkaufsstand kauften sie einen Korb mit Geschenken und gingen damit in den Tempel hinein, wo ein Mönch auf einem Podest saß. Sie knieten sich vor ihm nieder und verbeugten sich demutsvoll, dann überreichte Chan ihm den Geschenkkorb, den er ohne weitere Beachtung hinter sich stellte.

Sie blickte zu dem Mönch auf und sprach mit sanfter Stimme, wobei sie die Vokale am Ende der Wörter ein wenig mehr in die Länge zog als sonst, um ihm noch mehr Respekt zu zollen. Der Mönch hörte ihr geduldig zu, lächelte sanftmütig, nickte hier und da und stellte einige Fragen, die sie freimütig beantwortete. Er sprach eine ganze Weile zu ihr, erklärte, lehrte, prophezeite, bis seine Aufmerksamkeit zu Jan wanderte und er Chan Fragen stellte, ohne Jan aus den Augen zu lassen. Als sie antwortete, nickte er zufrieden und wandte sich wieder ihr zu, um einen Monolog zu halten und anschließend geduldig ihre Fragen zu beantworten. Zu gerne hätte Jan gewusst, was der Mönch sagte, aber er verstand kein Wort und konnte nicht einmal im Ansatz erahnen, worüber sie sprachen. Als der Mönch beide Hände vor ihnen ausbreitete, schaute Jan zu Chan, die ihren Kopf senkte und demütig beobachtete, wie der Geistliche ein silbernes Tablett mit einem kleinen Krug und einem Marmorgefäß hervorholte. Er stellte es vor sich hin und nickte

Chan zu, die ihrerseits Jan mit einem Nicken zu verstehen gab, mitzumachen. Flüsternd forderte sie ihn auf, mit ihr zusammen den Krug zu nehmen. Gemeinsam füllten sie Wasser aus dem Krug in das Gefäß, legten anschließend die Hände vor der Brust zusammen und sahen zu dem Mönch auf, der ein Mantra sprach und dabei schwungvolle Bewegungen mit einem Reisigbund machte. Wasserspritzer prasselten wie ein kurzer, unerwarteter Regenschauer auf sie nieder, was sie mit gesenkten Köpfen regungslos hinnahmen. Zum Abschluss knotete er ihnen ein rotes Bändchen um ihre Handgelenke und verabschiedete sie mit einem herzlichen Lächeln. Sie verbeugten sich und nachdem sie den Tempel verlassen hatten, machten sie einen Spaziergang im Tempelgarten.

Einige Mönche waren damit beschäftigt, in Blumenbeeten das Unkraut zu zupfen. Schweigsam führten sie die Bewegungen langsam und akribisch aus, schienen voller Hingabe auf die Arbeit konzentriert zu sein.

Jan war beeindruckt von der Ruhe, die sie bei ihrer Tätigkeit ausstrahlten. Dann fragte er Chan: »Was hat der Mönch über mich gesagt?«

»Er sagte, du bist ein guter Mensch. Du bist ehrlich und zuverlässig, aber auch traurig.«

»Wie hat er das gemeint?«

»Er meinte, du hast die Orientierung verloren und weißt nicht, wo du hingehörst.«

»Hat er zufällig einen Tipp gegeben, wie ich die Orientierung wiederfinde?«

Schmunzelnd sah sie ihn an. »Nein. Aber er meinte, du wirst deinen Weg schon finden.«

»Du hast ihn etwas gefragt. Was wolltest du denn von ihm wissen?«

»Ich habe gefragt, ob du der richtige Mann für mich bist.«

Jan schluckte, wollte etwas erwidern, doch fiel ihm nichts Passendes ein. Sie hatte die Worte so beiläufig und gleichmütig ausgesprochen, als hätte sie ihm gesagt, was sie an diesem Tag gerne essen würde. Schweigend schlenderten sie Seite an Seite durch den Garten, bis er schließlich fragte: »Und was hat er geantwortet?«

»Ich soll dir Zeit geben, du bist noch nicht soweit.«

Als sie den Garten umrundet hatten, gingen sie noch eine zweite Runde, in stillschweigender Eintracht, zwischen dekorativ geschnittenen Hecken, duftenden Blüten und feuchtem Gras. Die Mönche hockten noch immer im Blumenbeet und zupften bedächtig das Unkraut. Stille umgab sie, lediglich unterbrochen von vereinzeltem Gezwitscher der Vögel, die sich unbeschwert ihre Gesänge zuwarfen.

»Ich habe Hunger«, sagte Chan in die Stille hinein und bot ihm an, mit ihrer Familie zu essen.

Zwischen einem Fischteich und einem Reisfeld traf sich die Familie mit Nachbarn und Freunden, die in der Umgebung arbeiteten, zum gemeinsamen Mittagessen. Unter einem Baum waren im Schatten zwei große Decken ausgebreitet, auf denen die Familie und ihre Bekannten bunt verteilt saßen. In der Mitte hatten sie Schüsseln, Teller und Körbe mit Reis, Gemüse, Fisch und Fleisch platziert. Chans Kinder spielten mit den Kindern der Bekannten, während die Erwachsenen aßen und plauderten. Jan nahm etwas Klebereis, rollte ihn mit Fisch zusammen und steckte ihn sich mit den Fingern in den Mund.

Chans Eltern standen als Älteste und gleichzeitig Familienoberhäupter im Mittelpunkt. Niemand rührte etwas zu essen an, wenn es ihnen nicht zuvor angeboten wurde. Das beste Fleisch und das frischeste Gemüse wurden für sie rausgesucht, was sie annahmen, ohne von den Gesten Notiz zu nehmen. Chans Brüder unterhielten sich über das Motorrad des Jüngeren, das wenige Meter neben ihnen frisch geputzt in der Sonne glänzte. Chan zeigte der Nachbarin auf ihrem Handy Kochrezepte, die auf Facebook veröffentlicht waren. Von allen Seiten prasselte das Stimmengewirr auf Jan ein, es wurde geredet, gegessen und gelacht. Hin und wieder fiel das Wort Farang und Jan ahnte, dass er in dem Moment das Gesprächsthema war, denn inzwischen wusste er, was das Wort bedeutete und dass er der einzige Farang unter ihnen war. Chan saß dicht an seiner Seite und reichte ihm ab und zu einen Happen Reis mit Fleisch oder ein Stück Gemüse in einem Blatt eingewickelt.

Chans Mutter wandte sich Jan zu und fragte, wie lange er noch bleiben würde, worauf Chan ihr sagte, dass er die Weiterreise für den nächsten Tag geplant habe. Er hatte ihr bereits am Abend zuvor erzählt, dass er zu dem Tempel in Ubon Ratchathani fahren wollte, den Markus ihm auf Koh Chang empfohlen hatte. Sie kannte diesen Tempel und auch den Abt, der den Ruf hatte, gut auf Ausländer eingehen zu können, da er selbst einige Zeit in Europa gelebt hatte. Dann fragte ihre Mutter, ob er wiederkommen würde. Als Chan ihm die Frage übersetzte, sah er einen Moment länger als gewöhnlich in ihre dunklen, warmen Augen und sagte: »Ich werde wiederkommen.«

Chans Mundwinkel zogen sich nach oben, dann übersetzte sie es der Mutter, die daraufhin direkt zu Jan sprach. Er verstand kein Wort, tat aber so, als verstünde er, und lächelte. Chan flüsterte ihm von der Seite zu: »Sie sagt, du bist ein guter Mensch.«

Er bedankte sich bei der Mutter mit einem freundlichen Nicken.

Bevor sie gingen, bekamen sie noch einen großen Fisch geschenkt, der frisch im Teich gefangen worden war.

Als sie mit dem Moped durch die Einfahrt zum Haus preschten, hielt Jan den noch lebenden Fisch weit weg von seinem Körper hoch in die Luft. Chan nahm ihm den Fisch grinsend ab und brachte ihn in den Garten, wo sie den Grillplatz vorbereitete. Der Grillplatz befand sich neben der Terrasse und bestand aus einer kleinen Feuerstelle, umgeben von ein paar Steinen, auf denen ein Rost lag. Als das Feuer angefacht war, sagte sie etwas zu dem Fisch, das sich anhörte wie ein Gebet, und setzte seinem Leben mit einem beherzten Schlag auf den Kopf ein Ende.

Fasziniert beobachtete Jan die Prozedur und fragte Chan, was sie zu dem Fisch gesagt hatte.

»Ich habe ihm alles Gute für sein nächstes Leben gewünscht«, sagte sie, schnitt den Fisch auf, nahm ihn aus und füllte ihn mit Kräutern. Als sie den Fisch auf den Rost legte, ragten die Kräuter aus seinem geöffneten Maul, sodass es aussah, als würde er noch leben und wäre gerade dabei, die Kräuter zu verspeisen.

Jan sah zu, wie das Feuer loderte und manchmal zischte, wenn etwas Flüssigkeit vom Fisch tropfte. Chan holte einige Zutaten für die Soße aus der Küche und setzte sich neben ihn. Während er zusah, wie sich die Schuppen unter der Hitze dunkel färbten, dachte er an die Mönche im Tempel und fragte sich, warum er noch nie eine Nonne in einem Tempel gesehen hatte.

»Ich habe bisher immer nur Mönche gesehen, aber noch nie Nonnen«, sagte er zu Chan, die im Schneidersitz neben ihm saß und einen Mörser vor sich platziert hatte.

»Frauen gehen ins Kloster, es ist etwas anders als bei den Männern«, sagte sie, gab Erdnüsse und Kräuter in den Mörser und zermalmte sie mit kräftigen Bewegungen.

»Warst du schon einmal in einem Kloster?«

»Als ich meinen Mann verloren habe, bin ich in ein Kloster gegangen.« Sie gab ein paar Chilischoten in den Mörser, zerrieb sie zusammen mit den Erdnüssen, die bereits zu einer breiigen Masse geworden waren, und fuhr fort: »Bei Frauen ist es üblich, dass sie

in einen Tempel gehen, wenn sie mit etwas abschließen wollen.«

»Wird denn nicht auch meditiert wie bei den Männern?«

»Meditiert wird auch. Es ist ähnlich wie bei den
Männern, nur anders.«

»Hat dir die Zeit im Kloster geholfen, über den Ver-
lust hinwegzukommen?«

»Den Schmerz konnte es mir nicht nehmen, aber es
hat mir geholfen, darüber hinwegzukommen.«

»Inwiefern hat es dir geholfen, wenn es dir den
Schmerz nicht nehmen konnte?«

»Es hat mir geholfen, ein Kapitel abzuschließen
und ein neues Kapitel zu beginnen.« Sie goss etwas
Öl in den Mörser und verrührte die Paste. »Schmerz
verliert an Bedeutung, wenn du dich ihm stellst. Es ist
nichts Schlimmes.«

»Das funktioniert so einfach?«

»Ja, denn es ist so einfach«, sagte sie und löffelte die
Paste aus dem Mörser in eine kleine Schale, hielt diese
hoch und sagte: »Und fertig ist die Erdnusssoße.«

Mit ausgestreckten Beinen saß er zurückgelehnt
auf dem Sofa und winkte ab, als sie ihm noch einen
Nachschlag anbot. Nach dem Essen am See und dem
Fisch fühlte sich sein Magen an wie ein zu stark auf-
geblasener Luftballon. Chan aß lediglich etwas Gemüse, beobachtete die Kinder, wie sie ihre Teller leer-
ten, und brachte ihnen anschließend noch einen
Nachtisch, bestehend aus klein geschnittener Mango
und Melone, die sie mit den Fingern aßen.

Nachdem das Geschirr abgeräumt und der Abwasch erledigt war, setzten sich die Kinder vor den Fernseher und sahen einen Zeichentrickfilm. Chan hockte neben Jan auf dem Sofa und erklärte ihm den Weg zum Tempel in Ubon Ratchathani. Ganz genau beschrieb sie ihm, an welcher Station er aus dem Bus aussteigen musste und wo er dann langgehen sollte. Auf seinem Handy setzte sie Orientierungspunkte auf der Karte und warnte ihn vor einigen Gegenden abseits der Stadt. Auf seine Frage, ob Ubon Ratchathani gefährlich sei, verneinte sie dies, allerdings solle er vorsichtig sein, weil im Grenzgebiet eine Bande aus Laos derzeit ihr Unwesen trieb, die es auf wohlhabende Thais und Ausländer abgesehen habe. Ihre Stimme klang eindringlich und in dem Moment wurde ihm klar, dass er diesen Ort, der ihn so ans Herz gewachsen war, verlassen werde.

»Vermisst du sehr die Zeit mit deinem Mann?«, fragte er wie aus dem Nichts. Die Frage war unbeabsichtigt, fast wie von selbst aus ihm herausgeschossen, doch Chan schien nicht überrascht zu sein.

Sie lächelte sanft und sah zu ihren Kindern, die sorglos vor dem Fernseher saßen. »Ich bin dankbar für die Zeit, die wir hatten«, sagte sie leise, als würde sie zu sich selbst sprechen. Dann sah sie Jan in die Augen. »Ich habe mich damit abgefunden und er wird mir in guter Erinnerung bleiben.«

7

Vier Stunden waren seit dem Abschied vergangen, was ihm jetzt wie eine Ewigkeit vorkam. Wie verloren saß er auf einem Plastiksitz im Busterminal von Ubon Ratchathani und dachte an die Zeit mit Chan zurück.

Sie hatte ihn am Morgen zur Bushaltestelle gebracht und ihm dort noch einmal alles genau erklärt, wie sie es schon am Abend zuvor getan hatte.

Ihm war zum Heulen zumute gewesen, dabei wusste er nicht einmal, warum. Die Reise zu dem Tempel war sein eigener Entschluss gewesen, außerdem würde er ohnehin zu ihr zurückkehren, und doch war es ihm unendlich schwergefallen, sie zurückzulassen. Ihre Familie hatte er kaum kennengelernt, mit den Kindern so gut wie gar nicht gesprochen. Das Haus war so spartanisch, es hatte nicht einmal eine Klimaanlage in dieser Tropengegend ... und doch fühlte er sich in der kurzen Zeit heimisch. Er glaubte, Chan bereits gut zu kennen, aber sicher nicht gut genug, um sich wirklich ein Bild von ihr machen zu können ... und doch vermisste er sie auf eine Weise, die ihm fremd war.

Als der Bus eintraf, half sie ihm, den Koffer im Gepäckfach zu verstauen, und bugsierte ihn hinein zu seinem Sitz. Umtriebig kümmerte sie sich um alles, vergewisserte sich, dass er nichts vergessen hatte. Ergriffen sah er sie wuseln und dachte, wenn sie traurig sein sollte, konnte sie es gut verbergen. Nachdem sie sich ein letztes Mal vergewisserte, dass er nichts vergessen hatte, sagte sie, dass er auf sich aufpassen solle, und verließ den Bus. Als er abfuhr, sah er aus dem Fenster, wie Chan mit dem Moped davonfuhr, ohne zurückzublicken.

Nun saß er im Busterminal und wartete auf seinen Anschlussbus, der ihn zum Tempel außerhalb der Stadt in die gleichnamige Provinz bringen sollte. Als der Bus eintraf, gab Jan sein Gepäck ab, das von den Helfern verstaut wurde, und reihte sich bei den geduldig wartenden Fahrgästen ein.

Knapp eine Stunde später ging er auf einen verlassenen Feldweg entlang, der von der Hauptstraße abzweigte. Er folgte der Markierung auf der Karte, die Chan auf seinem Handy gesetzt hatte, und sah die geschwungenen roten Dächer der Tempelgebäude schon aus der Ferne. Am Rande des Geländes befanden sich zweigeschossige Wohnkomplexe, in denen die Mönche lebten. Im Gegensatz zu den Tempelgebäuden mit ihren Verzierungen und Rundungen waren die Wohnhäuser schlicht wie Plattenbauten, die sich abseits aufreihten. Eine Mauer aus roten Ziegeln schloss das Gelände dicht ein und öffnete sich nur am Eingangstor, an dem zu beiden Seiten zwei Löwen wachten.

Eine Gruppe von Mönchen saß in einem Pavillon und beobachtete, wie Jan den Koffer hinter sich herziehend über den staubigen Sandboden schlurfte. Er sah sich nach einem Büro oder einem Haupteingang um, konnte aber nichts entdecken. Die Mönche sahen ihm amüsiert zu, wie er kreuz und quer über das Grundstück schlappte, bis sich zwei von ihnen erbarmten und ihn fragten, was er suche. Sie sprachen in gebrochenem Englisch, teilweise mit Thai vermischt, aber er verstand sie und erklärte, was er wollte. Mit einer Geste gaben sie Jan zu verstehen, ihnen zu folgen, gingen dann wortlos voraus und führten ihn in ein Nebengebäude, in dem ein älterer Mönch, der Abt des Tempels, auf einer Holzbank saß. Der Abt sah von einem Buch auf und ließ seinen Blick auf Jan ruhen, während die Mönche auf Thailändisch mit ihm sprachen. Er nickte und machte mit der Hand eine einladende Geste auf den Platz vor sich, worauf Jan und die beiden Mönche im Halbkreis vor ihm niederknieten.

Er blickte mit einer Gelassenheit auf Jan herab, als könne ihn nichts erschüttern. Sein kahler Kopf war rund, die kleinen braunen Augen lagen tief in den Höhlen, die Augenbrauen waren grau und buschig. Tiefe Falten durchzogen sein Gesicht und verrieten, dass er den größten Teil seines Lebens hinter sich hatte.

»Wie ist dein Name?«, fragte der Abt in akzentfreiem Englisch.

»Mein Name ist Jan«, antwortete er mit gesenktem Kopf.

»Du kommst aus Deutschland, nicht wahr?«

»Ja, das stimmt.«

»Wie lange willst du bei uns bleiben?«

Jan blickte irritiert auf.

Der alte Mönch deutete auf Jan sein Gepäck. »Touristen bringen für eine Besichtigung des Tempels normalerweise nicht ihr Gepäck mit.«

»Ich würde gerne eine Woche bleiben.«

»Was erwartest du von deinem Aufenthalt?«

»Ich möchte mehr über den Buddhismus erfahren.«

»Du kannst ein Buch lesen«, sagte der Abt gelassen.

»Ich glaube, wenn ich wie ein Mönch lebe, dann hilft es mir, zu verstehen.«

»Was willst du denn verstehen?«

»Ich will verstehen, warum es Leid gibt und warum es so schwer ist, glücklich zu sein.«

»Und du glaubst, dass du in einer Woche die Antworten bekommst, nach denen andere ein Leben lang vergeblich suchen?«

»Ich glaube, dass es mir helfen kann, Antworten zu finden.«

»Was ist mit deiner Religion? In Deutschland habt ihr das Christentum. Das ist eine sehr gute Religion, die dir alle Fragen beantworten kann.«

»Ich glaube nicht daran.«

Der Abt sah Jan forschend an. Die beiden anderen Mönche saßen schweigend daneben und blickten neugierig hin und her.

Da nickte der Abt und sagte: »Mein Name ist Than Ajahn. Ich heiße dich willkommen.«

Der Abt erklärte Jan, wie die Woche für ihn ablaufen werde. Jeder musste sich einbringen und arbeiten. Jeden Tag gab es Unterricht und mehrmals täglich wurde meditiert.

Auf die beiden Mönche deutend sagte Than Ajahn: »Das ist Wirat und das ist Kamon.« Die beiden sahen Jan an und nickten bedächtig.

»Kamon wird dein Ansprechpartner sein, wenn du Fragen hast. Er wird dir alles zeigen.«

Kamon senkte den Kopf, dann nickte der Abt, worauf die drei sich erhoben und hinausgingen.

Stolpernd lief er hinter Kamon her, der zügig vorausging und dabei die Örtlichkeiten erklärte. Obwohl Kamon mehr als eine Kopflänge kleiner war, hatte Jan Schwierigkeiten, mit ihm Schritt zu halten. Sie gingen zum Haupttempel, in dem sich die Mönche täglich versammelten, von dort gingen sie an einigen Nebentempeln vorbei, wo man sich zum Meditieren zurückziehen konnte.

Als sie im Wohnkomplex ankamen, gingen sie als Erstes in einen Raum mit Schließfächern, wo Kamon ihn aufforderte, seine Wertsachen abzugeben, worauf Jan seinen Reisepass und die Kreditkarten in eines der Fächer legte.

»Alle Wertsachen«, sagte Kamon und zeigte auf Jan sein Portemonnaie. Er legte es mit hinein, kramte noch ein paar lose Geldscheine aus seiner Tasche und legte auch diese dazu.

»Auch alle elektrischen Geräte.«

Jan nahm sein Handy, warf einen letzten wehmü-
tigen Blick darauf, schaltete es aus und legte es zu den
anderen Sachen. Kamon schloss das Schließfach und
marschierte die Treppe hinauf, ohne auf Jan zu ach-
ten, der sich schnaufend mit seinem Koffer hoch-
kämpfte.

Sein Zimmer lag auf demselben Flur wie das von
Kamon, ein kleiner kahler Raum mit einem schmalen
Bett, auf dem eine dünne Matratze und eine zusam-
mengefaltete Stoffdecke lagen. Das Fenster bot Aus-
blick auf das Tempelgelände, davor standen ein Holztisch und ein Stuhl. Für die abendliche Beleuchtung
sorgte eine Glühbirne in einer Fassung, die trostlos
von der Decke hing, nur gehalten von einem Strom-
kabel.

Jan stellte seinen Koffer an die Seite und setzte sich
an den Tisch. Es war still ... so still, dass es ihm unheimlich war. Kein Motorenlärm, keine Gespräche
und auch keine Geräusche von alltäglichen Tätigkei-
ten. Kein Mensch war auf dem Gelände zu sehen, lediglich ein paar Hunde lagen im Schatten der Bäume
neben dem Haupttempel und dösten vor sich hin. Er
wollte auf sein Handy schauen, aber dann fiel ihm
ein, dass es weggeschlossen war. Eigentlich benutzte
er es nicht oft, aber manchmal war der Griff zum
Handy ein Anker für ihn, um sich in unangenehmen
Situationen abzulenken. Zweifel kamen auf, ob es
wirklich die richtige Entscheidung war, hierher zu
kommen. Chan hätte ihm alles über den Buddhismus
erklären können, sie war klug und hatte ihm bereits
manches gelehrt. Nur zu gerne hätte er mit ihr

gemeinsam die Tempel in der Umgebung erkundet. Dort hätte es sicher viele Gelegenheiten gegeben, mit Mönchen zu sprechen und Fragen zu stellen. Das hätte außerdem den Vorteil gehabt, dass er bei Chan geblieben wäre, die er jetzt vermisste.

Ein dumpfes, hölzernes Klopfen drang in den Raum. Jan öffnete die Tür und sah Kamon mit gefalteten orangefarbenen Tüchern vor sich stehen.

»Es ist Zeit, dass du dich umziehst«, sagte er und reichte ihm die Tücher.

Kamon erklärte ihm, wie man aus den Tüchern einen Mönchsumhang faltet und half ihm beim Anziehen. Geduldig erklärte er Jan alles und beantwortete seine Fragen. In seinem Gesicht mit den weichen, fast femininen Zügen lag etwas Entschlossenes, als kenne er genau seinen Platz, als gäbe es keine Zweifel.

Dann gingen sie hinaus und machten einen Spaziergang durch den Tempelgarten. Am Rande des Gartens war ein Teich, wo sie sich auf eine Bank setzten und Kamon ihm den Tagesablauf erklärte. Pünktlich um vier Uhr morgens standen sie auf und meditierten, jeder für sich. Um sechs Uhr gingen sie in den Ort, um Essensspenden zu sammeln. Zwei Stunden später kamen sie mit dem Abt für Unterrichtseinheiten und Meditationen zusammen. Um zehn Uhr gab es die einzige Mahlzeit des Tages, bei der sie das gespendete Essen zu sich nahmen. Mittags gab es wieder Unterricht in buddhistischer Lehre oder Meditation. Am Nachmittag gingen sie verschiedenen Arbeiten nach, wobei es nicht um die Arbeit selbst ging, sondern um den achtsamen Prozess bei der Tätigkeit. Um sechs Uhr am Abend trafen sie sich im Haupttempel für gemeinsame Gesänge und das Rezitieren von buddhistischen Texten. Danach bekam jeder Zeit zum Meditieren und der Rest des Abends stand zur freien Verfügung.

Für Jan würde die Routine allerdings nicht so streng sein, da er Gast war und der Unterricht für ihn aufgrund der sprachlichen Barrieren separat stattfand. Er machte ein Gesicht, als hätte er gerade erfahren, dass er die nächsten zwei Jahre im Bergwerk arbeiten müsse und fragte sich, wie lange diese Woche wohl dauern würde.

»Seit wann bist du denn schon in diesem Tempel?«, fragte er.

»Seit zwei Monaten«, antwortete Kamon.

»Willst du dein Leben lang ein Mönch bleiben?«

»Nein. Nach der Zeit im Tempel werde ich nach Bangkok gehen, um zu arbeiten.«

»Aus welchem Grund bist du denn hier? Suchst du nach Weisheit?«

»In Thailand ist es normal, dass junge Männer eine Zeit lang in einen Tempel gehen.«

»Verstehe«, sagte Jan und beobachtete, wie die Sonne hinter den Dächern verschwand und die Dämmerung hereinbrach.

»Es ist Zeit für die Zeremonie«, sagte Kamon, worauf sie beide aufstanden.

Als sie den Haupttempel betraten, saßen dort Than Ajahn und fünf weitere Mönche. Jan erkannte auch

Wirat, der ihn zusammen mit Kamon zum Abt gebracht hatte. Ganz vorne, vor dem goldenen Buddha, hatte sich Than Ajahn niedergelassen, hinter ihm knieten die anderen Mönche, die Platz für Kamon und Jan gelassen hatten. Sie setzten sich hinzu und kurz darauf rezitierte Than Ajahn thailändische Verse, die durch die ähnlich klingenden Sätze wie ein Mantra klangen. Die Worte, die von den Mönchen wiederholt wurden, reimten sich wie in einem Gedicht. Jan saß still da und hörte ihnen zu, während er den Buddha betrachtete, der friedlich auf sie herabblickte. Dann stimmten sie Gesänge an, die klangen wie die zuvor gesprochenen Verse.

Für Jan hatte der Anblick von Mönchen in ihren orangefarbenen Umhängen immer etwas Spirituelles, genauso wie Tempel, Buddha und Räucherstäbchen. Doch diesen Ort empfand er alles andere als spirituell, entsprach das alles doch so gar nicht dem Bild, das er in seinem Kopf hatte. Er fühlte sich öde und grau, saß unbeteiligt da, als würde er unsichtbar aus einer fernen Welt zusehen, ohne dass ihn jemand wahrnahm.

Nach einer Stunde war die Zeremonie zu Ende und die Mönche entfernten sich. Mit schmerzverzerrtem Gesicht erhob sich Jan, dessen Beine von der einseitigen Sitzhaltung auf dem harten Boden wehtaten, dann wandte er sich Kamon zu, der sagte: »Than Ajahn wird dir jetzt die erste Unterrichtseinheit geben.«

Der Abt hatte sich unterdessen auf ein Kissen gesetzt und machte eine einladende Handbewegung.

Jan kniete sich vor dem Abt auf den Boden und blickte in dessen gütiges Gesicht.

»Erzähl mir, was du über den Buddhismus weißt«, sagte Than Ajahn.

Jan erzählte von seinen Erlebnissen in Bangkok und was er bei den Gesprächen mit den Mönchen gelernt hat. Er beschrieb, welche Fragen er hatte, welche Antworten er bekam und wie er oft ratlos zurückblieb, weil die Antworten wieder neue Fragen in ihm aufwarfen.

Aufmerksam hörte ihm der Abt zu, auf dessen Gesicht ein Verständnis lag, als wüsste er aus eigener Erfahrung, was Jan bewegte.

Auch wenn Jan schon einiges gelernt hatte, gab es noch so vieles, was er nicht verstand, wie zum Beispiel die Frage nach dem Leiden, die ihn ratlos machte. Jans Worte klangen verzweifelt und er redete immer schneller, bis der Abt ihn schließlich unterbrach.

»Einst kam ein Mönch zu mir«, sprach er in Jans Klagen hinein.

Er erzählte von einem Mönch, der zu ihm kam und sich darüber beklagte, dass jemand einen Stein nach ihm geworfen habe. Der Abt fragte den Mönch, ob er nun zornig auf den Stein sei, der ihm wehgetan hatte.

»Nicht der Stein«, sagte der Mönch empört. »Der Mann, der den Stein warf, hat mich verärgert.«

Da sagte der Abt, nicht der Werfer habe ihm wehgetan, sondern der Stein. Der Mönch entgegnete, der Stein sei nur das Werkzeug gewesen und darum sei der Mann das Problem.

Daraufhin fragte der Abt, was die eigentliche Ursache für den Schmerz sei, der durch den Stein entstanden ist. Der Mönch sagte, dass der Mann die Ursache sei, schließlich habe er den Stein geworfen. Der Abt fragte nun, warum der Mann den Stein geworfen habe. Der Mönch vermutete, dass der Mann zornig war. Dann fragte der Abt, was die Ursache für den Zorn des Mannes gewesen sein könnte.

»Das Leid«, rief Jan heraus.

Than Ajahn lächelte und fragte: »Was wäre die richtige Reaktion in so einer Situation?«

Jan zuckte mit den Schultern. »Vielleicht Vergebung?«

»Die Lösung liegt im Mitgefühl.«

»Der Mönch sollte also Mitgefühl mit dem Steinewerfer haben?«

Der Abt nickte. »Der Steinewerfer muss entsetzlich gelitten haben, wenn er so etwas tat. Nur wer das Leid der anderen versteht, kann Mitgefühl aufbringen.« Than Ajahn hob seine Hand, die Spitzen von Daumen und Zeigefinger berührten sich. »Und nur wer es schafft, Mitgefühl aufzubringen, kann sich von seinem eigenen Leid befreien.«

»Es ist also auch eine Art Kreislauf«, sagte Jan.

»Es ist Teil des einzigen Kreislaufs«, ergänzte der Abt. »Nimm dir für den Rest des Abends Zeit, darüber nachzudenken und zu meditieren. Dann geh am Besten früh zu Bett und ruh dich aus, du hast eine lange Reise hinter dir.«

Jan verbeugte sich vor dem Abt und verließ den Tempel.

Er setzte sich in einem Pavillon auf eine Holzbank. Grillen zirpten in der Dunkelheit, die Hunde streunten über das Gelände. Jan überlegte, wer in letzter Zeit einen Stein nach ihm geworfen hatte. Franziska hatte ihn immer wieder mit Steinen beworfen. Aber was hatte sie dazu bewogen, so zu ihm zu sein? Sie hatte ihre eigenen Sorgen, von denen er keine Ahnung hatte. Er hätte sie fragen können, vielleicht hätte sie es ihm erzählt und er hätte Mitgefühl aufbringen können. Ebenso für seinen Chef Reinhard, der zugegebenermaßen ein ziemliches Arschloch war. Doch was war, wenn er auch nur Sorgen hatte, von denen Jan nichts wusste? Vielleicht würde er sogar für Reinhard Mitgefühl aufbringen können, wenn er gewusst hätte, warum er so war. Wenn man verletzt wird, geht man in die Gegenoffensive und es entsteht eine Konfrontation. Diese wiederum blockiert jede Durchlässigkeit für Mitgefühl.

Jan verstand es, war sich jedoch nicht sicher, ob er jemals so denken könnte, wenn ihn ein Stein traf.

Früh ging er auf sein Zimmer und legte sich ins Bett. Von draußen schien das Licht einer Laterne herein. Das Bett war hart und er wälzte sich lange hin und her, bis er schließlich müde wurde und einschlief.

»Zeit zum Aufstehen«, rief Kamon von draußen und hämmerte gegen die Tür, was Jan aus dem Schlaf hochschrecken ließ.

»Was habe ich bloß getan«, grummelte er und wünschte sich, er wäre in Roi Et, würde mit Chan im Garten einen heißen Kaffee trinken und in ihre unbeschwert lachenden Augen schauen. Für einen Moment spielte er mit dem Gedanken, den Aufenthalt abzubrechen und zu ihr zurückzukehren. Schwerfällig stand er auf, sein Rücken schmerzte von der harten Unterlage, seine Muskeln waren verspannt. Dann wusch er sich, machte einen Spaziergang, um seine Muskeln zu lockern, und fand sich um sechs Uhr im Haupttempel ein, wo die anderen Mönche bereits saßen.

Seine Knie schmerzten noch vom Vortag und er musste die Zähne zusammenbeißen, als er sich hinkniete. Der Abt nahm keine Notiz von ihm und begann mit Mantras, die von den anderen Mönchen im Chor wiederholt wurden. Es folgten abwechselnd Gesänge und andere gesprochene Texte, deren Inhalt für Jan ein Rätsel war. Alles kam ihm unwirklich vor, die schmerzenden Knochen, der harte Boden und ein Buddha, der so gelassen auf ihn herabblickte, als wäre das alles normal.

Nach der Zeremonie gab Kamon ihm ein Zeichen, ihm zu folgen, und sie gingen mit den anderen Mönchen zur Küche. Jeder Mönch nahm sich eine Metallschüssel, die er sich mit einem Riemen umhing. Jan tat es ihnen gleich, reihte sich hinten in die orangefarbene Kolonne aus Mönchen ein und folgte ihnen in den Ort. Als sie durch die Straßen zogen, wurden sie bereits von den Menschen erwartet, die sich demütig verbeugten und Essen in die Schüsseln gaben. Auch vor Jan verbeugten sie sich, als wäre er ein Heiliger, den sie anbeteten. Es fiel ihm nicht leicht, seinen Stolz zu verbergen, denn zum ersten Mal hatte er das Gefühl, einer von ihnen zu sein. Die Bewohner fragten nicht, woher er kam, für sie war er ein Mönch und somit zollten sie ihm Respekt. So wanderten sie durch die Straßen und sammelten Essen ein, das die Bewohner bereitwillig gaben und im Gegenzug dankbar die Segnungen der Mönche annahmen. Jan hob den Deckel von der Schüssel, ließ sich Reis einfüllen und lächelte freundlich, als die Menschen ihm dankten, dass sie etwas geben durften.

Als die Schüsseln gefüllt waren, gingen sie schweigend in einer Reihe zum Tempel zurück und lieferten die gesammelten Spenden in der Küche ab. Es duftete nach gedünstetem Gemüse und Jan fiel ein, dass er seit einem Tag nichts gegessen hatte. Am liebsten hätte er sich eine Kelle geschnappt und etwas aus einem der Töpfe gelöffelt. Seufzend verließ er die Küche und ging in sein Zimmer, um sich ein wenig auszuruhen.

Die Mönche saßen einträchtig an den Holztischen im Speisesaal, als Kamon und Jan mit Verspätung hereinstürzten, weil Jan in seinem Zimmer eingenickt war und Kamon ihn erst wecken musste. Große Schüsseln mit Reis und Gemüsecurry standen dampfend auf den Tischen, an denen die hungrigen Mönche saßen und sich in Geduld übten. Jan nahm sich eine große Kelle mit Reis und eine weitere mit

Gemüsecurry, worauf sein Teller fast überlief. Die Teller der Mönche sahen spärlicher aus, nur kleine Portionen, die sie ohne Eile aßen. Jan schwenkte einen Löffel Reis vor seiner Nase, roch daran und sofort lief ihm das Wasser im Mund zusammen. Dann schob er sich den Löffel in den Mund und seufzte, denn noch nie hatte er einen Löffel Reis als so schmackhaft empfunden. Es fiel ihm schwer, nicht alles hastig herunterzuschlingen, sondern das Essen mit Bedacht und Achtsamkeit zu genießen. Im Gegensatz zu den anderen gönnte er sich noch zweimal einen großzügigen Nachschlag, aus Sorge, zu einem späteren Zeitpunkt hungrig zu werden.

Nach dem Essen war Ausruhen angesagt, wofür er dankbar war, denn er war so satt, dass er sich kaum noch bewegen konnte. Er ging zurück auf sein Zimmer und legte sich aufs Bett. Den Blick auf die Wand gerichtet, betrachtete er die Risse, die den Putz durchzogen, kahl waren die gelb gestrichenen Wände, ohne Bild oder sonstigen Zierrat. Er wurde das Gefühl nicht los, dass er in diesem Tempel nichts verloren hatte. Er fühlte sich fremd an diesem Ort der Ruhe, mit all den tosenden Gefühlen in sich.

Trotz der Stille schossen die Gedanken in seinem Kopf hin und her und machten ihn immer unruhiger, sodass er schließlich aufstand und zum Haupttempel ging. Nachdem er sich dort umgesehen und vergewissert hatte, dass er alleine war, ließ er sich vor dem großen Buddha nieder und sah ihn an. Die Gesichtszüge des Erhabenen waren sanft, die Haut glatt, die halb geschlossenen Augen kaum zu erkennen. Die

Mundwinkel wirkten entspannt und wie auch in den anderen Tempeln, konnte Jan nicht erkennen, in welcher Stimmung der Buddha war. Es mochte ein Lächeln sein, vielleicht auch nicht, so ungewiss war der Ausdruck, der keine Deutung zuließ. Aber je länger Jan ihn ansah, desto entspannter fühlte er sich, so saß er da und betrachtete den Buddha, während sich die Gedanken und Erinnerungen in seinen Kopf abwechselten.

»Hast du über unser Gespräch von gestern nachgedacht?«

Jan drehte sich um und sah hinter sich den Abt, dessen Umhang an einer Seite fast den Boden berührte.

»Ich habe über den Steinwurf nachgedacht«, sagte Jan.

Der Abt ging zu einem Stuhl, der neben Jan an einer Säule stand, und ließ sich mit einem erleichterten Seufzer nieder, als hätte er einen langen Marsch hinter sich.

Jan war sich nicht sicher, ob der Abt überhaupt zugehört hatte und fuhr nach einigen Sekunden des Schweigens fort: »Mein sachliches Ich versteht es und kann es nachvollziehen, dass der Werfer nur litt. Doch mein emotionales Ich will sich wehren, gegen jemanden, der etwas Schlechtes getan hat.«

»Sehr gut«, sagte Than Ajahn und blickte mit einem zustimmenden Nicken auf Jan herab. »Wo in deinem Körper ist dein sachliches Ich?«

Jan deutete mit einer Hand an seinen Kopf. »Oben in meinem Verstand.«

»Und wo befindet sich dein emotionales Ich?«

»In meinem Bauch«, sagte Jan und legte seine Hand darauf.

»Bring deinen Kopf mit deinem Bauch zusammen und es wird sich auflösen.« Der Abt lächelte, während Jan ihn hilflos ansah. »Meditiere darüber und sprich bei der Meditation folgende Worte: Der Stein hat mir wehgetan, aber der arme Mensch, der ihn warf, leidet noch viel mehr; ich fühle sein Leid und habe Mitgefühl; ich will seinen Schmerz mit ihm teilen.«

Der Abt hörte zu, wie Jan die Worte wiederholte, nickte zufrieden und ließ ihn allein. Jan wandte sich wieder Buddha zu und sprach die Worte: »Der Stein hat mir wehgetan, aber der arme Mensch, der ihn warf, leidet noch viel mehr; ich fühle sein Leid und habe Mitgefühl; ich will seinen Schmerz mit ihm teilen.«

Wieder und wieder sprach er das Mantra, ohne über die Sätze nachzudenken. Nach einigen Wiederholungen drängten sich Gedanken in seinen Kopf, aber durch das Mantra fiel es ihm leichter, in die Meditation zurückzukehren, und die Gedanken kamen und gingen wie von selbst.

Dann wurde er stumm. Er fühlte in sich hinein und spürte einen warmen Schauer, der sich aus seinem Bauch heraus in seinem ganzen Körper ausbreitete. Er stellte sich vor, wie der Stein schmerzte, und er fühlte überhaupt keinen Zorn, sondern nur noch Mitgefühl für den Steinewerfer.

»Hey Jan, Zeit zum Arbeiten«, rief Kamon ihm zu, als er nach der Meditation aus dem Tempel heraustrat.

Kamon drückte ihm einen Reisigbesen in die Hand und führte ihn durch die Anlage, um ihm zu zeigen, wo er fegen sollte. Zuerst gingen sie über die Betonplatten, die den Garten durchzogen. Dann zeigte er Jan den Fußweg, der die Häuser miteinander verband. Schließlich führte er ihn zu den Plätzen, wo die Pavillons standen.

»Das krieg ich nie fertig«, sagte Jan mit aufgeplusterten Wangen.

Kamon lächelte sanft. »Darum geht es nicht. Es geht um den Weg, nicht um das Ziel.«

»Verstehe«, sagte Jan mit einem Seufzen und sah Kamon nach, der sich gleichmütig entfernte.

Er kehrte zum Ausgangspunkt zurück und begann zu fegen, indem er den Besen schwungvoll über den harten Beton kratzen ließ, worauf der Schmutz in hohem Bogen vom Weg katapultiert wurde. Von einer Seite zur anderen schwang er den Besen und sah zu wie kleine Steine, Sand und getrocknetes Laub von den Betonplatten flogen. Es dauerte nicht lange und er fand seinen Rhythmus, schwang im Takt lautloser Musik den Besen hin und her, bewegte sich Schritt für Schritt vorwärts und kam zügig voran. Als er mit dem Garten fertig war, ging er zum Wohnhaus und schwang auch dort eifrig den Besen, ohne eine Pause zu machen.

Schließlich war Jan fertig. Stolz stemmte er die Fäuste in die Hüften, und während er sein Werk begutachtete, bemerkte er Kamon, der neben Than Ajahn stand und Anweisungen von ihm entgegennahm. Mit einem gleichmütigen Ausdruck, den Jan nicht deuten konnte, kam er schnurstracks auf ihn zu.

»Und jetzt fang noch mal von vorne an«, sagte er ungerührt.

Jan stand mit offenem Mund vor ihm, und ehe er etwas sagen konnte, machte Kamon kehrt und ging davon.

Lustlos fing er wieder von vorne an, ließ sich diesmal allerdings mehr Zeit. Jetzt fegte er nicht mehr mit dem Ziel, fertig zu werden, nein, jetzt fegte er einfach nur, bis ihn jemand erlöste. Ohne Sinn ließ er den Besen in monotonen Bewegungen über den Beton kratzen. Bilder stiegen in ihm auf, Gedanken an Franziska, an seine Schulzeit und an seine Kindheit. Er überlegte, was seine früheste Erinnerung war und nach einigem Grübeln fiel es ihm ein. Es war auf einem Spielplatz, wo er mit seinen Großeltern war und im Sandkasten mit anderen Kindern spielte, während die Großeltern auf einer Bank saßen und mit ihren fürsorglichen Blicken über ihn wachten.

Wie er so in Gedanken versunken fegte, stand plötzlich Kamon vor ihm und forderte ihn auf, ihm zu folgen. Jan stellte den Besen beiseite und trottete ihm in den Tempel hinterher, wo Than Ajahn bereits wartete und ihn mit einer Handbewegung einlud, sich zu ihm zu setzen. Jan kniete sich vor dem Abt nieder, der sich ein Stück zu ihm herabbeugte und fragte: »Was hast du gelernt?«

»Ich habe gelernt, dass Mitgefühl das Leiden lindern kann.«

»Sehr gut, du hast etwas Wichtiges verstanden. Aber es gibt noch eine wichtigere Erkenntnis.«

Jan sah gespannt zum Abt auf, der eine Pause machte, bevor er weitersprach. »Du musst dir der Vergänglichkeit bewusst werden.«

»Wie mache ich das?«

»Werde dir des Todes bewusst.«

»Den Tod?«

»Ja, ich möchte, dass du über deinen Tod meditierst.«

»Und wie mache ich das?«

»Sprich beim Meditieren folgende Worte: Ich werde sterben; nichts kann meinen Tod aufhalten; ich weiß nicht, ob ich morgen noch am Leben sein werde; der Tod ist ein Teil von mir.«

Jan seufzte. »Gut, ich werde es versuchen.«

»Ich weiß«, sagte Than Ajahn, erhob sich und verließ den Tempel.

Jan wandte sich dem Buddha zu und sagte das Mantra auf. Wie auch am Morgen wiederholte er die Sätze wieder und wieder. Während er die Sätze sprach, kreisten Gedanken über den Tod um ihn. Er stellte sich vor, wie er einschlafen und nicht mehr aufwachen würde. Was, wenn er morgen nicht mehr da wäre? Wer würde ihn vermissen? War das wichtig? Der Tod war für ihn immer etwas, das einen bitteren Beigeschmack hatte, aber hier kamen ihm diese

Gedanken ganz natürlich vor. Der Tod erschien ihm in diesem Moment wie etwas Tröstendes, das ihm aufzeigte, dass alles einmal zu Ende ginge und damit auch das Leid. Als er sich dessen bewusst wurde, überkam ihn eine Leichtigkeit. Eine Leichtigkeit, die in ihm Glücksgefühle hervorrief, denen eine Verzückung folgte und die Gewissheit, dass der Wandel etwas Gutes, ja Erlösendes haben konnte. Mit einem Mal fühlte er sich so lebendig wie schon lange nicht mehr. Das Leiden erschien ihm jetzt banal angesichts der Vergänglichkeit, der alles Leiden unterworfen ist. Wie töricht war es, sich zur Geisel des Leidens zu machen und sein ganzes Leben davon bestimmen zu lassen. Er blickte zum Buddha auf, sah ihm ins Gesicht und musste lächeln.

Am folgenden Tag hielt sich Jan beim Essen zurück. Er ließ jeden Bissen im Mund zergehen, schloss die Augen und genoss, wie sich Curry, Chili und Basilikum in seinem Mund ausbreiteten. Nachdem er das Tempo und die Geduld der anderen Mönche angenommen hatte, verlor das Sattwerden an Bedeutung und jeder Bissen wurde zu einer Kostbarkeit, für die er dankbar war, so wie die Menschen dankbar waren, die das Essen gespendet hatten.

Die Sonne stand fast senkrecht am Himmel, als Jan mit dem Abt durch den Garten spazierte. Sie setzten sich auf eine Bank und der Abt gab ihm eine neue Aufgabe, indem er ihn anwies, sich einen Gegenstand auszusuchen. Es sollte etwas sein, das er normalerweise nicht wahrnahm. Jan entschied sich für einen Frangipani-Baum mit außen weißen und innen leuchtend gelben Blüten, die sich trichterförmig dem Licht entgegenstreckten.

»Dort, der Baum«, sagte Jan und zeigte auf den Frangipani. »Die Blüten sind wirklich schön, mit dieser runden Form und dem Gelb in der Mitte.«

»Die Blüte ist nicht schön«, sagte der Abt. »Weder schön noch hässlich, weder groß noch klein, weder gut noch schlecht.«

Dann schwieg er und Jan fragte. »Was ist sie denn?«

»Sie ist, wie sie ist«, sagte er. »Sie ist nichts.«

Jan blendete die Gedanken aus, die er mit der Schönheit der Blüten verband und betrachtete den Baum, ohne etwas zu bewerten. Blüten blieben Blüten, einige waren fest mit dem Baum verbunden, andere waren abgefallen und lagen verstreut auf der Erde herum.

»Meditiere darüber«, sagte der Abt und entfernte sich.

Jan lehnte sich mit aufrechtem Körper an das Holz der Bank und legte die Hände in den Schoß. Seinen Blick richtete er auf den Baum, dessen Blüten sich sanft im Wind bewegten. Manchmal kam ein Vogel angeflogen, setzte sich auf einen Ast und stimmte ein Lied an, auf das ein anderer Vogel aus der Ferne wie ein Echo antwortete. Er konzentrierte sich auf das, was er wahrnahm, vermied jede Bewertung und versuchte, aufkommende Gedanken zu unterdrücken, was ihm jedoch schwerfiel. Immer wieder schlichen sich Gedanken ein, lockten ihn aus seiner unsichtbaren Glocke und verleiteten ihn zu Ablenkungen und Bewertungen. In Geduld übend, schob er die Gedanken beiseite, sammelte sich für einen Moment, um die Meditation der Beobachtung fortzusetzen.

»Na, wie läuft es?«, fragte Than Ajahn, der sich wieder zu Jan auf die Bank gesetzt hatte.

»Es fällt mir schwer, mich zu konzentrieren«, antwortete Jan, den Blick immer noch auf den Baum gerichtet.

»Das ist normal, du brauchst Geduld mit dir selbst.« Zufrieden sah der Abt auf den Baum. »Ich habe noch eine weitere Aufgabe für dich.«

»Ich bin bereit.«

»Meditiere weiter und denke dabei an jemanden, der dir etwas Schlechtes angetan hat.«

»Okay«, sagte Jan, dem sich die Bilder des Pastors aufdrängten, den er als Kind so gehasst hatte.

Der Abt neigte den Kopf zu Jan. »Das ist aber noch nicht alles, denn du sollst Liebe für diese Person empfinden, die dir Schlechtes angetan hat.«

Jan wusste nicht, was er dazu sagen sollte und nickte nur, worauf der Abt aufstand und ihn allein ließ.

Ach du Scheiße, das kann doch nicht wahr sein, dachte er. Kopfschüttelnd sah er zu dem Baum und dachte zurück an den Pastor, der ihm die Ohrfeige seines Lebens verpasst hatte. Widerstand stieg in ihm auf, so wie er es unzählige Male als Kind empfunden hatte. So trotzig und verletzt, wie er als Junge war, fühlte er sich auch in diesem Moment. Er fokussierte seinen Blick auf eine Blüte und dachte für einen Moment an gar nichts. Dann kehrten seine Gedanken wieder zu dem Pastor zurück, aber es widerstrebte ihm, irgendetwas Positives für diesen Menschen zu fühlen. Beim Meditieren Liebe zu empfinden, konnte er sich ohnehin kaum vorstellen, aber bei dieser Herausforderung waren seine Grenzen überschritten. Schweißtropfen liefen über sein Gesicht, die Hände lagen nass auf den Oberschenkeln, sein Atem war flach und der Kopf voll von Gedanken, Gefühlen und Ablehnungen, kein Platz mehr für irgendetwas anderes. Er liebäugelte mit der Möglichkeit, alles hinzuschmeißen, seine Sachen zu packen und zu gehen. Keiner würde ihn aufhalten, das wusste er, und nachtragen würde es ihm auch niemand. Möglicherweise wäre Than Ajahn etwas enttäuscht; vielleicht spielte es aber auch keine Rolle.

»Warum meditierst du?«, fragte der Abt, der sich wieder neben Jan auf der Bank niedergelassen hat, der dort bereits seit zwei Stunden saß.

»Ich will Erlösung«, flüsterte Jan.

»Willst du wissen, warum ich meditiere?«

Jan nickte und der Abt fuhr fort: »Ich meditiere, um ein Wort loszuwerden.«

»Welches Wort?«

»Warum.«

»Das verstehe ich nicht.«

»Bei der Meditation gibt es kein Ziel. Es gibt keine Zukunft und keine Vergangenheit. Es gibt nur diesen

Augenblick. Wenn du es schaffst, im Hier und Jetzt zu sein und die Vergangenheit auszublenden, dann kannst du auch die negativen Gefühle ausblenden.«

»Das ist leichter gesagt als getan.«

»Glaubst du, dass dieser Mensch, der dir etwas Schlechtes angetan hat, wegen dir auch so durchgeschwitzt und gestresst ist, wie du es gerade bist?«

»Ich kann mir nicht vorstellen, dass er unter mir leidet.«

»Wenn er nicht unter dir leidet, warum leidest du dann unter ihm?«, fragte er und stand auf.

»Ich weiß es nicht.«

Kamon näherte sich der Bank, auf der Jan noch immer saß und nachdenklich ins Leere starrte. Er reagierte nicht, als Kamon ihn ansprach, also klatschte dieser in die Hände, worauf Jan lethargisch zu ihm aufblickte. Sein Blick war abwesend, als würde er durch Kamon hindurchsehen. Er führte Jan zu einer Stelle im Garten, wo ein Blumenbeet von einer verwachsenen Hecke umgeben war. Kamon reichte ihm eine Heckenschere und sagte: »Heute muss die Hecke geschnitten werden.«

Wortlos schnitt Jan die ersten hervorstehenden Äste ab, die sich kreuz und quer auf dem Boden verteilten. Er bekam nicht mit, wie Kamon sich entfernte und konzentrierte sich darauf, die Hecke so gerade wie möglich zu schneiden. Dankbar für die Ablenkung schnitt er die Hecke so, dass aus den unebenen Verästelungen gerade Flächen wurden. Es machte ihm Spaß, Ordnung hineinzubringen und eine einheitliche Geometrie hineinzuschneiden. Oben kürzte er ein wenig und an den seitlichen Kanten schnitt er etwas ab, um der Hecke eine scharfe Kontur zu geben. Anschließend suchte er nach einzelnen hervorstehenden Blättern und Ästen, die er sorgfältig und eben abschnitt.

Als er fertig war, sah er sich mit ein paar Schritten Abstand das Ergebnis an. Die Hecke war akkurat geschnitten, kein Ast stand mehr über, die Ecken waren sauber gestutzt. Er hätte nicht erwartet, dass er es so ordentlich hinbekommt, aber irgendetwas gefiel ihm nicht. Eine Weile stand er grübelnd da und überlegte, was mit der Hecke nicht stimmte, obwohl sie doch perfekt geschnitten war.

Schließlich griff er zur Heckenschere und schnitt beherzt ein Stück aus einer Kante heraus. Ein Büschel aus Zweigen und Blättern fiel herab. Er schnitt weiter auf die Kanten ein und begann Rundungen zu gestalten. Nach und nach verschwanden die scharfen Kanten und es entstanden undefinierbare runde Formen.

Dann stellte er fest, dass er auf einer Seite zu viel weggenommen hatte, und schnitt daraufhin auf der anderen Seite auch etwas zurück, um es auszugleichen. Aber die Hecke wurde nur noch schräger, also versuchte er es noch einmal, aber dabei kürzte er die Hecke weit mehr, als er geplant hatte. Als er fertig war, hatte er die Höhe mehr als halbiert. An einigen Stellen war die Hecke breiter und an anderen Stellen schmaler, zudem hatte er zwei unübersehbare Buckel reingeschnitten, die wie ein Kamelrücken anmuteten.

»Wenn du noch weiter schneidest, kann eine Maus drüber springen«, sagte Kamon, der sich das Lachen kaum verkneifen konnte.

Jan betrachtete die unförmige Hecke und fand das Ergebnis okay. Die Hecke war unförmig, aber deswegen war sie nicht hässlich. Sie war nicht mehr so groß, aber klein war sie auch nicht. Er fand sie okay, so wie sie war.

»Die Kunst besteht darin, die Dinge so zu sehen, wie sie sind, ohne sie zu bewerten«, sagte der Abt und blickte auf Jan herab, der sich zu einer weiteren Lektion im Haupttempel eingefunden hatte.

»Es fällt mir leicht, es bei Dingen so zu sehen, mit denen ich nicht verbunden bin. Bei Dingen oder Gedanken, mit denen ich verbunden bin, fällt es mir schwer.«

»Das ist normal und gehört zu den größten Herausforderungen«, sagte der Abt.

»Gibt es eine Übung, die mir dabei hilft?«

»Ja, die gibt es, aber du musst Geduld haben. Du bist noch nicht soweit.« Than Ajahn deutete mit der flachen Hand auf den Boden. »Als Nächstes möchte ich, dass du mit dem abschließt, was dir heute anhaftet.«

»Das schiebe ich schon mein Leben lang vor mir her. Wie sollte ich heute damit abschließen?«

Der Abt sagte nichts, die Augen behutsam aber fest auf ihn gerichtet.

Jan konnte dem Blick nicht standhalten und wich aus, indem er zum Fenster sah, um dann wieder, wie durch einen inneren Zwang, dem Abt in die Augen zu sehen, der geduldig vor ihm saß. Dann erzählte er die Geschichte, wie er sie auch schon Andreas in Roi Et erzählt hatte. Than Ajahn hörte geduldig zu und sah ihn die ganze Zeit mit einem sanften Blick an, zeigte dabei aber keine weitere Regung. Er hörte zu, nickte hier und da und ließ mit seiner Aufmerksamkeit keinen Moment nach. Wie auch in Roi Et fiel es Jan nicht schwer, die Geschichte zu erzählen, nur hier war es anders. Er fühlte sich sicher. Es war, als befänden sie sich in einer unsichtbaren Kuppel, bewacht von dem großen goldenen Buddha, der über ihnen thronte.

»Der arme Pastor«, sagte Than Ajahn, nachdem er seine Geschichte beendet hatte.

Jan sah ihn an, als wäre er im falschen Film, dann fuhr der Abt fort: »Er war ein heiliger Mann mit einer großen Verantwortung für alle Menschen. Trotz dieser Verantwortung, über die er sich bewusst gewesen sein musste, tat er das Undenkbare.«

Jan seufzte, sagte aber kein Wort.

»Wie sehr muss der arme Mann gelitten haben, dass er zu so etwas fähig war.« Than Ajahn machte eine Pause, in der er die rechte Hand auf seine linke Brust legte. »Es ging ihm sicher nicht um dich oder deine Familie. Wahrscheinlich trug er ein unsagbares Leid in sich, mit dem er nicht fertig wurde.«

»Er war nur derjenige, der den Stein warf«, sagte Jan und biss sich auf die Unterlippe.

»Und du warst zufällig derjenige, der in Wurfweite stand. Wärst du nicht gewesen, hätte ein anderer den Stein abbekommen.«

»So gesehen, kann ich es verstehen, aber für Verständnis reicht es nicht.«

Der Abt lächelte nur und sagte: »Nun ist es Zeit für eine neue Aufgabe.«

Jan sagte nichts, saß nur mit gesenktem Kopf da, worauf der Abt ihm die Aufgabe stellte, sich selbst als einen alten Mann am Ende seines Lebens vorzustellen. Mit den Augen dieses alten Mannes solle er auf sich herabsehen, als er ein Kind war, dann als junger Mann und schließlich auf sein gegenwärtiges Ich. Mit Verständnis und Mitgefühl solle er sich selbst begegnen und überlegen, was er seinem jüngeren Ich sagen würde.

»Denk darüber nach und meditiere«, sprach er und verließ den Tempel.

Im Schneidersitz setzte er sich aufrecht hin und legte die Hände in seinem Schoß zusammen. Er stellte sich selbst als einen alten Mann in seinen letzten Tagen vor, mit tiefen Falten, grauem Haar und gebrechlich. Sein Leben lag hinter ihm, es gab nichts mehr zu erreichen und nichts mehr, worüber er sich zu sorgen hatte.

Nun sah er sich mit seinem dreizehnjährigen Ich am See sitzen. Der Junge saß dort allein am Ufer, warf Steine ins Wasser und hatte eine unbändige Wut in sich.

Er sprach zu dem Jungen: »Ein Übel kommt, ein Übel geht.«

Der Junge beachtete ihn nicht. Der alte Mann blickte in dessen unglückliche Augen und konnte die Wut und Verzweiflung nachfühlen. So gerne würde er dem Jungen helfen, konnte es aber nicht mehr. Es tat ihm leid, doch musste der Junge selbst damit fertig werden, der arme Junge, der das alles allein verarbeiten musste.

»Es ist in Ordnung, traurig zu sein. Aber du musst der Herr über die Traurigkeit bleiben, die Traurigkeit darf nicht Herr über dich werden.«

Wie kann ich den Jungen nur erreichen, um ihm das zu erklären? Es muss nicht sein, dass er diese Last sein ganzes Leben mit sich herumträgt.

Durch den goldenen Buddha blickend, empfand Jan Liebe und Mitgefühl für den Jungen. Er atmete durch die Nase ein, spürte den frischen Atem in seine Lunge strömen und stieß die Luft langsam mit einem langen Atemzug wieder aus. Mit jedem Atemzug ließ er die Luft durch seinen Körper strömen, spürte die Reinheit und stieß die erwärmte, verbrauchte Luft aus, mit der er den Seelenschmutz aus seinem Körper trug.

Er sah sich jetzt als jungen Mann, ziellos und un-entschlossen. Erinnerungen tauchten auf, wie er sich zurückzog, aufgab und resignierte, wodurch er seine Arbeit verlor und seine Beziehungen scheiterten.

Er setzte sich in Gedanken zu seinem jüngeren Ich und sagte: »Gib nicht auf, nur weil du gerade keinen Sinn in einer Sache siehst.«

Zum Buddha blickend wiederholte er den Satz mehrmals, atmete konstant weiter, ließ das Weiß hinein und stieß das Schwarz hinaus.

Nun sah er sein jetziges Ich auf dem Sofa sitzen, Rotwein trinken und Jazzmusik hören. Verzweifelt über den Ärger auf der Arbeit und in der Beziehung, von der er nicht wusste, wie er sie retten sollte.

Er nahm neben seinem jetzigen Ich Platz und legte die Hand auf seine Schulter. »Mach dir keine Sorgen, du kannst nichts dafür. Die Dinge entwickeln sich manchmal zu unserem Vorteil und manchmal zu unserem Nachteil.«

Aufrecht saß er im Tempel, atmete tief durch und konnte nachfühlen, was er sein ganzes Leben lang empfunden hatte. Es war das Leid, das über alle Menschen herrschte. Der arme Junge, der arme Mann, der arme Pastor, sie alle litten und waren sich nicht bewusst darüber, warum.

Nach der abendlichen Zeremonie ging Jan im Garten spazieren. Es war eine sternenklare Nacht, der Mond schien so hell, dass die Bäume und Sträucher Schatten warfen. Er kam zu der Hecke, die er geschnitten hatte, und setzte sich davor auf eine Bank. Er stützte die Ellbogen auf die Knie, blickte auf die krumm geschnittenen Formen und erinnerte sich an das Gespräch mit dem Mönch in Bangkok, der von den vier edlen Wahrheiten gesprochen hatte.

Er flüsterte die Worte, an die er sich erinnerte: »Das Leben ist Leiden; jedes Leiden hat eine Ursache;

man kann etwas gegen die Ursache tun; es gibt einen Ausweg aus dem Kreislauf des Leidens.«

Er erinnerte sich, dass der Mönch von Anhaftungen sprach, was Than Ajahn ebenfalls angedeutet hatte. Was waren seine Anhaftungen gewesen? Es waren all die Gefühle, die ihn unglücklich machten. Ihm wurde klar, dass er nie selbstbestimmt gelebt hatte, sondern dass ihn seine Anhaftungen immer vor sich hergetrieben haben.

Am nächsten Morgen gingen Jan und Kamon auf den Markt, um Gewürze zu kaufen, die in der Küche benötigt wurden. Der Abt hatte es Kamon aufgetragen, um Jan auf andere Gedanken zu bringen, damit er den Kopf für die nächste Lektion freibekam. Sie gingen auf der Straße entlang, die keinen Bürgersteig hatte, vorbei an einstöckigen Häusern mit Fensterläden aus Holz und Einkaufsläden im unteren Geschoss. Vor den Häusern standen mobile Garküchen, von denen beißender Rauch aufstieg. Darüber verliefen Stromleitungen wie ein wirres Geflecht, das sich am nächsten Mast wie ein verknotetes Wollknäuel mit den nächsten Leitungen verband. Die Menschen begegneten ihnen friedlich, gingen respektvoll mit gesenktem Blick an ihnen vorbei. Eine Gruppe junger Männer saß an einem Tisch und aß Nudelsuppe mit Löffel und Stäbchen. Als sie an der Gruppe vorbeikamen, wurden sie nicht beachtet, und doch lag ein leises Lächeln auf den Gesichtern. Jan genoss die Freundlichkeit, die ihm entgegengebracht wurde, auch wenn er das Gefühl hatte, in manchen

Gesichtern mehr zu erkennen. Es war wie eine tiefe, unergründliche Sehnsucht, die man nicht fassen oder erklären kann, sondern die jeder in sich trägt, als wäre sie ein Teil eines jeden.

Jan hatte das Gefühl, dass sich auf dem Markt alle Leute aus der Gegend trafen. Überall waren Menschen, die sich an den Ständen vorbeischoben und deren Stimmengewirr aus allen Richtungen zu kommen schien. Aus einer Garküche strömte ein scharfer Geruch von Chili und Curry, wodurch Jans Nase juckte und er niesen musste.

Sie schlenderten durch die schmalen Gänge, in denen sich die Menschen dicht an dicht drängten. Die Verkäufer priesen ihre Waren an, die Leute sahen sich um, betasteten die Waren und diskutierten, als seien es feste Rituale, die man voneinander erwartete. Auf einem Tisch, wo lose Fleischwaren von Fliegen umschwirrt lagen, redete eine Verkäuferin lautstark mit einer Frau, die ein Stück Schinken in die Höhe hielt.

»Die scheinen ja heftig zu feilschen«, sagte Jan, als sie an den Frauen vorbeigingen.

Kichernd erklärte Kamon: »Die Frau will nur wissen, wie es der Mutter väterlicherseits geht.«

Jan schmunzelte, während sie sich weiter gemächlich durch das Gedränge schlängelten. An einem Süßwarenstand wurden kleine Kokoskuchen verkauft, deren Duft Jan begehrlich einatmete und sich daran erinnerte, wie lange er schon nichts Süßes mehr gegessen hatte. Überhaupt hatte er schon lange nicht mehr achtlos gegessen und er dachte an die Maßlosigkeit, die für ihn beim Essen selbstverständlich war. So oft aß er über den Hunger hinaus und aß weiter, obwohl er satt war, was für ihn etwas ganz Natürliches war. Zum ersten Mal wurde ihm bewusst, wie kostbar jedes Essen war und plötzlich empfand er die Maßlosigkeit als Frevel, über den er sich nie Gedanken gemacht hatte. Tiere wurden geschlachtet, um die Gier zu befriedigen, und oftmals landete das Essen auf dem Müll, weil zu viel davon da war. Unzählige Tiere fristeten ein Leben in Leiden und starben aus reiner Gier und Gefräßigkeit des Menschen, ohne dass jemand auch nur einen Gedanken an sie verlor.

Sie kamen zu einem Stand mit Handyzubehör in der Auslage, bunt geschmückt wie die Bescherung unter einem Weihnachtsbaum. Jan liebäugelte mit einer Handyschale, die dekorativ in der Auslage lag, und erst jetzt fiel ihm auf, dass er gar kein Geld hatte. Nichts hatte er bei sich, kein Geld, kein Handy, keinen Rettungsanker. Mitten auf diesem Markt im fernen Isaan fühlte er sich plötzlich mittellos und nackt, wie er es im Tempel nie empfunden hatte, wo es ohnehin nichts gab. Doch hier gab es eine unerschöpfliche Auswahl an Köstlichkeiten und Dingen, die er gebrauchen konnte. Der Verzicht fiel ihm zwar nicht schwer, aber die Tatsache, dass er sich nicht kaufen konnte, was er wollte, weckte in ihm ein Gefühl des Mangels und den Drang, es zu besitzen.

Sie erreichten einen Gewürzstand, den Kamon zielstrebig angesteuert hatte. Es gab Gewürze in allen Farben und eine riesige Auswahl an Kräutern sowie Heilmittel wie Salben und Pillen aus Heilpflanzen.

Während Kamon Gewürze kaufte, spürte Jan plötzlich, wie ihn etwas von der Seite berührte, dann sah er aus den Augenwinkeln, wie sich etwas um seinen Arm schlängelte. Jetzt erkannte er, dass es der Rüssel eines jungen Elefanten war, der seinen Arm umschlang und sanft an ihm zog. Sicher hätte er zudrücken und ihm sehr weh tun können, doch er tat es nicht, im Gegenteil, mit verspieltem Blick sah er Jan an, der sich ihm zuwandte und über den Rüssel streichelte. Ein Mann zog den Elefanten schließlich von Jan weg und entschuldigte sich auf Thailändisch.

»Mai bpen rai«, sagte Jan und sah zu, wie sich der Elefant unter den schiebenden Bewegungen des Mannes entfernte, ohne jedoch den Blick von Jan abzuwenden. Auch er hielt den Blickkontakt und für einen Moment hatte er das Gefühl, der Elefant würde lächeln.

Auf dem Rückweg zum Tempel wollte Kamon wissen, wie Jan in seiner Heimat lebte. Er fragte nach seiner Wohnung, der Einrichtung, was für ein Auto er fuhr und ob er erfolgreich im Beruf war. Jan beantwortete geduldig alle Fragen und bemerkte die bewundernden Blicke von Kamon, der ihn offensichtlich beneidete. Für Jan war der BMW nichts Besonderes, in Thailand jedoch konnten sich nur wenige Menschen ein solches Auto leisten. Er machte sich nicht viel aus seinem Auto, aber es gab Dinge, auf die er durchaus Wert legte. So achtete er bei seiner Kleidung auf Markenware, die es nicht an jeder Ecke zu kaufen gab und die zum Teil sehr teuer war, aber auf diesen Luxus wollte er nicht verzichten.

All die Dinge, die er besaß und die für ihn selbstverständlich waren, stellten für Kamon kaum zu erreichende Träume dar. Er erzählte Jan von seinen Plänen nach Bangkok zu gehen, eine gute Arbeit zu finden, um sich all die schönen Dinge leisten zu können, wie die Menschen im Westen. Er wollte ein westliches Leben führen, erfolgreich, urban und wohlhabend genug, um seine Träume zu verwirklichen.

Als sie zurück waren, brachte Kamon die Gewürze in die Küche und Jan schlenderte zum Tempel. Zwei Hunde machten sich an einem Knochen zu schaffen, sie stritten, knurrten und zerrten an dem blanken Knochen. Schließlich gab einer auf und trottete davon, während der andere gierig an dem Knochen nagte, an dem schon lange kein Gramm Fleisch mehr zu finden war.

»Was denkst du, wenn du das siehst?«, fragte Than Ajahn, der wie aus dem Nichts neben Jan stand.

»Ich denke, er freut sich, weil er den Knochen ergattert hat.«

»Der Hund leidet«, sagte der Abt und sah den Hund mit einem mitfühlenden Blick an.

»So unglücklich sieht er gar nicht aus.«

»Sieh genau hin, Jan. Der Hund ist besessen von seiner Gier; der Gier nach Fleisch, das schon lange nicht mehr da ist.«

»Genau wie wir«, sagte Jan nachdenklich.

»Mit einem entscheidenden Unterschied. Wir haben die Chance, es zu erkennen.«

Sie gingen in den Tempel hinein, und der Abt setzte sich auf ein Kissen, während Jan wie an den Tagen zuvor auf dem Boden Platz nahm.

»Eine unserer Anhaftungen ist die Gier; die Gier nach etwas Unerreichtem oder nach mehr.«

Der Abt erklärte, dass eine Begierde nie endgültig befriedigt werden könne. Wenn man sich etwas wünscht, drängt man darauf, es zu bekommen, was zu Unzufriedenheit und damit zu Leiden führt. Habe man es bekommen, sei man nur für einen kurzen Zeitraum zufrieden und sehne sich schnell nach etwas Neuem. Das sei wie der Wunsch ein modernes Handy zu besitzen, kaum habe man es sich zugelegt, schielt man auch schon nach dem nächstbesseren Modell. Kostspieliger ist der Drang, ein schickes Auto zu fahren, kaum habe man es sich geleistet, ist es bald nicht mehr gut genug und man wünscht sich ein besseres Auto.

»Und wenn man so reich ist, dass man sich alles leisten kann?«

»Dann nehmen auch die Probleme zu«, sagte der Abt. »Mit dem Geld wachsen die Sorgen. Die Sorge vor dem Finanzamt oder vor steigenden Kosten. Man verliert das Vertrauen in die Menschen, weil man Angst hat, dass sie einem das Geld wegnehmen wollen.«

»Ist man also glücklicher, wenn man arm ist?«

»Nein, auch die armen Bauern auf dem Land haben ihre Sorgen. Sie haben Angst, dass es nicht regnet und sie eine schlechte Ernte haben oder dass der Reispreis an der Börse fällt.«

»Dann spielt es alles keine Rolle«, sagte Jan. »Wir leiden so oder so. Alle Menschen leiden, egal wer sie sind oder wie reich sie sind.«

»Sehr gut, du hast es verstanden«, sagte der Abt. »Wenn wir über diese Wahrheit nachdenken, dann kommen wir zu dem Schluss, dass die Entsagung jeglichen Besitzes der Weg zur Befreiung ist.«

»Das wird im Alltag allerdings schwer.«

»Finde den Weg der Mitte, dann musst du nicht frei von allem Besitz sein. Sei genügsam und beschränke dich auf das, was du wirklich brauchst.«

Der Abt verließ den Tempel und Kamon brachte Jan zu seiner nächsten Arbeit, die er zu verrichten hatte.

»Heute Nachmittag sollst du helfen, das Essen vorzubereiten«, sagte Kamon auf dem Weg in die Küche.

Als sie eintrafen, herrschte bereits Hochbetrieb, jeder wusste, was zu tun war und ging schweigend seiner Tätigkeit nach. Einige spülten Geschirr, andere kochten Reis und wieder andere standen an Kochtöpfen und rührten bedächtig.

Jan bekam einen großen Korb mit Gemüse zum Schneiden.

»Than Ajahn sagte, du sollst über das Hier und Jetzt nachdenken«, sagte Kamon und verließ die Küche.

Über das Hier und jetzt, dachte Jan und nahm eine Handvoll Chilischoten aus dem Korb. Eigentlich war er kein geübter Koch, aber das Schneiden ging ihm leicht von der Hand und schon bald hatte er einen kleinen Berg zusammen, der einen scharfen Duft verbreitete. Es fiel ihm schwer, sich nicht ins Gesicht zu fassen, zumal in solchen Situationen immer irgendetwas juckte. Aber er besann sich, atmete gleichmäßig wie bei einer Meditation und konzentrierte sich auf die Arbeit. Er gab die Chilistücke in eine Schüssel und nahm einige Paprikas aus dem Korb. Sorgsam löste er die inneren Kerne heraus, um nicht zu viel zu verschwenden. Dann schnitt er im Rhythmus seiner Atmung gleichmäßig große Stücke und dachte darüber nach, was in diesem Moment seine größte Begierde war. Zu Hause wären ihm eine Menge Dinge eingefallen, aber hier fiel ihm nichts Materielles ein. An diesem Ort fehlte ihm nichts und er vermisste auch nichts. Er brauchte kein Auto, er brauchte kein Geld, er brauchte keine teure Kleidung, er brauchte nicht einmal sein Handy. Auf alles konnte er verzichten. Seine größte Begierde war in diesem Augenblick der Hunger, und selbst dieser hielt sich in Grenzen, so schnell hatte er sich an die Enthaltsamkeit gewöhnt. Nun schnitt er Karotten in feine Scheiben und dachte an die zufriedenen Gesichter der Mönche, wenn sie am nächsten Morgen das Gemüse mit Reis zu sich nahmen. Sie würden das Gemüse essen, das er für sie geschnitten hatte. In diesem Moment konnte er sich nichts Schöneres vorstellen, als das Gemüse für die Mönche zu schneiden.

Am frühen Abend fanden sie sich zu den täglichen Gebeten und Gesängen im Tempel ein, wo Jan mittlerweile voll integriert inmitten der anderen saß.

Er dachte immer noch über die Gier nach und wie überflüssig es war, etwas haben zu wollen, was man nicht benötigte. Der Verzicht war für ihn in diesem Moment so selbstverständlich, dass er nicht verstand, wie er überhaupt jemals den Drang nach Materiellem haben konnte. Im Hier und Jetzt zu leben, das war es, was für ihn in diesem Moment die wahre Bedeutung hatte, so ruhte er in sich, atmete sanft in sich hinein und spürte eine angenehme Leere.

»Samsara«, sprach der Abt, als sie alleine waren. »Es ist das sich endlos wiederholende Leiden, das uns wie ein Schatten begleitet.«

»Das Rad des Lebens«, sagte Jan, der sich an die Worte des Mönchs in Bangkok erinnerte.

Than Ajahn erklärte, dass sich das Leiden auch in der Zukunft nicht vermeiden lasse, weil es ein Teil eines jeden Menschen ist. In all den unzähligen Leben, die jedes Wesen durchlebt, ist das Leiden von der Geburt bis zum Tod ein ständiger Begleiter. Eine dauerhafte Befreiung von dem Leiden ist in einem einzigen Leben nicht möglich und will man sich von dem unendlichen Leiden in all den zahllosen Leben befreien, muss man es vorzeitig tun.

Der Abt sprach: »Es gibt keine größere Verschwendung, als ein Leben in Täuschung und Verblendung zu verbringen, wenn man sich der Wahrheit bewusst ist.«

»Was kann ich tun?«

»Beginne jetzt damit, dich vor dem Leiden in deinen späteren Leben zu schützen.«

»Das mache ich mit dem achtfachen Pfad, nicht wahr?«

»Richtig. Aber das Wissen allein reicht nicht aus, du musst dir dessen bewusst werden.«

Sie nahmen die Meditationshaltung ein und der Abt sprach. »Es hat keinen Sinn, das Leiden zu verneinen; ich muss jetzt anfangen, mich vor dem Leiden in zukünftigen Leben zu schützen; es wäre dumm, ein Leben in Täuschung und Verblendung zu verbringen; jetzt ist die Zeit, mich für zukünftige Leben zu befreien.«

Jan schloss die Augen und wiederholte die Worte mit leiser Stimme und während er das Mantra immer und immer wieder aufsagte, zog sich der Abt zurück. Ein Gefühl der Befreiung machte sich in ihm breit, wie ein Knoten, der sich von innen auflöste, und ohne den Drang etwas besitzen zu wollen, fühlte er sich leicht und beschwingt. Vor seinen Augen tauchten Gedanken auf, die er zuließ und betrachtete, als wären es die Episoden eines Fremden. Vor sich sah er das letzte Gespräch mit seinem Chef Reinhard, dessen Gier nach Zahlen dazu führte, dass sie sich entzweit haben. Reinhard war ein Erfolgsmensch und sein Verlangen nach materiellen Dingen mit entsprechendem Status war groß, was zu hohen Erwartungen an sich selbst und andere führte. Besitz zu verlieren war seine größte Angst und damit die Ursache für seine Sorgen vor schlechten Zahlen. Es war also kein Zorn, sondern nur die Angst, etwas zu verlieren.

Jan war dankbar für diese Lektion, die ihm half, sein Leben aus einer ganz anderen Perspektive zu sehen. Mehr noch, er war in der Lage Mitgefühl für die Menschen zu empfinden, die es nicht besser wussten.

Inzwischen hatte er sich an den Tagesrhythmus gewöhnt. Kamon weckte ihn in aller Frühe, die Meditationen, die Märsche durch den Ort, um Spenden zu sammeln, sowie die gemeinsamen Mantras, waren für ihn selbstverständliche Routinen geworden. So viel hatte er in der kurzen Zeit gelernt. Er war dankbar für die Geduld und die Hingabe, mit der sich Than Ajahn und auch Kamon um ihn kümmerten, aber auch die anderen Mönche waren stets höflich und hilfsbereit, auch wenn sie sich ihm gegenüber zurückhaltend verhielten.

Doch etwas lastete auf ihm, denn nach und nach verblassten die Glücksgefühle, die er anfangs empfand. Hatte er sich vor nicht allzu langer Zeit noch leicht und beschwingt gefühlt, so zogen nun wieder dunkle Wolken über ihm auf und er erkannte, dass Wissen allein nicht ausreichte, um die Leiden zu überwinden. Vielleicht konnte er seine Leiden durch Meditation und Geduld überwinden, vielleicht war das alles auch nur Schall und Rauch, eine spirituelle Fahrt auf Irrwegen. Wie kann man sich an einem Tag so glücklich und am nächsten so unglücklich fühlen, ohne jeden Grund, ohne jeden Anlass? Da war etwas in ihm, das mit ihm spielte, wie es wollte. Ein Dämon, der lachte, weil er wusste, dass alle Mühe vergebens war und die dunklen Wolken wiederkehren würden, immer und immer wieder, egal wie viel er meditierte oder sich in Verzicht übte.

Jan schritt auf dem Steinweg durch den Garten, nachdem Kamon ihm die Gehmeditation erklärte und ihn zum Praktizieren allein ließ. Er stand auf der Stelle und beugte seine Knie, um nicht das Gleichgewicht zu verlieren, und verlagerte das Gewicht von einem Fuß auf den anderen. Dann ging er Schritt für Schritt über den Steinweg, setzte die Füße bewusst auf, spürte die Muskeln in den Fußsohlen und sein Gewicht, das durch sie hindurch in den Boden drang. Es war eine so große Last, die er in sich spürte, dass er beim kleinsten Schlenker das Gefühl hatte, das Gleichgewicht zu verlieren.

Zweifel waren in ihm; über das, was er gelernt hatte; über das, was er glaubte; und das, was war.

Zweifel an der Entscheidung, alles hinter sich gelassen zu haben, die Menschen, die er enttäuscht hatte, die Einsamkeit, die er jetzt spürte. Neue Freunde, die ihn vermutlich schon wieder vergessen hatten, und Chan, die ihr Leben wohl weiterlebte, als wäre er nie da gewesen.

Jan hatte keine Lust mehr auf die Gehmeditation, brach schließlich ab und ging zum Teich, wo er sich auf eine Bank setzte und auf das Wasser sah, dessen Oberfläche glatt wie ein Spiegel war. Er sammelte ein paar Steine auf und warf einen davon in den Teich. Der Stein plumpste schwer ins Wasser und hinterließ auf der Oberfläche kreisförmige Ringe, die sich in immer größer werdenden Abständen ausbreiteten. Er wiederholte es, warf den nächsten Stein und beobachtete die sich ausbreitenden Kreise auf der Wasseroberfläche. Than Ajahn kam mit auf dem Rücken verschränkten Händen angeschlendert, beobachtete amüsiert, wie Jan die Steine in den Teich warf, und setzte sich zu ihm. Jan warf noch einen Stein und sie sahen zu, wie der Stein unterging und die wellenförmigen Ringe hinterließ.

»Das ist eine gute Meditation«, sagte der Abt, ohne den Blick von der Wasseroberfläche abzuwenden.

»Eigentlich schmeiße ich nur Steine«, entgegnete Jan resigniert.

Der Abt sammelte ebenfalls ein paar Steine auf und warf einen in die Mitte des Teiches. »Der Stein macht die Ursache des Leidens sichtbar. Die Wellen sind die Gefühle, die das Leid in uns hervorruft.« Er warf noch einen Stein. »Atme mit den Wellen ein, atme mit den Wellen aus«, sagte er und zeigte auf die Ringe, die zerliefen. »Dann löst sich das Leid wieder auf.«

»Warum fühle ich mich davon so überfordert?« Im hohen Bogen warf Jan einen Stein in die Mitte des Teiches.

»Weil du die Ursache des Leidens noch nicht vollständig erkannt hast. Schau auf die Wellen und du siehst die Ursache.«

»Ich kann das nicht so einfach wegwischen.«

»Das sollst du auch nicht. Lass dich nur nicht davon beherrschen.«

Than Ajahn warf wieder einen Stein und sah verzückt zu, wie er ins Wasser plumpste. »Erkenne die

Ursache und die Probleme lösen sich auf wie die Wellen im Wasser.«

»Wie soll ich ein Problem lösen, wenn ich die Ursache nicht kenne?«

»Wenn du die Ursache nicht kennst, dann gibt es auch kein Problem.«

Der Abt warf einen letzten Stein und sagte: »Meditiere eine Weile mit den Steinen.«

Jan sammelte noch ein paar Steine auf und warf sie einen nach dem anderen ins Wasser. Er betrachtete die Wellen und sah sich mit Franziska über Nichtigkeiten streiten, dann liefen die Wellen auseinander und das Wasser wurde glatt. Es folgten Sorgen über die Enttäuschung, die Franziska wegen seines Verhaltens empfinden musste, und die nächsten Wellen lösten sich auf. Dann sah er sich bei der Arbeit, die Erwartungen, die auf ihm lasteten und auch diese Sorgen lösten sich im Teich auf, bis das Wasser wieder still vor ihm lag.

Alles kommt, alles geht, dachte er sich, während er Stein für Stein in den Teich warf und zusah, wie sich alles nach kurzer Zeit auflöste. In dem Moment, wo der Stein eintauchte und die Welle entstand, war ihr Ende auch schon besiegelt.

»Nun möchte ich mich mit dir über die Leerheit unterhalten«, sagte Than Ajahn und fragte: »Was ist dein Körper?«

»Das, was hier ist«, sagte Jan und zeigte auf sich.

»Wenn deine Arme weg sind, ist es dann immer noch dein Körper?«

»Ja, natürlich«, antwortete Jan zögernd.

»Wenn deine Beine auch weg sind, ist es dann immer noch dein Körper?«

»Ich denke schon«, gab Jan stotternd von sich.

»Wenn deine Arme und Beine noch da sind, aber der Rumpf ist weg, ist es dann immer noch dein Körper?«

»Ich denke nicht. Es sind dann nur Teile meines Körpers.«

»Und was ist dein Körper?«

»Wahrscheinlich das, was in der Mitte ist, aber so genau könnte ich es nicht definieren.«

Der Abt nickte und erklärte ihm, dass der Körper aus einzelnen Teilen bestehe und daher nicht aus sich selbst heraus existieren könne. Auch die einzelnen Teile können nicht aus sich selbst heraus existieren, da auch sie aus einzelnen Teilen bestehen.

Die Nichtexistenz des Körpers kann somit als bewiesen angesehen werden, was im Buddhismus als Leerheit bezeichnet wird. Alles, was ist, ist zugleich auch nicht, da es nicht aus sich selbst heraus existiert. Gleiches gilt für den Geist, der nicht aus sich selbst heraus existieren könne, sodass auch die Nichtexistenz des Geistes als bewiesen gelte. Daraus folgt, dass auch alles Weitere als nicht existent anzusehen sei.

»Das heißt, so wie wir hier sitzen, existieren wir gar nicht?« Jan rieb sich mit den Fingerspitzen die Schläfen.

»Doch, wir existieren«, sagte der Abt gelassen.

»Und doch existieren wir nicht.«

»Das ist schwer zu verstehen«, seufzte Jan.

»Schau in den Himmel. Was siehst du?«

»Ich sehe Blau.«

»Ist das Blau der Himmel?«

»Nein, aber durch die Farbe nehme ich den Himmel wahr.«

»Genauso ist es mit deinem Körper. Er ist wie das Blau des Himmels.« Der Abt hielt einige Sekunden inne und fügte dann hinzu: »Oder wie die Farben eines Regenbogens.«

»Ich denke, das verstehe ich, in etwa«, sagte Jan nachdenklich. »Dann ist auch das Glück nicht existent, oder?«

»Das ist richtig. Aber bedenke, alles bedingt einander. Das Glück ist mit dem Unglück verbunden, wie das Licht mit dem Schatten.«

Er machte eine Pause und schloss mit den Worten: »Nichts existiert aus sich selbst heraus.«

Der Abt ließ Kamon kommen, der Jan in ein Nebengebäude führte, um ihm eine neue Arbeit zuzuweisen.

Unzählige kleine Buddhafiguren aus Holz, Bronze und Stein standen, saßen und lagen dort in verschiedenen Positionen. Kamon reichte Jan ein Poliertuch und verabschiedete sich ohne weitere Erklärungen.

Als er die verstaubten Figuren betrachtete, begriff er schnell, was seine Aufgabe war, und so nahm er sich einige von den Figuren, setzte sich auf den Boden und strich mit dem Tuch darüber. Unter der Schicht aus Staub und Schmutz kam eine glänzende Oberfläche zum Vorschein, die ihn anfunkelte.

Es war sein letzter Tag im Tempel. Than Ajahn hatte von Anfang an gewusst, wie lange er bleiben würde und die Lektionen entsprechend eingeteilt. Die Lektion des heutigen Tages war die aufschlussreichste, aber auch die schwierigste.

Er dachte über die Gegensätze nach, die voneinander abhingen. Es gab laut und leise, es gab groß und klein, es gab hell und dunkel. Wenn er die Wahl hätte in eine Wanne mit heißem oder mit kaltem Wasser zu steigen, würde er sich nicht für eines von beiden entscheiden, sondern das Wasser mischen. Nur wenn beides vorhanden sei, könne er darin baden. Also musste ein Gegenpol nicht als etwas Schlechtes angesehen werden, im Gegenteil, er könne als Teil des Ganzen notwendig sein.

Gewissenhaft putzte er die Figuren und erfreute sich an dem Glanz, der nach und nach zum Vorschein kam. Schon oft hatte er solche Figuren in Tempeln gesehen, aber nie richtig wahrgenommen, waren sie doch ein Teil, der dazugehörte. Doch diese Figuren schienen ihm etwas Besonderes zu sein, noch ein wenig schöner und würdevoller als alles, was er bisher gesehen hatte. Sorgfältig reihte er die Figuren auf, die im warmen Licht eines goldenen Kronleuchters glänzten.

Als der Tag sich dem Ende neigte, setzte sich Jan auf eine Bank im Garten und kniff die Augen zusammen, geblendet vom grellen Licht der sich herabsenkenden Sonne.

»Ist die Sonne nicht etwas Wunderschönes?«, sagte der Abt, der sich zu Jan gesellte.

»Ja, das ist sie, obwohl ich zugeben muss, dass ich die Sonne gerade nicht als etwas Schönes wahrgenommen habe.«

»Dann erfüllt dich der Anblick nicht mit Glück?«

»Nein, nicht wirklich. Es mag seltsam klingen, aber so schön der Sonnenuntergang auch ist, nehme ich ihn hier kaum noch wahr.«

Der Abt nickte. »Wie ist es in deiner Heimat, wenn der Himmel im Winter wochenlang grau war und im Frühling die ersten Sonnenstrahlen durch die Wolken brechen?«

»Das ist ein wunderschöner Augenblick, von dem ich mir jedes Mal wünschte, er wäre endlos.«

»Schau nach oben. Jetzt ist der Augenblick endlos und du nimmst ihn gar nicht mehr wahr.«

»Wie erreiche ich die Demut, diese Augenblicke im Leben schätzen zu lernen?«

»Die Antwort weißt du bereits.« Der Abt erhob sich, sah auf Jan hinab und blickte ihm lange in die Augen, dann nickte er und drehte sich um. Jan sah ihm nach, wie er davon schlenderte, sein orangefarbener Umhang schien im Licht der untergehenden Sonne zu leuchten. An einem Busch blieb der Abt stehen, berührte eine Blüte, roch daran und ging davon.

Den Abend verbrachte er mit Kamon in einem Pavillon in Sichtweite des Haupttempels. Kamon war ihm ein treuer Gefährte geworden, und er wollte sich persönlich von ihm verabschieden.

Kamon schenkte Wasser aus einem Krug in zwei Becher ein. »Hast du gefunden, was du gesucht hast?«

»Ich habe viel gelernt und … ja, ich denke, ich habe die Antworten auf meine Fragen gefunden.«

»Ich höre Zweifel.«

»Es gibt zwei Dinge, die mir noch Unsicherheiten bereiten. Ich habe viel gelernt und das ist hier drin«, sagte Jan und zeigte auf seinen Kopf, dann legte er eine Hand auf sein Herz. »Aber bekomme ich es auch hier rein?«

»Verlang nicht zu viel von dir selbst. Du bist noch nicht einmal eine Woche hier. Wie willst du all das lernen und verstehen, wofür andere ein ganzes Leben und mehr brauchen?«

»Vielleicht hast du recht, es wird Geduld und Beharrlichkeit brauchen.«

»Du hast von zwei Dingen gesprochen«, sagte Kamon und sah ihn erwartungsvoll an.

»Was ist, wenn …« Jan unterbrach den Satz und biss sich auf die Lippe, unsicher wie er seinen Zweifel beschreiben sollte, ohne dass Kamon ihn falsch verstehen würde. Geduldig ruhte Kamons Blick auf Jan, der nach Worten rang und schließlich fortfuhr: »Was ist, wenn das alles gar nicht wahr ist? Wenn die Erlösung für mich gar nicht im Buddhismus liegt? Wenn die Religion in meiner Heimat recht hat, die sagt, dass es nur den einen Gott gibt?«

»Es gibt zwischen deiner Religion und dem Buddhismus einen wesentlichen Unterschied.« Kamon trank einen Schluck Wasser und fuhr fort: »In deiner Religion gibt es den einen Gott und es wird kein anderer Glaube toleriert. Im Buddhismus kannst du glauben, was du willst und trotzdem ein achtsames Leben führen. Wenn du also zu deiner Religion zurückkehrst, wirst du trotzdem in einem Tempel stets willkommen sein.«

»Ich habe ein schlechtes Gewissen wegen meiner Zweifel.«

»Du brauchst kein schlechtes Gewissen zu haben«, sagte Kamon mit Nachdruck. »Buddha hat gesagt, dass wir zweifeln sollen, selbst wenn es um seine eigene Lehre geht.«

Jan sah ihn verblüfft an und musste an die Diskussionen mit der Clique auf Koh Chang denken.

»Die wahre Gewissheit kommt erst durch den Zweifel. Wie willst du etwas beurteilen, wenn du es nicht von allen Seiten betrachtet hast?«

Als Jan im Bett lag, sah er auf die kahlen Wände, die ihm so vertraut geworden waren, während der Ventilator sich schnarrend drehte und der ausströmende Luftzug erfrischend über seine aufgeheizte Haut strich.

Noch nie hatte er etwas erlebt, das auf alles eine Antwort hatte, und dennoch blieben Zweifel, nicht nur an dem Glauben, nein, auch an der eigenen Fähigkeit, die Dinge richtig einzuschätzen. Im Moment erschien alles klar und logisch, und doch ahnte er, wie schwer es sein würde, sich im Alltag von den Anhaftungen zu lösen, selbst wenn er jetzt in der Lage war, sie zu erkennen.

So viel Kostbares hatte er gelernt, dass er Sorge hatte, etwas von diesem unschätzbaren Wissen zu vergessen, dabei ertappte er sich, dass auch diese Sorge wieder nur eine Anhaftung war. Mit diesem letzten Gedanken schlief er ein.

Als Kamon ihn am nächsten Morgen wecken wollte, war er bereits im Tempel, um sich von dem großen goldenen Buddha zu verabschieden, der ihm in den letzten Tagen ein Anker bei seinen Meditationen gewesen war. Nach Absprache mit Than Ajahn hatte er auf den morgendlichen Gang verzichtet, um Zeit für sich zu haben. Er betrachtete die Wandmalereien, die Buddhas Geschichte erzählten, wie er sich auf den Weg machte, um Antworten zu finden. Die Bilder zeigten die Stationen seines Weges, wie er so vieles ausprobierte, zweifelte und zu scheitern drohte, genauso wie Jan. Doch der Buddha fand einen Weg alles zu überwinden und war auf dem letzten Bild in ein goldenes Licht gehüllt, als wäre er in einer durchsichtigen Kapsel, die ihn gegen alle Widrigkeiten schützte. Genauso fühlte sich Jan an diesem Ort, behütet von einer unsichtbaren Kraft, die ihn gegen alle Widrigkeiten schützte.

Als die Mönche von ihrem morgendlichen Gang zurückkamen, beteten sie gemeinsam, meditierten und nahmen ein letztes Mal gemeinsam das Essen ein. Gleichmütig saßen sie da und aßen schweigend, wie jeden Tag. Jan war sich bewusst, dass er keiner von ihnen war, und doch fühlte er sich ihnen tief verbunden.

Im Zimmer zog er sich seine Jeans und sein Hemd an. Die Kleidung fühlte sich beengend an, und er fühlte sich fremd in den Sachen, auf die er nur einige Tage verzichtet hatte. Sorgfältig faltete er den Umhang zusammen und legte ihn in einen Wäschekorb.

Als er aus dem Haus kam, wartete Kamon bereits, um ihn zu einer Abschiedszeremonie abzuholen. Gemeinsam gingen sie zu Than Ajahn, der sich in den Schatten eines Baumes gesetzt hatte. Wehmütig setzte er sich zu dem Abt, in der Gewissheit, ihn wohl nie wiederzusehen, genauso wie Kamon, der ihm ans Herz gewachsen war. Er setzte sich zum Abt und diesmal blieb Kamon bei ihnen und setzte sich dazu.

»Ich möchte dir eine Geschichte erzählen«, sagte Than Ajahn. Jan solle sich vorstellen die gesamte Erde wäre mit Wasser bedeckt. Irgendwo auf der Wasseroberfläche würde ein Joch schwimmen und auf dem Grund des Meeres wäre eine blinde Schildkröte, die nur einmal in tausend Jahren auftaucht.

»Wie lange würde es dauern, bis die Schildkröte auf das Joch treffen würde?«

»Es würde so lange dauern, dass ich die Größe dieser Zahl nicht ermessen kann.«

Der Abt richtete sich an Jan und Kamon und sagte, dass alle Wesen wie die blinde Schildkröte waren. Auch wenn die Augen für das Visuelle nicht blind waren, so seien es doch die inneren Augen. Die endlose Tiefe des Ozeans sei Samsara und die Wesen würden alle tausend Jahre einmal auftauchen, um eines Tages in ferner Zeit das Joch treffen.

»Als Mensch geboren zu werden ist etwas Besonderes, doch die Erkenntnis, die es dem Menschen ermöglicht, den Grund des Meeres zu verlassen, ist ein viel größeres Geschenk. Dann auch noch auf das Joch zu treffen, ist noch viel seltener«, sagte der Abt zu den beiden und wandte sich dann Jan zu: »Nimm diese Geschichte mit, bewahre sie in deinem Herzen und erinnere dich daran, wenn du an dir zweifelst.«

Ein letztes Mal verbeugte sich Jan vor dem Abt, aber diesmal blieb er in seiner Verbeugung einige Sekunden am Boden und verneigte sich zu Füßen von Than Ajahn, der einige Verse auf Thai sprach, dann einen Reisigbund nahm, in ein Gefäß mit Wasser tauchte und Jan segnete.

Der Abschied verlief ohne Emotionen. Als Kamon ihn aus dem Tempel begleitete, fragte er nach seinen Plänen, worauf Jan antwortete, dass er als Nächstes zurück zu Chan nach Roi Et wolle. Am Eingangstor angekommen, wünschte Kamon ihm viel Glück und dann war Jan alleine auf der staubigen Straße.

8

Der Lärm des morgendlichen Berufsverkehrs bestehend aus knatternden Mopeds, hupenden Autos und Tuk-Tuks mit defektem Auspuff drang durch Roi Et. Der vom Verkehr aufgewirbelte Staub tanzte trocken im Licht der sengenden Sonne, die den Teer auf den Straßen schon am frühen Morgen brütend heiß werden ließ.

Andreas musste husten, trank einen Schluck Kaffee und nahm dann sein Tablet zur Hand, um Nachrichten zu lesen. Sein Freund, der Gemeindepastor, saß ihm gegenüber und trank Tee.

»Es ist schade, dass Sie diese Woche schon wieder abreisen, Andreas. Ihr Besuch war erfrischend, die Gespräche mit Ihnen werden mir fehlen.«

Andreas blickte vom Tablet auf. »Ich auch, Johannes. Ein paar Tage bin ich ja noch hier«, sagte er in einem väterlichen Ton. »Außerdem komme ich bald wieder«, warf er mit einem Augenzwinkern hinterher.

»Haben Sie eigentlich noch einmal was von Ihrem neuen Freund aus Bangkok gehört ... wie hieß er doch gleich?«

»Sein Name ist Jan. Nein, seit er mit seiner Bekannten hier war, habe ich nichts mehr von ihm gehört.«

»Auch nichts von seiner Bekannten?«

Andreas warf einen Blick auf sein Handy und las in der Messenger-App die öffentlichen Nachrichten von Chan, die er sehen konnte, seit sie ihm bei ihrem Besuch ihre Handynummer gegeben hatte. »Nein, Johannes, auch da muss ich Sie enttäuschen. Keine Neuigkeiten von ihr.«

»Seltsam.« Der Gemeindepastor runzelte die Stirn und legte nachdenklich den Zeigefinger ans Kinn. »Sie waren doch recht gute Freunde geworden, da wundert es mich, dass er nichts mehr von sich hören lässt.«

»Ich denke, es gibt ein paar Dinge, die er mit sich selbst klären muss, dann wird er sich bestimmt melden.«

»Das wäre schön«, sagte Johannes und widmete sich wieder seinem Tee.

Andreas hob das Tablet und las mit blinzelnden Augen die Wirtschaftsnachrichten, blätterte dann mit einem Wischen weiter und kam zum Regionalteil. Er überflog ein paar Berichte über Verkehrsunfälle, Gaunereien und einer Restauranteröffnung, dann stöhnte er plötzlich auf und sagte: »Oh, mein Gott.«

Der Gemeindepastor zuckte zusammen. »Andreas, was haben Sie? Ist etwas passiert?«

Er ließ das Tablet sinken und sah seinen Freund mit kreidebleichem Gesicht an. »Ich fürchte, ja.«

Jan hatte noch Zeit bis zur Abfahrt des Busses und beschloss, den Nachmittag im Zentrum von Ubon Ratchathani zu verbringen. Zuerst begab er sich in ein Einkaufszentrum, wo er ein paar Geschenke für Chan und ihre Kinder kaufte, anschließend setzte er sich in ein Restaurant und bestellte ein ausgiebiges Mittagessen mit Vorspeise und Nachtisch. Nach den Tagen der Enthaltsamkeit fühlte er sich wie im Schlaraffenland, ließ sich jeden Bissen auf der Zunge zergehen, genoss die Gewürze, bis er sich pappsatt auf dem Stuhl zurücklehnte, gemütlich ein Wasser trank und das Treiben beobachtete. Er sah in die zufriedenen Gesichter der Menschen, die das Wochenende für einen Bummel im klimatisierten Einkaufszentrum nutzten und daraus einen Ausflug machten. Eine Familie spazierte vorbei, die Kinder tobten vorweg, die Eltern schlenderten gemächlich hinterher. Sie vertrieben sich die Zeit, betrachteten die Schaufenster und gingen zum krönenden Abschluss in eines der Restaurants, die es in einer unendlichen Vielzahl gab.

Er schrieb Chan eine Nachricht, dass er, ihr Einverständnis vorausgesetzt, am Abend zu ihr kommen würde. Es dauerte nur Sekunden, bis sie ein Smiley zurückschickte und ankündigte, etwas Besonderes für ihn zu kochen. Er dachte an gegrillte Ratten und musste kichern.

Als sich sein Magen von dem üppigen Essen erholt hatte, machte er sich auf den Weg zurück zum Busbahnhof. Eigentlich hätte er noch Zeit gehabt, aber er wollte nicht riskieren, den Bus zu verpassen, zumal er keine Lust mehr hatte, durch die Stadt zu laufen.

In einem großen Bogen verließ der Bus schwerfällig das Busterminal, dann zogen sie sich durch dichten Verkehr mit einigen roten Ampeln, was Jan endlos vorkam, bis sie schließlich aus der Stadt herauskamen und auf gerader Strecke Fahrt in Richtung Roi Et aufnahmen.

Erleichtert seufzte er auf und spürte, wie sein Herz klopfte, als er sich das Wiedersehen mit Chan vorstellte. Während er seinen Kopf an die Fensterscheibe lehnte, kreisten seine Gedanken um die Woche im Tempel, die ihn mit unendlicher Dankbarkeit für all das erfüllte, was er gelernt hatte. Aber er ahnte, dass all diese Erinnerungen im Alltag verblassen würden. In der Zeit unter den Mönchen wurde jede Ablenkung von ihm ferngehalten, doch kaum hatte er den Tempel verlassen, regneten die Eindrücke auf ihn herab. Gedanken, die er mit Leichtigkeit beiseite geschoben hatte, drängten sich wieder in den Vordergrund und kämpften um die Hoheit in ihm. So viel er auch gelernt hatte, so war ihm aber auch bewusst, dass ein paar Tage nicht ausreichen konnten, um das alles zu verinnerlichen. Im Kopf war es vorhanden, das Wissen war verstanden und gespeichert, aber der Rest war Vakuum.

Bei den Meditationen spürte er, dass Körper, Geist und Seele separate Dinge sind, die in Einklang gebracht werden müssen, um zur Erfüllung zu gelangen. Aber es kam ihm so vor, als liefe er eine endlose Rolltreppe entgegen der Fahrtrichtung hinauf, wo er durchaus eine beachtliche Zeit lang vorwärtskam; doch wenn er nachließ, wurde er in wenigen Augenblicken zurückgeworfen, um kurz darauf wieder am Anfang zu stehen. Wie die Schildkröte, die sich vom

Meeresgrund gelöst hatte und nun wieder herunter-
plumpste.

Die Sonne ging bereits unter, als sie die Landstraße
entlangfuhren, vorbei an dichten Laubwäldern, in die
kleine Wege einmündeten, die ins Nirgendwo zu führen schienen. Das gleichmäßige Brummen des Diesel-
motors und der behagliche Luftzug der Klimaanlage
machten ihn so schläfrig, dass ihm die Augen zufie-
len.

Als er aufwachte, sah er sich irritiert um und stellte
fest, dass der Bus in einem Stau stand. Vor dem Bus
standen Autos, Kleinlaster und Mopeds, dazwischen
liefen Polizisten mit Taschenlampen umher und gaben Anweisungen. Der Busfahrer stieg aus, um mit
den Polizisten zu sprechen, Jan und die anderen Fahrgäste folgten ihm. Jetzt konnte er die Unfallstelle sehen, wo ein umgekippter Chemietankwagen quer
über die ganze Fahrbahn lag, drum herum die Blaulichter der Rettungsfahrzeuge, die kreuz und quer an
der Unfallstelle standen und den abendlichen Himmel erhellten. Der Busfahrer sprach mit einem Polizisten, der immer wieder auf die Unfallstelle zeigte
und dann hilflos die Hände hob, woraufhin der Busfahrer mit den Schultern zuckte und der Polizist sich
schließlich entfernte. Der Busfahrer wandte sich resigniert an die Fahrgäste und während er einige Erklärungen zum Besten gab, zeigte er in die zurücklie-
gende Richtung. Die Leute stiegen wieder ein und Jan
fragte, wann es weiter ginge, aber er konnte den Busfahrer so gut wie gar nicht verstehen, da er kaum Englisch sprach und nur einige Wortfetzen für ihn

verständlich waren. Er folgerte aus den Wortfetzen, dass die Straße noch die ganze Nacht gesperrt sein würde und sie nach Ubon Ratchathani zurückkehren müssten, wo sie den nächsten Bus am folgenden Tag nehmen konnten. Wie ein Blitz durchfuhr es ihn. Hektisch sah er sich um, erst zur Unfallstelle, dann zu dem Polizisten, der von Menschen umringt war und schließlich zum Bus, in dem die meisten Fahrgäste schon wieder Platz genommen hatten.

»Bitte, ich muss in Richtung Roi Et«, sagte er zum Fahrer und faltete dabei die Hände wie bei einem Gebet.

»Morgen mit anderem Bus.«

»Ich muss aber heute weiter, ich kann nicht bis morgen warten.«

»Besser zurück und morgen mit anderem Bus.«

»Gibt es hier in der Gegend denn keine andere Möglichkeit für die Weiterfahrt?«

»Kein Bus«, antwortete der Fahrer, deutete in die Ferne hinter der Unfallstelle und sagte: »Nächster Ort.«

»Was ist im nächsten Ort?«, fragte Jan.

»Minibus.«

»Wie komme ich dorthin?«

»Gehen«, sagte der Fahrer, machte mit den Fingern Trippelbewegungen und fügte hinzu: »Nicht gut, gefährlich.«

Jan war sich nicht sicher, ob er richtig verstanden hatte und fragte: »Warum gefährlich?«

»Sehr gefährlich. Besser umkehren.«

Jan schaute auf die Karte in seinem Handy, wo der nächste Ort nicht weit weg zu sein schien. Dann beschloss er zu laufen und ließ sich seinen Koffer geben.

Der Busfahrer wies ihm den Weg, indem er auf eine schwach beleuchtete Straße zeigte, die von der Hauptstraße abzweigte. Jan erkannte die Straße auf seinem Handy, bedankte sich beim Busfahrer und marschierte unter den ungläubigen Blicken der Mitreisenden los.

Immer wieder sah er zurück, die Lichter entfernten sich mit jedem Schritt. Die Straßenlaternen leuchteten so schwach wie Teelichter, umgeben vom Wald, dessen Dunkelheit ihn umschloss. Von der Hauptstraße waren fast keine Geräusche mehr zu hören und nun vernahm er vereinzeltes Rascheln aus dem Dunkel, als würde ihm etwas folgen. Dann war es ruhig, bis die Stille von einem schrillen Klagelaut unterbrochen wurde, den er nicht zuordnen konnte. Es klang wie ein Quieken, in einem so hohen Ton, dass er eine Gänsehaut bekam. Als er zurücksah, waren die Lichter der Autos, Busse und die Blaulichter der Einsatzfahrzeuge nur noch schemenhaft zu erkennen. Wieder raschelte es und er ging schneller, doch das höhere Tempo ließ auch sein Herz schneller schlagen und er begann zu schwitzen.

»Reiß dich zusammen«, sagte er zu sich selbst, ging wieder langsamer, atmete tief durch und lauschte seinem Herzschlag, der unaufhaltsam weiter galoppierte. Plötzlich lag vor ihm die totale Dunkelheit. Die Straßenlaternen schienen hier zu enden und es sah so aus, als endete an dieser Stelle nicht nur das Licht, sondern auch die Straße oder auch die Welt. Er ging weiter, und als er die letzte Straßenlaterne erreichte, die müde ihr Licht auf den Asphalt warf, erkannte er, dass es noch weitere Laternen gab, die aber nicht funktionierten. Vor ihm war es schwarz.

Er dachte daran, umzukehren und sah sich um, aber es war nichts mehr zu sehen außer den einsamen Laternen, die, vom Wald eingeschlossen, eine einsame Lichterkette in der Finsternis bildeten. Leise Zuversicht stieg in ihm auf, als er auf dem Handy sah, dass er der Straße nur noch ein kurzes Stück folgen und dann links abbiegen musste. Die folgende Straße sollte ihn dann laut Karte über einen Bogen in den nächsten Ort führen, also atmete er tief durch und setzte seinen Weg fort. Es wurde immer dunkler, aus dem schwachen Licht wurde Grau, aus dem Grau wurde Schwarz. Wolken zogen auf, es waren kaum noch Sterne zu sehen, die etwas Licht hätten spenden können, und nun konnte Jan nicht einmal mehr die Fahrbahn vor sich erkennen. Er kam von der Straße ab und spürte unter seinen Füßen, wie der harte Asphalt zu staubigem Sand wurde und die Rollen des Koffers noch lauter krächzten, als sie es ohnehin schon taten. Mit einer Hand ins Leere tastend, orientierte er sich in die andere Richtung, bis er wieder Asphalt unter den Füßen spürte. Dann erkannte er eine Lücke in dem dichten Wald, wo auf der linken Seite ein Weg durch die Bäume führte. Auf der Karte des Handys sah er an dieser Stelle eine dünne Linie, die direkt in den Ort führte, aber als Straße war diese

Linie nicht ausgewiesen. Es gab keine Schilder, keine Verkehrszeichen oder sonst irgendeinen Hinweis auf Verkehr. Er ging zu dem Weg und machte ein paar Schritte hinein. Die Beleuchtung war nicht besser oder schlechter als auf der Straße, wo das Licht des Mondes und der Sterne genauso spärlich war. Der einzige Unterschied bestand darin, dass der Weg nicht asphaltiert war, dafür konnte er ein paar Kilometer sparen. Schritt für Schritt ging er den Weg entlang, tastete sich mit den Augen Meter für Meter vorwärts, umgeben von der Dunkelheit und den Geräuschen des Waldes, die er nicht zuordnen konnte. Ein Blick zurück und er stellte fest, dass er hinter sich genauso wenig sah wie vor sich, lediglich ein paar Meter bis ins Nichts.

Nass und schwer klebte das Hemd an seinem Körper, selbst seine Hose war durchgeschwitzt und klebte an den Beinen. Beim Blick auf das Handy stellte er erschrocken fest, dass er die Entfernung unterschätzt hatte und kaum vorangekommen war. Aber umkehren war keine Option, der Bus würde längst wieder auf dem Weg nach Ubon Ratchathani sein. Plötzlich trat er in eine Vertiefung, knickte um, verlor das Gleichgewicht und konnte sich gerade noch unter lautem Fluchen abfangen. Er schaltete die Taschenlampe des Handys an und tastete sich nun mit Hilfe des Lichts Meter für Meter den Weg entlang.

In der Ferne tauchten zwei Lichter auf, die von einem herannahenden Auto waren. Je näher es kam, desto mehr blendeten ihn die Scheinwerfer, die eine gleißende Schneise in die Dunkelheit schlugen. Ein

Dieselmotor dröhnte wie ein Brüllen, das die Lichter begleitete und das grelle Licht mit einem immer lauter werdenden Klopfen untermalte. Das Auto blieb vor ihm stehen, die grellen Scheinwerfer blendeten ihn wie Augen, die ihn fixierten. Auf dem Nummernschild waren Zeichen zu erkennen, die thailändischen Schriftzeichen ähnelten, aber irgendwie anders aussahen.

Drei Männer stiegen aus, kamen bis auf wenige Meter auf ihn zu und blieben stehen. Geblendet von den Scheinwerfern konnte er nur die Umrisse der Männer erkennen, in deren Gesichtern er nichts als schwarze Schatten sah. Einige Sekunden standen sie schweigend vor ihm, bis einer von ihnen Jan auf Englisch fragte, ob er sich verlaufen habe. Er antwortete, dass es auf der Hauptstraße einen Unfall gab und er nun auf dem Weg in den nächsten Ort war. Der Mann lachte laut und sagte etwas zu seinem Kumpel, der neben ihm stand und ebenfalls lachte.

»Hast du eine Ahnung, wie weit es bis zum nächsten Ort ist?«, fragte der Mann.

»Ein paar Kilometer«, erwiderte Jan und hielt sein Handy hoch, um ihnen zu zeigen, dass es laut der Karte nicht weit sein konnte.

»Schönes Handy«, sagte der Mann nun ernst. Das Lachen war verstummt und die beiden standen ihm breitbeinig gegenüber.

Schnell steckte er das Handy weg. Sein Puls fing an zu rasen. Er sah sich um und überlegte, wohin er fliehen könnte. Da fiel ihm ein, dass drei Männer aus dem Auto gestiegen waren und nur zwei vor ihm standen. Genau in diesem Moment spürte er einen dumpfen Schlag auf den Hinterkopf und sackte bewusstlos zusammen.

Als er die Augen aufschlug, stand die Sonne fast senkrecht am Himmel und brannte auf seinen fast nackten Körper. Er sah hoch in das grelle Licht und versuchte nachzuvollziehen, was passiert war, aber an mehr als die Männer und einen dumpfen Schlag auf seinen Kopf konnte er sich nicht erinnern.

Stöhnend fasste er sich an den Kopf, wo ein pochender Schmerz hämmerte, und fühlte eine dicke Beule an seinem Hinterkopf, die sich unter seinen Fingerspitzen wie ein Termitenhügel anfühlte. In seinem trockenen Mund knirschte Sand zwischen den Zähnen. Er sah an seinen Körper herunter und stellte fest, dass er nur noch Boxershorts anhatte, seine Kleidung war weg, sein Koffer ebenfalls. Sie hatten ihm alles genommen und ihn in Boxershorts hier hingelegt. Seine Haut brannte und war gerötet von den Sonnenstrahlen, die auf ihn niederbrannten. Wasser, dachte er, ich brauche Wasser. Die Trockenheit hatte sich in seinem Mund ausgebreitet und ließ seine Zunge am Gaumen kleben. Er stand auf, stellte sich in den Schatten eines Baumes und sah sich um. Er befand sich auf einer von Wald umgebenen Lichtung, hinter ihm waren Reifenspuren, daneben einige Fußabdrücke. Aus dem Stand der Sonne schloss er, dass es Mittag sein musste, was auch seine verbrannte Haut erklärte, aber wie weit sie ihn weggebracht hatten, konnte er nicht abschätzen, geschweige denn, zu welchem

Zweck. Warum haben sie ihn nicht einfach umgebracht? Warum machten sie sich die Mühe, ihn mitten im Nirgendwo auszusetzen?

Er überlegte, in welche Richtung er gehen sollte, und erinnerte sich, dass Roi Et in westlicher Richtung lag, wenn er noch in der Nähe des Gebietes war, wo sie ihn angegriffen hatten. Er blickte zur Sonne hinauf, die immer noch fast senkrecht über ihm stand, und ging in der Hoffnung los, dass es die richtige Richtung war.

Zaghaft bewegte er sich vorwärts, dabei kam er nur langsam voran. Jeder Schritt schmerzte in den Füßen, wo sich lose Äste und Steine in die Haut seiner Fußsohlen bohrten, und jeder ungedämpfte Schritt mit nackten Füßen verursachte ein Ziehen in Knöcheln und Knien. Dazu kamen hämmernde Kopfschmerzen und unerträglicher Durst. Er sah sich um, aber wohin er auch blickte, überall nur Dürre, nichts als Dürre. Schritt für Schritt arbeitete er sich mit schmerzverzerrtem Gesicht vorwärts, hielt Ausschau nach einem See oder einem Bach, aber es war nichts zu sehen außer trockenem Wald. Bis auf ein paar Vögel, die fröhlich vor sich hin zwitscherten, war kein Laut zu hören, als würde die brütende Mittagshitze alles auf der Erde verbrennen, was einen Ton von sich geben könnte. Da entdeckte er einen Tümpel, der wie eine Halluzination vor ihm lag, so surreal erschien er ihm in dieser kargen Einöde. Sofort rannte er los, jeden Schmerz ignorierend, sprang in den Tümpel, dessen Inhalt eher eine braune Brühe als sauberes Wasser war, und trank gierig in großen Schlucken. Das

Wasser schmeckte nach Gülle, aber das war ihm egal. Das Gefühl, wie das Wasser wieder Leben in seinen ausgetrockneten Körper brachte, ließ ihn gierig weitertrinken, bis sein Durst gestillt war und der Ekel in ihm wuchs. Er wusch sich noch das Gesicht, setzte sich in den Schatten eines Baumes und schlief ein.

Als er erwachte, zerrte und zog es in seinem Magen, als würde sich ein stumpfes Messer durch seine Eingeweide bohren, worauf er sich vor Schmerzen krümmte und würgen musste, bis er sich erbrach. Sein Körper zitterte unkontrolliert, kalter Schweiß brach aus, jede Bewegung fiel ihm so schwer, als trüge er einen Zementanzug. Wieder musste er würgen und erbrach einen gelblichen Schleim, der ein Brennen in seinem Hals hinterließ. Mit dem Gesicht lag er in seinem Erbrochenen, zu anstrengend waren die Bewegungen, zu schwach fühlte er sich. Er sah zur Sonne, die sich inzwischen gesenkt hatte und ihm den Weg wies, den er gehen musste. Er bäumte sich auf und versuchte aufzustehen, aber seine Knie zitterten so sehr, dass er stöhnend zusammensackte. Dann umklammerte er einen Baum und zog sich daran hoch, bis er auf seinen zitternden Beinen zum Stehen kam. Vorsichtig setzte er sich in Bewegung, Schritt für Schritt, die Knie gebeugt, um das Gleichgewicht besser halten zu können. Sein Atem war flach und schnell, das Herz raste, sein ganzer Körper fühlte sich so wund an, als hätte man ihm die Haut abgezogen.

Vor ein paar Tagen machte ich mir noch Gedanken über den Sinn des Lebens, dachte er sich, und jetzt ist mir der Sinn scheißegal, ich will einfach nur leben. Er musste auflachen, was von einem Husten und einem weiteren Würgereiz begleitet wurde. In kleinen Schritten bewegte er sich weiter, stützte sich wankend an jedem Baum und jedem Ast ab, wann immer einer in Reichweite war. So hangelte er sich an den Bäumen entlang, bis er so außer Atem war, dass er innehalten musste und sich gekrümmt an einen Ast klammerte. Sich hinzusetzen wagte er nicht, aus Angst, nicht mehr aufstehen zu können, und so ging er weiter, in seinem vor Schmerzen pulsierenden Körper, in Richtung Westen. Er hatte keine Ahnung, wie weit er gekommen war, dazu fehlte ihm jedes Gefühl für die Entfernung. Noch nie war er so dankbar für die Sonne gewesen, die ihn so sehr mit ihrer Hitze quälte, aber ohne sie wäre er völlig orientierungslos und damit verloren. Sie half ihm, die Tageszeit zu schätzen und wies ihm den Weg. Vielleicht werde er durch sie umkommen, aber ohne sie würde er mit Sicherheit sterben.

Jan folgte bedingungslos seinem Weg Richtung Westen, getrieben von einer Intuition, von der er nicht wusste, ob sie richtig war oder überhaupt Sinn machte. Dann verschwand die Sonne hinter den Bäumen, deren letzten Strahlen durch das Geäst drangen und den Himmel glutrot färbten, bis es schließlich grau wurde und sich Dunkelheit über ihn legte. Der Mond und die Sterne traten am Himmel hervor und leuchteten schwach herab, zu schwach, als dass er hätte weitergehen können. Er ließ sich an einem Baum nieder, legte sich auf die Seite und zog die Beine an.

Schon längst wollte er bei Chan sein, in ihrem Garten sitzen und die Geschenke verteilen. Er malte sich aus, wie die Kinder sich freuten, sie gemeinsam aßen, tranken und unbesorgt waren. Er fragte sich, ob Chan sich Sorgen machte oder ob sie enttäuscht war über ein leeres Versprechen. Vor sich sah er ihre sanften Gesichtszüge, ihre warmen Augen und ihre lachenden Lippen. Dann schlief er ein.

Mit einem Zucken wachte er in der Tiefe der Nacht auf. Trockener Schweiß klebte auf seiner Haut, die sich jetzt noch zerschundener anfühlte. Wie Schmirgelpapier kratzten Sand und Geröll auf seinen nackten Körper, der sich wie eine einzige offene Wunde anfühlte.

Plötzlich spürte er, wie sich etwas über seine Beine bewegte und sah an sich herunter. Erschrocken schrie er auf, als er sah, wie sich ein silbrig glänzender Schlangenkörper über ihn schlängelte. Beim Versuch, die Schlange abzuschütteln, biss sie ihm reflexartig ins Schienbein. Er packte sie hinter dem Kopf, hielt sie mit ausgestrecktem Arm von sich weg und blickte in ihre funkelnden Augen. Mit weit aufgerissenem Maul, in dem die scharfen Zähne blitzten, und aufgespreiztem Nackenschild fauchte sie ihn wütend an. Jetzt erkannte er, dass es eine Kobra war, wütend und bereit ihn anzuspringen, sobald er seinen Griff lockern würde. Sie windete sich, worauf er sie mit der anderen Hand weiter unten griff und nun mit beiden Händen vor sich hielt, was sie noch wütender machte. Zitternd hielt er sie vor sich, wagte keine Bewegung und ließ sie keine Sekunde aus den Augen. Die Kobra hatte ihn fest fixiert, fauchte und funkelte ihn zornig an, wartete kampfbereit auf den einen Fehler, auf das eine Lockerlassen, um erneut zuzubeißen. Schwerfällig bäumte er sich auf, verlor das Gleichgewicht und fiel wieder hin, worauf die Schlange versuchte, den Moment zu nutzen, um ihn anzugreifen. Jan spürte am Druck, dass sie ihn anspringen wollte. Er streckte den Arm so weit wie möglich von sich und lehnte sich mit dem Rücken an einen Baum und sank an ihm herunter. Sein Atem ging schwer, die Brust schmerzte, das Herz raste so heftig, dass er spürte, wie das Blut in seinem Hals pulsierte. Das Maul der Schlange war immer noch weit aufgerissen, ihre Zähne ragten gekrümmt wie Widerhaken hervor, die Augen funkelten ihn hasserfüllt an. Geduldig wartete sie auf den einen Moment, in dem er nachgeben würde, mit nur einem Ziel ... ihn zu töten.

Mit dem Rücken an den Baum gelehnt, versuchte er sich wieder aufzurichten. Er nahm all seine Kraft zusammen, drückte sich mit zitternden Beinen ab und rutschte Stück für Stück mit dem Rücken am Baum hoch, vor sich die Schlange, die er keine Sekunde aus den Augen ließ. Schließlich schaffte er es und stand schwer atmend am Baum. Sein Brustkorb bewegte sich wie ein Blasebalg, laut pustend stieß er die Luft aus, was die Schlange noch wütender machte und noch hasserfüllter fauchen ließ.

Der Himmel schimmerte silbern und kündigte die Morgendämmerung an. Jan sah sich um, konnte aber in der Dunkelheit noch nicht viel erkennen, außer ein paar Bäume, die sich dunkelgrau abzeichneten; dahinter war der Wald schwarz. Auch Geräusche konnte er nicht wahrnehmen, als wären alle Tiere verschwunden. Kein Rascheln, kein Quieken, kein Zwitschern oder sonst ein Geräusch, nur Totenstille um ihn herum. Alles, was er hörte, war das wütende Fauchen der Kobra. Er merkte nicht, dass seine Arme wie von selbst an ihm heruntersanken. Die Kobra versuchte die Gelegenheit zu nutzen, um sich aus seinem Griff zu befreien, worauf er sie mit seinen Händen noch fester umklammerte, was seine Arme noch mehr zittern ließ. Er spürte, dass sein Körper nicht mehr konnte und auch nicht mehr wollte. Er beschloss, einen Versuch zu wagen, wohl wissend, dass seine Kräfte am Ende waren. Nur einen Versuch, dann würde er aufgeben und sich seinem Schicksal ergeben. Für einen Moment schloss er die Augen, atmete einige Male tief durch und sah die Schlange an, die ihn noch immer hasserfüllt anfunkelte. Dann machte er ein paar Schritte, um Schwung zu holen, drehte sich um die eigene Achse und schleuderte die Schlange wie ein Hammerwerfer im hohen Bogen durch die Luft. Im selben Atemzug rannte er in die entgegengesetzte Richtung, stolperte über eine Baumwurzel, fiel hin, sprang auf und rannte weiter, so schnell er konnte. Seine Beine waren schwer wie Blei, immer wieder stolperte er, fing sich wieder und lief so weit, bis ihn die letzten Kräfte verließen. Übelkeit und Schwindel überkamen ihn, die Bäume drehten sich um ihn herum wie in einem Karussell. Mit schweren Schritten stolperte er im Zickzack umher, immer langsamer, bis seine Beine nachgaben und er auf die Knie sank. Unfähig sich zu bewegen, übermannte ihn eine unendliche Müdigkeit, dann verlor er das Bewusstsein.

Als er wieder zu sich kam, war es helllichter Tag. Zusammengekauert lag er da und zitterte trotz der sengenden Hitze am ganzen Körper. Die Schleimhäute in seinem Mund waren so trocken, dass sich alles klebrig anfühlte und jedes Schlucken zu einer Kraftanstrengung wurde.

Ich werde sterben, dachte er. Im Kopf überschlug er die Zeit, seit er nicht mehr getrunken hatte, und rechnete sich aus, dass ihm weniger als ein Tag blieb, bis er hier verenden würde. Laufen konnte er genauso wenig wie um Hilfe rufen, also blieb ihm nichts anderes übrig, als sich seinem Schicksal zu ergeben.

Es gab nichts mehr zu tun, es gab nichts mehr zu kämpfen, nun war die Zeit gekommen, loszulassen. Er kroch zu einem Baum, setzte sich aufrecht an den Stamm, so gut er konnte, dann legte er die Hände zusammen und begann zu meditieren. Er wollte den Tod nicht fürchten, er wollte ihm begegnen und ohne Angst hinübergehen. An diesem Ort wollte er verweilen, den Augenblick wahrnehmen und dankbar sein, wenn der Moment käme, in dem er von Schmerz, Schwindel, der Trockenheit im Mund und der Übelkeit erlöst würde. Die Meditation schien seine Schmerzen noch zu verschlimmern, als würde er zu laute Musik hören und jemand dreht den Lautstärkeregler noch weiter auf. Doch er ließ nicht nach und gab sich dem Leiden hin, das alles bisher Dagewesene verblassen ließ. In diesem Augenblick waren all seine Sorgen und Probleme nur noch Nichtigkeiten. Alles, womit er so viel Zeit verbracht hatte, erschien ihm banal und lächerlich. So viele Ressourcen hatte er für Dinge vergeudet, die keiner Beachtung wert waren, und auch das unerträgliche Leid, das er in diesem Augenblick erfuhr, würde verschwinden, sobald der Tod ihn erlöste.

Er dachte an Franziska und lächelte über ihre Streitereien, die so unbedeutend waren. Reinhard, sein armer Chef, der von Erfolg zu Erfolg hetzte, und der Pastor, der so voller Leid war, dass er jedes Mitgefühl verdient hatte. Schließlich erschien Chan in seinen Gedanken, und sein Körper füllte sich mit Wärme. Sein Gesicht entspannte sich, dann schloss er die Augen und sank in sich zusammen.

9

Friedlich ruhte Chans Kopf auf dem Laken des Krankenhausbettes. Vornübergebeugt saß sie auf einem Stuhl neben dem Bett und hielt Jans Hand. Er schlug die Augen auf und alles, was er sah, war weiß. Die Wände waren weiß, die Bettwäsche war weiß, der Schrank war weiß und sogar die Lampen waren weiß.

Chan hob den Kopf und strahlte ihn an. »Wie geht es dir?«

»Wo bin ich, wie komme ich hierher?«, fragte er und sah sich irritiert um.

»Im Krankenhaus. Das ist eine lange Geschichte«, sagte sie und reichte ihm ein Glas Wasser.

Sie rief die Krankenschwester, die nach wenigen Sekunden herbeieilte, Fieber maß, den Blutdruck überprüfte und dann einige Worte mit Chan wechselte, bevor sie mit einem mütterlichen Lächeln das Zimmer verließ.

»Wie hast du mich überhaupt gefunden?«

»Das hast du Andreas zu verdanken«, sagte sie und deutete zur Tür, wo der Pastor stand.

Andreas erzählte von dem Morgen, an dem er in den Nachrichten von der Bande gelesen hatte. Es bestand der Verdacht, dass sie wieder einen Touristen überfallen hatten. Die Polizei hatte Bilder von einem

Koffer und Kleidungsstücken veröffentlicht, bei denen Andreas sofort klar war, dass es sich um Jans Sachen handelte, daraufhin rief er umgehend Chan an.

»Und dann habt ihr mich gesucht?«

»Nicht nur wir«, sagte Andreas und ging ein paar Schritte von der Tür weg. Dann kamen Jutta, Markus, Conny und Lars ins Zimmer.

»Wir sind sofort losgefahren, als Andreas anrief«, sagte Markus.

Mit einem Mietwagen haben sie sich direkt auf den Weg nach Ubon Ratchathani gemacht und auch Chan ist mit Andreas, ihrer Familie und den Nachbarn sofort losgefahren. Als sie sich im Tempel nach Jan erkundigt hatten, beteiligten sich auch die Mönche an der Suche.

»Ich dachte, ich würde sterben«, sagte Jan, der nicht fassen konnte, dass er es überstanden hat.

»Aber du bist nicht gestorben. Du bist hier«, sagte Chan und drückte seine Hand.

Bis zu seiner Entlassung aus dem Krankenhaus wich Chan nicht mehr von seiner Seite. Er erzählte ihr von seiner Zeit im Tempel, von Kamon, der ihm immer hilfsbereit zur Seite stand, vom Abt, der ihm geduldig so viel beigebracht hatte, und schließlich von der Fahrt zu ihr, als der Bus wegen des Unfalls umkehren musste und er zu Fuß fast in sein Verderben gelaufen wäre.

Als der Arzt ihn zum Abschluss untersuchte, erklärte er ihm, was für ein Glück er gehabt hatte. Er war so stark dehydriert, dass er eigentlich schon daran hätte sterben müssen. Den Schlangenbiss zu überleben, war ein weiteres Wunder. Jan hatte Glück, dass es ein Trockenbiss war, denn die Kobra hatte ihn zwar gebissen, aber nur wenig Gift eingesetzt.

Als sie nach seiner Entlassung auf dem Weg zu Chan waren, kamen sie an dem Tempel vorbei, in dem sie die gemeinsame Zeremonie gehabt hatten. Jan hatte plötzlich das tiefe Bedürfnis, in den Tempel zu gehen. Nicht weil sie dort die Zeremonie gehabt hatten oder weil er beten oder meditieren wollte. Nein, er wollte einfach nur in den Tempel hinein, ohne irgendwelche Erwartungen, ohne Ziel, ohne Sinn.

Sie betraten das Haupthaus und Chan hakte sich bei ihm ein, um ihn zu stützen. Sie gingen zu dem Mönch, der Jan sofort wiedererkannte und ihn freudig, aber verwundert angesichts seines nicht zu übersehenden Zustandes begrüßte. Geduldig hörte sich der Mönch die Geschichte an, nickte verständnisvoll und lächelte gütig. Wie beim ersten Mal stellte Chan ihm dann noch einige Fragen, die er bereitwillig beantwortete. Nach der abschließenden Segnung schenkte der Mönch Jan ein Amulett, das ihm Glück bringen sollte, und entfernte sich.

Beim Hinausgehen hielt Jan inne, drehte sich zu dem Buddha um und sagte: »Ich brauche noch eine Minute.«

»Ich warte draußen«, sagte Chan, die sofort verstand, und ihn allein ließ.

Er ließ sich auf dem flauschigen roten Teppich nieder und hob seinen Blick zum Buddha, der stumm auf ihn herabblickte. Während er den Buddha betrachtete, dachte er darüber nach, warum er nach Thailand gekommen war. Er erkannte, dass alles, was er suchte, schon immer da gewesen war. Auf der Suche nach dem Glück hatte er nicht bemerkt, dass es die ganze Zeit schon in ihm war. Genau wie das Leid, aus dem er einen Ausweg suchte, das jedoch genauso ein Teil von ihm war wie das Glück.

»Alles geschieht, wie es geschieht«, sagte er leise zu sich selbst. »Wir haben Glück, ohne es zu sehen, wir leiden, ohne dass wir einen Grund dafür haben, und wir sind blind, weil wir nicht in der Lage sind, unser inneres Auge zu öffnen.«

Er verbeugte sich tief, machte anschließend einen Wai und sagte: »Danke.«

Dann stand er auf und ging zum Ausgang, drehte sich kurz vor der Tür noch einmal um und sah den Buddha ins Gesicht, das im einfallenden Licht golden schimmerte. Der Blick war direkt auf Jan gerichtet, als würde er in ihn hineinsehen. Es war, als ob er verstünde, als ob er alles über ihn wüsste, und Jan fühlte, dass es so war ... und Buddha lachte.

Am Abend trafen sich alle bei Chan im Garten, wo bereits ein Feuer auf dem Grillplatz loderte. Chans Familie, die Nachbarn, die Clique und Andreas saßen kreuz und quer um den Grillplatz herum, unterhielten sich entspannt und schlemmten sich durch die bereits vorbereiteten Speisen. Jan saß am Feuer neben

Chan, die einen Fleischspieß in die Flammen hielt, ihm gegenüber hatte es sich Andreas auf einem Hocker bequem gemacht und lächelte zufrieden vor sich hin. Jutta hockte auf dem Boden inmitten der Clique, vor sich einen Teller mit gegrilltem Gemüse, Reis und Rindercarpaccio. Conny saß im Schneidersitz auf einer Decke und beobachtete kichernd, wie sich Markus und Lars an frittierten Insekten versuchten und dabei die Gesichter verzogen.

»Wer von euch hat mich eigentlich gefunden?«, fragte Jan in die Runde.

»Das war Lars«, sagte Andreas und klang fast stolz, als wäre Lars sein eigener Sohn, der eine übermenschliche Heldentat vollbracht hatte.

»Boah, ey. Das war so eklig, den vollgekotzten Typen anzufassen«, sagte er und schob sich eine Heuschrecke in den Mund.

Jan musste lachen, dann wurde er ernst und sagte: »Ich weiß gar nicht, wie ich euch allen danken soll.«

»Das hast du schon, weil du am Leben bist«, sagte Jutta.

Die Stimmung war so ausgelassen und fröhlich, als hätten sie alle ein zweites Leben zu feiern. Sie aßen, tranken, lachten und ließen die Bierflaschen klirren. Chans Brüder gossen thailändischen Whisky in Gläser und reichten sie herum.

Jan beobachtete sie, einen nach dem anderen. Andreas, der so lebensfroh und ausgeglichen war und ihm letztendlich geholfen hatte, seinen Frieden mit der Kirche zu finden. Chans Familie, die ihn so angenommen hatte, wie er war, ohne irgendwelche Vorbehalte. Die Clique, die zu guten Freunden geworden war, und selbst Lars mochte er, mit seiner unverwechselbaren Art. Chan, die so plötzlich da war und sich mit einer ihm bis dahin nicht bekannten Sanftheit in sein Herz geschlichen hatte. Dankbar sah er in die Gesichter, die im Licht des Grillfeuers warm schimmerten, und saugte diesen Moment der Gegenwart in sich auf, in der Gewissheit, ihn ohne Bedauern wieder loslassen zu können.

Es war spät in der Nacht, als die letzten Gäste gingen. Er saß mit Chan auf dem Sofa und ließ die vergangene Woche Revue passieren. Sie fragte ihn, was die wichtigste Erkenntnis während seiner Zeit im Tempel gewesen sei.

»Es ist seltsam«, sagte er nachdenklich. »Ich habe so viel gelernt, aber nichts davon war wirklich neu. Es waren alles Dinge, die ich eigentlich schon wusste.«

»Du hast diese Dinge in einem neuen Zusammenhang kennengelernt«, sagte Chan.

»Aber wie kommt es, dass es so schwer ist, diese Erkenntnisse zu erlangen, obwohl man doch eigentlich schon alles weiß?«

»Es ist wie bei einem Puzzle«, sagte Chan. »All die Teile sind schon in dir, du musst sie nur an die richtige Stelle setzen. Jeder hat die Möglichkeit, mit dem, was er in sich hat, zum Buddhismus zu kommen.«

Sie stand auf und räumte die Gläser vom Tisch ab.

»Ist das mit dem Puzzle eine Weisheit von Buddha?«, fragte er.

»Nein, zu seiner Zeit gab es noch keine Puzzles«, antwortete sie und warf keck hinterher: »Das ist eine Weisheit von Chan.«

Jan sah ihr nach, wie sie in der Küche verschwand, dann legte er sich sein Kissen für die Nacht zurecht. Kurz darauf kam sie zurück, machte das Licht aus und ging zum Schlafzimmer, ohne Gute Nacht zu sagen. An der Tür blieb sie stehen, verharrte einen Moment und drehte sich dann zu ihm um. Ihre Blicke trafen sich, und in ihren Augen lag ein geheimnisvolles Leuchten, wie er es noch nie bei ihr gesehen hatte. Dann lächelte sie, ging summend ins Schlafzimmer und ließ die Tür hinter sich offen.